LA FILLE DU ROI DES MARAIS

Née en 1953, Karen Dionne est une romancière et essayiste américaine. Traduit dans vingt-cinq langues, son roman *La Fille du roi des marais* a obtenu plusieurs prix et est en cours d'adaptation cinématographique avec Alicia Vikander dans le rôle-titre. Elle s'est inspirée de sa propre vie pour écrire son roman, ayant vécu plusieurs années avec son mari et sa fille dans une cabane isolée près des Grands Lacs au nord du Michigan.

KAREN DIONNE

La Fille du roi des marais

ROMAN TRADUIT DE L'ANGLAIS (ÉTATS-UNIS)
PAR DOMINIQUE DEFERT

JC LATTÈS

Titre original :
THE MARSH KING'S DAUGHTER
Publié par G. P. Putnam's Sons, une filiale de Penguin Random House LLC.

ISBN : 978-2-253-25799-8 – 1re publication LGF

Pour Roger, pour tout

«Toute progéniture provoque la chute de ses géniteurs. Alors que la génération suivante prend son envol, la précédente entame son déclin. Nos descendants deviennent nos plus dangereux ennemis, ceux justement contre lesquels nous sommes les moins préparés à lutter. Ils nous survivront et arracheront le sceptre de nos mains séniles.»

Carl Gustav Jung

Tous les extraits de *La Fille du roi de la vase* de Andersen sont librement adaptés de la traduction originale de Ernest Grégoire et Louis Moland in *Contes Danois,* Éd. Garnier, 1873. *N.d.T.*

Depuis son nid sur le toit du château du Viking, la cigogne pouvait voir un petit lac. Sur le bord de ce lac, tout contre les roseaux, gisait un grand tronc d'aulne. Trois cygnes s'y posèrent, battant des ailes, et regardèrent autour d'eux ; l'un d'eux jeta son plumage et la cigogne reconnut aussitôt une princesse d'Égypte. Elle était là assise au bord des roseaux, sans autre vêtement que ses longs cheveux noirs qui la couvraient tout entière. La cigogne l'entendit qui recommandait aux deux autres de bien faire attention à son plumage de cygne, pendant qu'elle allait plonger pour cueillir la fleur qu'elle croyait apercevoir sous l'eau du marais.

Les deux autres acquiescèrent. Mais elles prirent l'habit de plume et s'envolèrent en s'écriant : « Plonge, plonge tant que tu veux, reste dans ton marais, tu ne reverras plus l'Égypte. À quoi te servira-t-il maintenant d'avoir toujours été la favorite de notre père ? » Et tout en criant ainsi elles se mirent à déchirer le plumage en mille pièces ; le vent en dispersa les plumes, on eût dit une giboulée de neige. Puis elles s'enfuirent à tire-d'aile, les deux perfides princesses.

La pauvre délaissée gémit tout haut et pleura à chaudes larmes. Ces larmes tombèrent sur le tronc d'arbre qui soudain se mit en mouvement; car ce n'était pas un aulne véritable, c'était le Roi de la vase qui règne sur le vaste fond des étangs. Il se retourna et tendit ses bras, qui ressemblaient à de longues branches couvertes d'herbes et de boue.

La malheureuse enfant, effrayée, sauta en bas du tronc, se mit à courir sur le sol marécageux, mais elle s'enfonça aussitôt. Le faux tronc d'arbre s'abattit sur elle et l'entraîna par le fond. De grosses bulles noires s'élevèrent à la place où ils s'étaient engloutis, et il ne resta plus trace de lui ni d'elle.

La Fille du roi de la vase,
Hans Christian Andersen

HELENA

Si je vous disais le nom de ma mère, vous sauriez tout de suite qui c'est. Ma mère a été célèbre, malgré elle. Sa célébrité n'est pas celle qu'on espère. Ce serait plutôt une célébrité à la Jaycee Dugard, Amanda Berry, Elizabeth Smart – mais non, ce n'est aucune de ces trois malheureuses.

Une fois entendu son nom, une question vous viendrait à l'esprit – une question fugace, parce qu'il est loin le temps où l'on se souciait du sort de ma mère : qu'est-elle devenue ? Et sa fille – celle qu'elle a eue pendant sa séquestration ? Que lui est-il arrivé ?

Je pourrais vous dire que j'avais douze ans et ma mère vingt-huit quand on a échappé à son ravisseur, que j'ai passé ces années à vivre, comme le dit la presse, au secret d'une ferme délabrée au milieu des marais dans la péninsule supérieure du Michigan. J'ai appris à lire grâce à une collection de *National Geographic* des années 1950 et à un vieux recueil de poèmes de Robert Frost aux pages jaunies, je ne suis jamais allée à l'école, je n'ai jamais fait de bicyclette, je n'ai connu ni l'électricité, ni l'eau courante.

Les seules personnes à qui j'ai parlé pendant cette période ont été ma mère et mon père. J'ignorais qu'on était captives jusqu'à ce que je découvre la liberté.

Je pourrais raconter que ma mère est morte il y a deux ans, et que même si les médias en ont parlé, la nouvelle a dû vous échapper car le monde traversait d'autres tourments. Je pourrais vous révéler ce que les journaux n'ont pas dit, qu'elle ne s'est jamais remise de ces années de captivité, qu'elle n'a pas pu devenir un emblème – pas assez jolie, pas assez de charisme ni de vocabulaire pour s'exprimer. Aucun livre témoignage sur ma mère timide et réservée, aucune couverture du *Time*. Elle évitait les regards, comme les feuilles de sagittaire se recroquevillent aux premières gelées.

Non, je ne vous dirai pas le nom de ma mère. Parce qu'il ne s'agit pas de son histoire. Mais de la mienne.

1

— Attends-moi ici, dis-je à mon bout de chou de trois ans.

Je me penche à la fenêtre ouverte du pick-up et récupère entre le siège bébé et le dossier le gobelet en plastique plein de jus d'orange qu'elle vient de jeter à terre de rage.

— Maman revient tout de suite.

Sou reprend son gobelet, sorte d'automatisme pavlovien. Sa lèvre inférieure se fripe et les larmes se mettent à couler. Elle se cambre en arrière et tire sur sa ceinture de sécurité comme s'il s'agissait d'une camisole.

— Reste tranquille. J'en ai pour une minute.

Je plisse les yeux et agite mon index pour lui montrer qu'il s'agit du travail et me rends à l'arrière du pick-up. Je fais signe au jeune gars qui empile des caisses sur l'aire de livraison derrière le Markham. Je crois qu'il s'appelle Jason. Puis je baisse le hayon pour attraper les premiers cartons.

— Bonjour, madame Pelletier ! lance Jason, en réponse à mon geste, avec deux fois plus d'enthousiasme que moi.

Pour ne pas être en reste, je lui fais un nouveau salut. Il ne veut toujours pas m'appeler Helena. J'ai cessé de batailler sur ce point.

Bam-bam-bam ! Ça vient de l'avant. Sou cogne son gobelet contre la vitre. Il doit être vide. Je donne une tape sur le toit en réponse. Elle sursaute et se retourne, ses fins cheveux blonds de bambin voletant autour de son visage comme des soies de maïs. Je lui lance mon regard le plus sévère – scrogneugneu ! – puis je charge les cartons sur mon épaule. Stephen et moi avons les cheveux bruns et les yeux marron, comme Iris, notre fille aînée de cinq ans. Ce fut donc une surprise pour lui de voir la petite naître avec des cheveux paille, jusqu'à ce que je lui dise que ma mère était blonde. C'est tout ce qu'il sait sur elle.

Le Markham est l'avant-dernier magasin de ma tournée, mon plus gros point de vente pour mes confitures et mes gelées, hormis celles que je propose en ligne. Les touristes qui vont y faire leurs emplettes apprécient que mes produits soient locaux. Nombre d'entre eux, paraît-il, prennent plusieurs pots en souvenir de leur séjour. Avec de la ficelle de boucher, j'attache un carré de tissu vichy sur le couvercle, de couleur différente suivant le contenu du pot : rouge pour la confiture de framboises, violet pour les baies de sureau, bleu pour les bleuets, vert pour la myrtilles-quenouilles, jaune pour les pissenlits, rose pour la pomme-cerise. Je trouve ces bouts de tissu un peu nunuches, mais visiblement les gens apprécient. Et quand on connaît le délabrement économique de la péninsule, le client est roi ! Je fais des confitures, pas de la recherche nucléaire.

Il y a plein d'ingrédients sauvages que je pourrais utiliser, et bien des associations possibles, mais pour l'instant je me cantonne aux confitures et aux gelées. Tout commerce a besoin de son logo. Le mien, qu'on trouve sur toutes les étiquettes, est une quenouille. Je suis sûre que je suis la seule à mélanger des quenouilles à des myrtilles. Je n'en mets pas beaucoup, juste de quoi justifier le nom. Quand j'étais petite, les jeunes épis de quenouilles étaient mon mets préféré. Et c'est toujours le cas. Tous les printemps, je charge dans le pick-up mes cuissardes, un panier d'osier, et je file dans les marais au sud de chez nous. Stephen et les filles ne veulent pas y toucher, mais Stephen me laisse en cuisiner pour moi. Il suffit de les faire bouillir quelques minutes dans l'eau salée et c'est un régal. La texture étant légèrement sèche et farineuse, je les mange avec du beurre, mais évidemment, quand j'étais enfant je n'en avais pas.

Quant aux myrtilles, je les ramasse dans les zones défrichées autour de la maison. Certaines récoltes sont meilleures que d'autres. Ça dépend des années. Les myrtilles aiment le soleil. Les Indiens, autrefois, incendiaient les sous-bois pour améliorer l'ensoleillement. Pour être honnête, j'ai été très tentée de les imiter. Je ne suis pas la seule à en faire la cueillette, et quand c'est la saison, les bas-côtés des allées forestières sont littéralement pillés. Mais je ne crains pas de m'enfoncer dans les bois. Je ne me perds jamais. Une fois, je me suis aventurée si loin qu'un hélicoptère de surveillance des parcs et réserves m'a repérée et a atterri devant moi. Il a fallu que j'explique aux rangers que je savais parfaitement où j'étais pour qu'ils me laissent tranquille.

— Il fait chaud, pas vrai? demande Jason juché sur le quai en attrapant le premier carton sur mon épaule.

Je lâche un grognement. À une autre époque, je n'aurais pas su comment réagir. Peu importe que le temps me convienne ou non; c'est pas ça qui va le changer. À quoi bon en parler? Maintenant je sais que ce genre de question n'exige pas de réponse, que c'est juste «conversationnel» comme dit Stephen, une façon de combler les silences, qu'il ne s'agit en rien de transmettre une information importante. C'est juste comme ça que se parlent deux personnes qui ne se connaissent pas bien. Mais est-ce vraiment mieux que le silence?

Jason s'esclaffe comme si je lui avais raconté une bonne blague. D'après Stephen, c'est encore une réaction normale et sensée même si je n'ai rien dit de drôle. Quand j'ai quitté le marais, j'ai vraiment essayé d'intégrer les conventions sociales. Serre la main des gens que tu rencontres. Ne te cure pas le nez. Fais la queue. Attends ton tour. Lève le doigt quand tu veux poser une question en classe et attends que le professeur te donne la parole. Ne rote pas, ne pète pas en public. Quand tu es invitée chez quelqu'un, demande la permission pour aller aux toilettes. N'oublie pas de te laver les mains et de tirer la chasse d'eau. J'avais l'impression que j'étais la seule à ne pas savoir tout ça. Qui avait établi ces règles d'abord? Pourquoi devais-je les suivre? Et qu'est-ce qui se passerait si je ne les respectais pas?

Je laisse le deuxième carton sur le quai et retourne au pick-up pour aller chercher le dernier du lot. Trois cartons, vingt-quatre pots dans chaque, soixante-douze au total, livrés toutes les deux semaines en juin, juillet et août. Mon bénéfice pour chaque carton : cinquante-neuf dollars, quatre-vingt-huit cents. Ce qui veut dire qu'au cours de l'été, je gagne plus de mille dollars rien qu'au Markham. C'est pas mal.

D'accord, je laisse Sou toute seule à l'intérieur pendant que je fais mes livraisons. Heureusement que personne ne me voit. Et la fenêtre ouverte, par-dessus le marché ! Je suis garée sous un pin, la brise souffle de la baie, mais il fait quand même près de trente degrés et je sais qu'une voiture se transforme vite en four. Pas question de remonter les vitres !

Certes, quelqu'un pourrait facilement prendre la petite par la fenêtre ouverte. Mais j'ai décidé voici plusieurs années que mes filles ne vivraient pas dans la peur. Non, ce qui est arrivé à ma mère ne se produira pas avec elles.

Un dernier mot à ce sujet et j'en aurai terminé. Si quelqu'un trouve quelque chose à redire sur la façon dont j'élève mes filles, c'est que cette personne n'a jamais vécu dans cette partie du Michigan. Un point c'est tout.

De retour au pick-up, Sou, la reine de l'évasion, n'est plus sur son siège. Je regarde par la fenêtre côté passager. Sou est assise par terre et mâchonne un emballage de bonbon qu'elle a trouvé sous les sièges, comme si c'était un chewing-gum. J'ouvre la portière, retire le bout de cellophane de sa bouche et le fourre dans ma poche. J'essuie mes doigts collants sur mon jean et rattache la petite sur son siège. Un papillon entre et se pose sur le tableau de bord pour aspirer quelque chose de poisseux. Sou tape dans ses mains et rit aux éclats. Je fais un grand sourire. Comment résister à ça? Les rires de Sou sont communicatifs. Je ne m'en lasse pas. C'est comme ces bébés qu'on voit s'esclaffer sur YouTube, pour des choses toutes bêtes, un chien qui saute sur place, quelqu'un qui déchire un morceau de papier. Les rires de Sou sont de cette nature. Une cascade, une pluie de soleil, les coin-coin d'un vol de canards sauvages.

Je chasse le papillon et démarre. Le car scolaire d'Iris la dépose devant chez nous à 16 h 45. D'ordinaire, Stephen surveille les filles quand je pars en livraison, mais il va revenir tard ce soir. Il doit montrer ses nouvelles photos de phares à un galeriste du Soo. Sault-Sainte-Marie – on dit « Soo » pas « Solte », comme le font les gens qui ne sont pas d'ici – est la deuxième plus grande ville de la péninsule supérieure du Michigan. Mais cela ne veut pas dire grand-chose. Sa sœur jumelle, du côté canadien, est bien plus importante. Les locaux, de part et d'autre de la rivière Sainte-Marie, appellent leur ville « Le Soo ». Les gens viennent des quatre coins du monde visiter les écluses et voir passer les grands vraquiers. C'est un haut lieu touristique.

Je livre mon dernier carton à la boutique de souvenirs du Gitche Gumee Agate Museum, puis me rends au lac. Dès que Sou aperçoit l'eau, elle tape dans ses mains. «Le ac! Le ac!» À son âge, elle ne devrait pas avoir de problèmes de prononciation. On l'emmène chez un thérapeute à Marquette une fois par mois depuis un an. Mais pour l'instant ça n'a pas servi à grand-chose.

On passe l'heure suivante sur la plage. Sou est assise à côté de moi sur les galets, à mâchonner un bout de bois que je lui ai donné pour soulager sa gencive douloureuse – une molaire qui pointe son nez. L'air est chaud et immobile, l'eau calme, à peine plus agitée que dans une baignoire. Au bout d'un moment, on retire nos sandales pour aller patauger et se rafraîchir. Le lac Supérieur est le plus grand et le plus profond des Grands Lacs. L'eau ne se réchauffe jamais. Mais par une telle canicule, c'est une bénédiction.

Je me redresse sur les coudes. Il fait si chaud. Dire qu'il y a deux semaines encore, quand on est venus tous les quatre ici pour voir passer les Perséides, il nous a fallu des doudounes et des sacs de couchage. Quand j'ai chargé tout ça à l'arrière du Cherokee, Stephen trouvait que c'était superflu mais il ne sait pas comme il peut faire froid au bord du lac une fois le soleil couché. On s'est finalement pelotonnés dans les duvets, couchés sur le sable, les yeux rivés au ciel. Iris a compté vingt-trois étoiles filantes et fait un vœu pour chaque. Sou a dormi le plus clair du temps. On va y retourner dans quinze jours pour la saison des aurores boréales.

Je me redresse et consulte ma montre. J'ai encore des soucis avec la ponctualité. Quand on a été élevé comme moi dans la nature, c'est elle qui vous dit quoi faire et quand. À quoi servirait une montre ? On est synchronisés sur notre environnement, comme les oiseaux, les insectes, les animaux, entraînés dans le même rythme circadien. Mes souvenirs sont liés aux saisons. Je ne me souviens pas forcément de l'âge que j'avais lors d'un événement donné, mais je sais toujours à quelle époque de l'année ça s'est passé.

Désormais, j'ai conscience que pour la plupart des gens, l'année commence le premier janvier. Mais dans le marais, rien ne distingue janvier de décembre, de février ou de mars. Notre année débute avec le printemps, au premier jour où les soucis des marais éclosent. Les soucis des marais forment de gros buissons de près d'un mètre de large, chacun couvert de centaines de boutons jaunes. D'autres fleurs éclosent au printemps, comme l'iris – l'iris versicolore –, et d'innombrables plantes sauvages, mais le souci du marais est si prolifique que c'est un ravissement de voir soudain naître ce tapis d'or. Tous les ans, mon père enfilait ses cuissardes et allait dans le marais en déterrer un plan. Il le mettait dans une vieille baignoire en zinc, à moitié emplie d'eau, installée sur le perron côté potager et il luisait là, comme un petit soleil.

J'aurais bien voulu m'appeler Souci des marais. Mais on m'a nommée Helena, et je passe mon temps à expliquer que ça se prononce « i-lei-nou ». Comme tant de choses, ce prénom est un choix de mon père.

Le ciel prend sa teinte de fin d'après-midi, le signal pour moi de lever le camp. Je consulte ma montre et m'aperçois avec horreur que mon horloge interne a pris du retard. Je ramasse Sou, attrape nos sandales et retourne en hâte au pick-up. La petite hurle quand je la rattache à son siège. Je la comprends. Moi aussi, j'aurais aimé rester plus longtemps. Je m'installe rapidement au volant et démarre. L'horloge de bord indique 16 h 37. Je peux y arriver. Tout juste.

Je sors du parking et prends au sud sur la M-77. Il n'y a pas beaucoup de voitures de police dans le secteur, mais traquer les excès de vitesse est l'occupation principale des flics ici. Je mesure toute l'ironie de la situation. Je roule vite parce que je suis en retard. Et si je me fais arrêter je serai encore plus en retard.

Sou se lance dans une belle crise. Elle rue, envoie du sable partout, le gobelet vole et rebondit contre le pare-brise, et son nez est plein de morve. Miss Sou Pelletier n'est pas contente. Et moi non plus.

J'allume la radio – la station de la Northern Michigan University de Marquette – dans l'espoir que la musique la divertisse ou couvre ses cris. Je ne suis pas fan de musique classique, mais c'est la seule station que je capte.

Malheureusement, je tombe sur un flash d'information : «… prisonnier évadé… ravisseur d'enfant… Marquette… »

— Silence ! crié-je à Sou.

Je monte le volume.

« Le parc naturel de Seney… fugitif armé et dangereux… ne pas s'approcher… »

Au début, c'est tout ce que je parviens à distinguer dans le brouhaha.

Le parc se trouve à moins de cinquante kilomètres d'ici !

— Sou, stop !

Sou se tait, saisie.

Le journaliste résume la nouvelle :

« La police rapporte qu'un prisonnier incarcéré à perpétuité pour kidnapping d'enfant, viol, et meurtre, s'est évadé du quartier de haute sécurité de la prison de Marquette. Le détenu aurait tué deux gardiens durant un transfert et s'est échappé dans le parc national de Seney au sud de la M-28. Nous rappelons à nos auditeurs que le prisonnier est armé et dangereux. Encore une fois, n'intervenez pas. Si vous remarquez quelque chose de suspect, contactez immédiatement les autorités. Il s'agit de Jacob Holbrook, condamné pour le kidnapping d'une jeune fille qu'il a gardée prisonnière pendant près de quinze ans. Une affaire qui a ému tout le pays et qui… »

Mon cœur cesse de battre. Ma vue se brouille. Je ne peux plus respirer. Ni rien entendre à cause de mes oreilles qui sifflent. Je ralentis et me gare sur le bas-côté. Mes mains tremblent quand j'éteins la radio.

Jacob Holbrook s'est échappé ! Le Roi des marais. Mon père.

Et c'est moi qui l'ai fait mettre en prison.

2

Je reviens sur la chaussée dans une gerbe de gravillons. Il n'y a sûrement personne pour surveiller cette portion de route sachant ce qui vient de se passer à quelques dizaines de kilomètres plus au sud. En même temps, me faire arrêter pour excès de vitesse est le cadet de mes soucis. Il faut que je rentre à la maison tout de suite, que j'aie sous les yeux mes deux filles, que je les sache avec moi et en sécurité. D'après le bulletin d'alerte, mon père s'est enfui dans la direction opposée à chez moi, pour se volatiliser dans le parc. Mais je sais que ce n'est pas vrai. Le Jacob Holbrook que je connais ne serait jamais aussi prévisible. Après quelques kilomètres, je suis sûre que les pisteurs vont perdre sa trace, si ce n'est déjà fait. Mon père peut traverser les marais avec la furtivité d'un fantôme. Il ne laissera pas la moindre empreinte sauf pour égarer ceux qui le suivent. S'il a décidé qu'on le croie dans le parc de Seney, les policiers ne le retrouveront jamais.

Je m'agrippe au volant. J'imagine mon père tapi derrière les arbres pendant qu'Iris descend du car scolaire et gravit notre allée. Par réflexe, j'appuie plus fort encore sur l'accélérateur. Je le vois jaillir des fourrés et l'attraper au moment où le chauffeur redémarre, comme il le faisait quand je sortais des toilettes pour me faire peur. Bien sûr, ma terreur est sans fondement. À en croire la radio, mon père s'est échappé entre 16 heures et 16 h 15. Il est 16 h 45. Il ne peut avoir fait cinquante kilomètres à pied en une demi-heure. Mais cela n'allège en rien mon angoisse, ni ne la rend moins réelle.

Mon père et moi nous ne nous sommes pas parlé depuis quinze ans. Sans doute ignore-t-il que j'ai changé de nom à dix-huit ans – je n'en pouvais plus d'être connue pour ce qui m'était arrivé durant mon enfance. Comme il ignore que ses parents, à leur mort il y a huit ans, m'ont légué cette propriété. Et que j'ai consacré la quasi-totalité de mon héritage à faire raser la maison où il avait grandi pour y installer un mobile-home double. Ni que je vis ici aujourd'hui, avec mon mari et mes deux filles – les deux petites-filles de mon père.

Mais tout est possible. Parce que aujourd'hui, mon père s'est échappé de prison.

J'ai une minute de retard. En tout cas, moins de deux ! Je suis coincée derrière le car d'Iris, avec Sou qui hurle tout ce qu'elle peut. Elle est dans un tel état de nerf que je ne vois pas ce qui pourrait la calmer. Je ne peux doubler le bus pour m'engager dans mon allée parce qu'il a sorti son panneau STOP et qu'il a mis ses feux rouges. Même si je suis le seul véhicule sur la route et qu'Iris est l'unique écolière à descendre. Comme si je risquais de renverser ma propre fille !

Iris descend du car. Je la vois monter chez nous, les épaules basses, comme si elle était certaine en voyant notre allée vide que je l'ai oubliée. Encore une fois !

— Sou ! Regarde. On est chez nous. Sissy est là. Chut ! On est presque arrivées.

Sou regarde mon doigt tendu. Et quand elle aperçoit sa sœur, ô miracle, elle se tait ! Elle hoquette. Sourit.

— Iris !

Elle ne dit pas « I-I », ni « I-sis », ou « Sissy », pas même « I-Wis », mais un parfait « Iris ». Allez comprendre !

Enfin, le chauffeur décide que ma fille est assez loin de la chaussée pour couper ses feux et fermer les portes. Dès que le car redémarre, je m'engage en trombe dans l'allée. Les épaules d'Iris se redressent dans l'instant. Elle me fait signe, son visage s'éclaire. Maman est à la maison et son monde retrouve son cours normal. Je voudrais tellement en dire autant !

Je coupe le moteur, fais le tour du pick-up pour remettre ses chaussures à Sou. Dès qu'elle pose les pieds par terre, elle file vers la maison. Iris se rue sur moi.

— Maman !

Et me serre les jambes.

— J'ai cru que tu étais partie.

Ce n'est pas un reproche, juste une constatation. Ce n'est pas la première fois que je lui fais faux bond. J'aurais aimé lui promettre que c'est la dernière.

— Tout va bien. Je suis là.

Je lui serre les épaules, lui tapote la tête. Stephen me dit sans cesse que je devrais câliner davantage mes filles, mais les contacts physiques, c'est difficile pour moi. La psy que le tribunal nous a assignée après notre libération, à ma mère et moi, a dit que j'avais des problèmes de confiance. Elle m'a fait faire des exercices, comme fermer les yeux, croiser les bras et me laisser tomber en arrière avec aucun garde-fou sinon sa promesse de me retenir. Quand je résistais, elle disait que j'étais une révoltée. Mais je n'avais aucun problème de confiance. Je trouvais juste ces exercices idiots.

Iris me lâche et court rejoindre sa sœur dans la maison. La porte n'est pas fermée. Elle ne l'est jamais. Ceux plus au sud qui ont ces grosses maisons de campagne sur la baie ferment tout à double tour, mais, nous, on ne s'est jamais souciés de cela. Entre une belle maison isolée emplie d'appareils électroniques et un bungalow en bordure de la route, pour un voleur, le choix est vite fait.

Mais aujourd'hui, je verrouille la porte et vais m'assurer que Rambo a de l'eau et à manger. Rambo court le long de la longe qu'on lui a tendue entre deux pins gris, et agite la queue en me voyant. Il n'aboie pas parce que je l'ai dressé à ne pas le faire. C'est un plott hound, avec une robe noir et marron, des oreilles tombantes et une queue qu'il agite comme un fouet. J'emmenais Rambo à la chasse à l'ours avec deux autres chasseurs et leurs chiens tous les automnes, mais j'ai dû le mettre à la retraite il y a deux ans quand un ours s'est aventuré derrière chez nous et que Rambo a voulu s'en charger tout seul. Un chien de vingt-cinq kilos contre un ours noir de deux cent cinquante kilos... Qu'est-ce qui lui est passé par la tête? La plupart des gens ne remarquent pas qu'il n'a que trois pattes, mais avec une perte de vingt-cinq pour cent de ses capacités, plus question de le laisser battre les bois. Depuis que, l'hiver dernier, il a pourchassé un cerf, on a été obligés de l'attacher. Dans le coin, un chien qui court après les cerfs est tiré à vue.

— On peut avoir des cookies? lance Iris dans la cuisine.

Elle est déjà assise à table, le dos bien droit, bras croisés, pendant que sa sœur cherche des miettes par terre. Son institutrice doit adorer Iris, mais elle va vite déchanter sur la progéniture des Pellctier quand elle va avoir affaire à Sou. Encore une fois, je m'émerveille. Comment deux êtres issus des mêmes parents peuvent-ils être aussi différents? Sou est le feu, Iris est l'eau. Une brebis, pas une rebelle; une enfant calme, et sensible, qui préfère lire que courir, qui aime autant ses amis imaginaires que j'ai aimé les miens, et qui est blessée par la moindre remontrance. Je regrette tant de lui avoir causé ce moment de panique. Mon Iris au grand cœur m'a déjà pardonnée. Elle a oublié, mais pas moi. Jamais je n'oublie.

Je vais à l'office prendre un paquet de cookies sur l'étagère du haut. Évidemment, ma petite Viking un jour tentera l'escalade, mais Iris l'obéissante n'y songera même pas. Je dépose quatre gâteaux dans une assiette et remplis deux verres de lait, et me rends dans la salle de bains. J'ouvre le robinet et m'asperge le visage. Je vois ma tête dans la glace. Il faut que je me reprenne ! Dès que Stephen rentrera à la maison, je lui raconterai tout. En attendant, je ne dois rien montrer aux filles.

Quand elles ont fini leur lait et leurs cookies, je les envoie dans leur chambre pour pouvoir regarder les informations sans qu'elles le sachent. Sou est trop jeune pour comprendre des mots comme « évadé de prison », « chasse à l'homme » ou « armé et dangereux », mais Iris le peut.

CNN montre un plan d'hélicoptère survolant les arbres. On n'est pas loin de la zone de recherche. Pour un peu, je pourrais sortir et voir l'hélico. Un avis de la police défile sur un bandeau au bas de l'écran, demandant à tout le monde de rester chez soi. On voit les photos des gardiens abattus, du fourgon vide. Il y a des interviews des familles en pleurs. Et une photographie récente de mon père. La vie en prison ne lui a pas fait de cadeau. La chaîne diffuse aussi des clichés de ma mère enfant, et en jeune femme au visage émacié. Pour l'instant, aucune mention d'une Helena Pelletier. Mais ça va arriver.

Iris et Sou débarquent dans le couloir. Je coupe le son.

— On veut jouer dehors, déclare Iris.

— Ehors, répète Sou.

Je réfléchis. Il n'y a aucune raison valable de garder les filles à l'intérieur. Leur aire de jeu est entourée par une clôture de près de deux mètres de haut et, de la fenêtre de la cuisine, je peux les surveiller. Stephen a installé le grillage après l'incident avec l'ours.

— Les filles ici, les ours là-bas ! avait-il dit avec satisfaction quand les ouvriers avaient terminé, en s'essuyant les mains sur son pantalon comme si c'était lui qui avait fait le travail.

Comme si garder nos enfants à l'abri était si simple…

J'ouvre la porte de derrière et les laisse sortir. Puis je prends une boîte de macaronis au fromage dans le placard, sors un cœur de laitue et un concombre du réfrigérateur. Stephen a envoyé un SMS il y a une heure pour annoncer qu'il serait en retard et qu'il mangerait un morceau sur la route. Je prépare donc les pâtes pour les filles et la salade pour moi. Vraiment, je n'aime pas cuisiner. Mon mode de vie peut paraître bizarre, mais je considère qu'il faut essayer de gagner sa vie avec ce qu'on a. Myrtilles et fraises poussent autour de nous. J'ai appris à faire des gelées et des confitures. Point barre. Il n'y a pas beaucoup de débouchés avec la pêche ou la trappe de castors. Ce sont des compétences guère recherchées. Je dirais bien que je « hais » cuisiner, mais j'entends encore les paroles de mon père : « "Haïr" est un mot très fort, Helena. »

Je lâche les pâtes dans l'eau salée qui bout sur le feu et m'approche de la fenêtre pour surveiller les filles. Une collection impressionnante de Barbie, de Petit Poney et de princesses Disney jonchent le sol. Il y a tellement de jouets que ça me donne la nausée. Comment les petites pourraient-elles apprendre la patience, et la maîtrise, si Stephen leur donne tout ce qu'elles veulent ? Quand j'étais enfant, je n'avais même pas un ballon. Je me fabriquais mes propres jouets. Brosser des queues-de-cheval me paraît aussi éducatif que ces jouets stupides où les bébés sont censés mettre des machins dans des trous. Après un repas de jeunes épis de quenouilles, il restait dans nos assiettes un tas de pointes. Pour ma mère, cela ressemblait à des aiguilles à tricoter, mais pour moi, c'était autant de petites épées. Je les plantais alors dans le sable derrière chez nous pour construire la palissade d'un fort, derrière laquelle mes soldats en pomme de pin menaient nombre de batailles épiques.

Avant que les médias ne m'oublient et que ma photo disparaisse des journaux à sensation dans les grandes surfaces, les gens me demandaient ce qui m'avait le plus étonnée/émerveillée/ébahie quand j'avais retrouvé la civilisation. Comme si leur monde était tellement mieux que le mien. Ou qu'il était effectivement «civilisé». Quel mot absurde pour décrire ce nouveau territoire dans lequel je me suis retrouvée à douze ans. Pour moi je n'y ai vu que guerres, pollutions, avidité et concupiscence, crimes, famines, haines raciales, violences ethniques. Et ce n'est que le début de la liste! Qu'est-ce qui avait été le plus surprenant? Internet? (Une *terra incognita.*) Les fast-foods? (Ça, j'ai vite adopté.) Les avions? (Sérieux? J'avais un bon aperçu de la technologie des années 1950. Ces gens pensaient donc qu'aucun avion ne passait dans le ciel au-dessus de chez nous? Ou qu'on se disait que c'était des oiseaux géants en métal?) Les voyages dans l'espace? (Je reconnais que j'ai encore du mal à me faire à l'idée que douze hommes ont marché sur la lune, même si j'ai vu les images depuis.)

J'avais toujours envie de leur retourner la question. Et eux, ils pouvaient me dire la différence entre une herbe, un jonc, une laîche? Savaient-ils quelle plante était comestible et comment les cuisiner? Et tuer un cerf, toucher le petit triangle, juste en arrière de la patte avant pour qu'il tombe net, pour ne pas avoir à suivre sa piste toute la journée? Et poser un collet, ils savaient? Et dépecer, vider, un lapin une fois qu'on l'a attrapé? Et le rôtir? Ils auraient su le faire griller à la broche au-dessus des flammes, pour qu'il soit cuit à cœur et délicieusement croquant tout autour? Pour ça, encore aurait-il fallu qu'il sache faire un feu sans allumettes!

Mais j'apprends vite. Il m'a fallu peu de temps pour comprendre que mes compétences, pour la plupart des gens, étaient grandement sous-estimées. Et, pour être honnête, je dois reconnaître que leur monde regorge de trouvailles technologiques. L'eau courante figure en haut de ma liste. Aujourd'hui encore, quand je fais la vaisselle ou couler un bain pour les filles, j'aime laisser mes mains sous le jet – bien sûr quand Stephen n'est pas là. Il n'y a pas beaucoup d'hommes qui accepteraient que je passe la nuit dans la forêt à faire la cueillette, ou que je parte chasser l'ours, ou que je mange des quenouilles. Alors je ne veux pas pousser le bouchon trop loin.

Mais s'il fallait que je donne une réponse, ce serait celle-ci : Ce qui m'a vraiment causé un choc après notre retour à ma mère et moi, c'est la découverte de l'électricité. Je ne sais pas comment on a pu s'en passer durant toutes ces années. Quand je vois les gens, tout insouciants, recharger leurs tablettes et leurs téléphones, ou griller du pain le matin, faire du pop-corn au four à micro-ondes, regarder la télévision, lire un e-book tard la nuit, une part de moi s'émerveille encore. Tous ceux qui ont grandi avec la fée électricité ne remarquent pas ses miracles quotidiens, sauf quand il y a une panne de secteur et qu'ils doivent chercher des lampes torches et des bougies.

Imaginez un monde sans courant électrique. Pas d'appareils électroménagers. Pas de réfrigérateurs. Pas de machines à laver ni de sèche-linge. Pas de perceuses et autres outils. Dans mon enfance, on se levait avec le jour et se couchait avec la nuit. Seize heures de veille l'été, huit seulement l'hiver. Avec l'électricité, on peut écouter de la musique, avoir de l'air frais, chauffer tous les recoins de la maison. Et pomper l'eau du marais. Je pourrais vivre sans télévision, sans ordinateur. Je me séparerais sans hésitation de mon téléphone. Mais s'il y a une chose qui me manquerait aujourd'hui, c'est bien l'électricité.

Un cri retentit dans l'aire de jeu. Je tends le cou. Je ne sais jamais quand l'une de mes filles fait ça si c'est pour de vrai ou non. Un véritable appel au secours impliquerait du sang, ou la venue d'un ours s'approchant de la clôture. Un faux, c'est Iris agitant les bras, hurlant de terreur comme si elle avait mangé de la mort au rat, pendant que Sou rit aux éclats.

— Une guêpe ! Il y a une guêpe !

Je sais. Ça peut paraître bizarre qu'une femme ayant été élevée à la dure comme moi, presque comme une enfant sauvage, puisse avoir une fille qui a peur des insectes, mais c'est comme ça. J'ai abandonné l'idée d'emmener Iris dans les marais avec moi. Elle passe son temps à chouiner – trop de boue, ça sent pas bon. Pour l'instant, ça se passe mieux avec Sou. Un parent est censé ne pas avoir de préféré parmi ses enfants, mais c'est plus facile à dire qu'à faire.

Je les observe, jusqu'à ce que la guêpe batte en retraite et que les petites se calment. J'imagine leur grand-père les épiant, caché derrière les arbres. Une petite blonde, une petite brune. Je sais laquelle il choisirait.

J'ouvre la fenêtre et appelle les filles pour qu'elles rentrent dans la maison.

3

Je donne leur bain à Sou et Iris dès que j'ai débarrassé la table et les mets au lit, malgré leurs objections. Bien sûr qu'il est trop tôt. Elles vont ricaner et parler pendant des heures avant de s'endormir, mais tant qu'elles restent dans leur chambre, cela me va.

Je reviens dans le salon juste à temps pour les infos de 18 heures. Cela fait deux heures que mon père s'est échappé et depuis plus aucun signe de lui. Ce qui ne me surprend pas. Je suis toujours convaincue qu'il n'a pas gagné la réserve naturelle. Là où les recherches sont difficiles, la fuite l'est tout autant. Cela dit, mon père n'improvise jamais. Il ne s'est pas évadé par hasard à cet endroit précis. Il a forcément une idée en tête. Mais laquelle ?

Avant de faire raser la maison de mes grands-parents paternels, j'ai beaucoup exploré les pièces, dans l'espoir de comprendre qui était mon père. Comment quelqu'un, qui avait été enfant lui-même, avait pu devenir un tortionnaire d'enfant. Les transcriptions du procès donnent quelques pistes : mon grand-père Holbrook était un Ojibwé pur-sang qui avait reçu son nom occidental après avoir été envoyé dans un pensionnat pour Indiens. Du côté de ma grand-mère, c'étaient des Finlandais, des habitants du nord de la péninsule supérieure qui travaillaient dans les mines de cuivre. Mes grands-parents s'étaient rencontrés et mariés quand ils avaient une trentaine d'années. Mon père était né cinq ans plus tard. Selon la défense, les parents de mon père étaient des gens intransigeants, trop vieux et trop rigides pour s'adapter aux besoins de leur turbulent petit garçon, et ils le corrigeaient au moindre écart de conduite. J'ai trouvé une batte à fessée en cèdre dans la remise, avec le manche tout patiné à force d'avoir été serré. Je sais donc que cette partie de l'histoire est vraie. Dans une boîte sous une latte du placard dans sa chambre à coucher, j'ai trouvé une paire de menottes, une pelote de cheveux blonds (peut-être récupérés sur la brosse de sa mère ?) avec dedans, comme des œufs au milieu d'un nid, un tube de rouge à lèvres et une perle montée en boucle d'oreille, ainsi que deux petites culottes blanches (peut-être à elle aussi ?). Je n'ose imaginer ce qu'aurait dit l'accusation si elle avait trouvé ces pièces.

Le reste des minutes du procès n'en révèlent pas beaucoup plus. Mes grands-parents ont chassé mon père de la maison quand il n'a plus voulu aller au lycée. Il a alors été bûcheron pendant un temps, puis est entré à l'armée, avant d'être radié au bout d'un an parce qu'il ne pouvait s'entendre avec les autres soldats et ne voulait pas obéir aux ordres. Toujours selon la défense, mon père était un jeune homme intelligent et éveillé qui cherchait en vain l'amour de ses parents. Et c'est ce qui expliquait son comportement. Pour ma part, je n'en suis pas si sûre. Mon père était peut-être brillant concernant la survie dans les bois, mais pas une seule fois je ne l'ai vu s'asseoir pour lire un article du *Geographic*. Parfois, je me demande s'il savait lire. Il ne prenait même pas la peine de regarder les images.

Rien de tout ça ne correspondait au père que j'avais connu, jusqu'à ce que je déniche son matériel de pêche à la truite dans un sac en toile suspendu à une poutre de la cave. Mon père racontait souvent ses parties de pêche dans la Fox quand il était enfant. Il connaissait tous les spots. Il avait même servi de guide une fois à une équipe de télévision pour l'émission *Michigan Out of Doors*. Depuis que j'ai trouvé son équipement, je pêche beaucoup dans la Fox, que ce soit dans le bras est comme dans le cours principal. Mon père avait une bonne canne, avec une action de pointe. Je me débrouille pas mal. Avec une soie flottante numéro quatre ou cinq, voire six si je pêche à la nymphe ou au streamer, je reviens souvent avec un panier plein ! Je ne sais pas si je suis aussi bonne à la mouche que mon père, mais j'aime à le croire.

Je pense à lui et à ses récits de moucheur pendant que les infos tournent en boucle. Si j'avais tué deux hommes pour m'évader et qu'une chasse à l'homme allait être lancée contre moi, sans doute l'une des plus grandes qu'a connues le Michigan, je ne foncerais pas tête baissée dans les marais, sans savoir où je vais. Je me rendrais dans l'un des rares endroits sur terre où j'ai été heureuse.

Il est 20 h 45. Je suis assise sur le perron. J'attends le retour de Stephen en bataillant contre les moustiques. Je ne sais pas quelle sera sa réaction quand il va apprendre que le fugitif est mon père, mais c'est sûr que ça va être un moment pénible. Avec sa patience innée de photographe, mon mari s'emporte rarement – c'est ce qui m'a plu chez lui, entre autres – mais tout le monde a ses limites.

Rambo est couché à côté de moi. Je suis allée voir l'éleveur de plotts en Caroline du Nord il y a huit ans pour l'acheter quand il était petit. C'était bien avant que n'arrivent Stephen et les filles dans ma vie. Ce chien, vraiment, n'a qu'un maître – moi. Certes, il protégerait Stephen ou les petites s'il le fallait. Les plotts hounds sont sans peur, à tel point que les amateurs de cette race les surnomment les ninjas du monde canin. Il n'y a pas plus courageux comme chien. Mais si toute la famille était en danger en même temps, c'est moi qu'il choisirait de sauver. Les gens qui versent dans l'anthropomorphisme romantique appelleraient ça de l'amour, de la loyauté, de la dévotion, mais c'est juste dans sa nature de chien. Les plotts ont été sélectionnés pour traquer leur proie pendant des jours, pour se sacrifier plutôt que battre en retraite. C'est dans leurs gènes.

Rambo lâche un wouf ! étouffé et dresse les oreilles. Je lève les yeux. J'entends les criquets, les cigales, le bruissement du vent dans les pins, quelque chose bouge dans les aiguilles, sans doute un mulot ou une musaraigne, j'entends aussi les hou-hou !

d'une chouette rayée de l'autre côté de la prairie qui nous sépare des voisins, les caquètements du couple de hérons qui niche dans la tourbière derrière la maison, et le chuintement d'une voiture passant sur la nationale, mais pour ses super-sens canins, la nuit est un concert vibrant de sons et d'odeurs. Il gémit en sourdine, ses pattes avant se crispent, mais il ne bouge pas. Il ne fera rien sans mon ordre. Je l'ai dressé au geste comme à la voix. Je place ma main sur sa tête et il pose son museau sur mon genou. Tout ce qui rôde dans la nuit ne mérite pas une traque.

Bien sûr, je parle de mon père. Ce qu'il a fait à ma mère était mal, je le sais. Et tuer deux gardiens pour s'échapper de prison est impardonnable. Mais une part de moi – une parcelle pas plus grosse qu'un grain de pollen sur une seule fleur d'une prairie –, cette partie de mon être qui demeurera à jamais la petite fille aux nattes qui idolâtrait son papa, est heureuse qu'il soit libre. Il a passé treize années en prison. Il avait trente-cinq ans quand il a pris ma mère, cinquante quand on a quitté le marais, cinquante-deux quand il a été arrêté et condamné. Ce mois de novembre, il aura soixante-six ans. Il n'y a pas de peine de mort au Michigan, mais quand je pense aux dix ou vingt ans de détention qui l'attendent encore, peut-être même trente s'il vit aussi vieux que son père, je me demande si mourir n'eût pas été préférable.

Une fois délivrée du marais, tout le monde s'attendait à ce que je haïsse mon père pour ce qu'il avait fait à ma mère, et je l'ai haï. C'est vrai. Mais en même temps, j'ai eu de la peine pour lui. Il voulait une femme. Aucune n'aurait accepté de vivre avec lui là-bas. Quand on regarde la situation de son point de vue, il n'avait pas le choix. Il était psychologiquement instable, inadapté, un insoumis obsédé par ses racines indiennes et son personnage d'homme des bois farouche et sauvage… Enlever ma mère était la seule solution. Comment aurait-il pu résister à la tentation ? Les psychiatres de la défense comme du ministère public étaient d'accord sur ce point : il était asocial, mentalement fragile, quoique du côté de la défense on lui trouvât des circonstances atténuantes, telles que des traumatismes cérébraux à force d'avoir été frappé quand il était petit.

Mais moi, j'étais une enfant. J'aimais mon père. Le Jacob Holbrook que je connaissais était un homme ingénieux, drôle, patient et gentil. Il prenait soin de moi, me nourrissait, m'habillait. En outre, il s'agit d'événements qui ont mené à ma propre existence, alors j'ai du mal à dire que je regrette tout sur toute la ligne.

La dernière fois que j'ai vu mon père, on le faisait sortir du tribunal de Marquette, pieds et mains liés, pour être enfermé en compagnie d'un millier d'autres hommes. Je n'ai pas assisté à son procès – mon témoignage a été jugé peu fiable à cause de mon jeune âge et non déterminant puisque ma mère pouvait donner à l'accusation de quoi condamner mon père dix fois à la perpétuité – mais les parents de ma mère m'ont fait venir de Newberry le jour du verdict. Ils espéraient sans doute que si je voyais mon père payer pour ce qu'il avait fait à leur fille, je le haïrais autant qu'eux. C'est aussi ce jour-là que j'ai rencontré mes grands-parents paternels. Imaginez ma surprise quand j'ai découvert que la mère de l'homme que je pensais être un Ojibwé était blonde et blanche.

Depuis ce jour-là, je suis passée plus de cent fois devant la Marquette Branch Prison, pour emmener Sou voir son thérapeute, ou faire du shopping avec les filles, ou aller voir un film au cinéma de Marquette. La prison est invisible de la route. Tout ce qu'on distingue en voiture c'est une allée sinueuse flanquée de deux murs de pierre. On dirait l'entrée d'une vieille propriété menant à une belle demeure perchée sur un promontoire dominant la baie. Les bâtiments de grès de l'administration sont classés aux monuments historiques et datent de l'ouverture de la prison en 1889. Le quartier de haute sécurité où mon père est enfermé est une construction récente de cinq étages, avec cinq cellules individuelles par niveau, cerné d'un mur haut de six mètres, chapeauté d'un grillage de trois mètres. L'enceinte est gardée par huit miradors, cinq équipés de caméras pouvant filmer jusqu'à l'intérieur des cellules. Du moins c'est ce que dit Wikipédia. Je n'y suis jamais entrée. J'ai regardé une fois une vue satellite sur Google Earth. Il n'y avait pas de détenus dans la cour.

Aujourd'hui, il manque un pensionnaire dans la prison. Et je vais devoir dire la vérité à mon mari, toute la vérité et rien que la vérité : qui je suis, et dans quelles conditions je suis née. Je n'en mène pas large !

Comme par hasard, Rambo lâche un aboiement d'alerte. Quelques secondes plus tard, des phares balaient la façade. Les lumières de la cour s'allument au moment où un SUV se gare dans l'allée. Ce n'est pas le Cherokee de Stephen. Il y a, sur le toit, une barre de gyrophares et le logo de la police sur les flancs. L'espace d'un instant, j'espère pouvoir me débarrasser d'eux avant le retour de Stephen. Mais la seconde suivante notre Cherokee apparaît à son tour dans l'allée. Les plafonniers des deux véhicules s'allument en même temps. Je vois sur le visage de Stephen la surprise se muer en panique dès qu'il aperçoit les uniformes. Il accourt vers moi.

— Helena ! Tu n'as rien ? Les filles ? Qu'est-ce qui se passe ?

— Tout va bien.

Je fais signe à Rambo de ne pas bouger et descends les marches du perron.

— Helena Pelletier ? demande le plus haut gradé.

C'est un jeune qui doit avoir à peu près mon âge. Son collègue est plus jeune encore. Combien de gens ont-ils déjà interrogés ? Je hoche la tête et saisis la main de Stephen.

— Nous aimerions vous poser quelques questions sur votre père, Jacob Holbrook.

Stephen tourne la tête vers moi.

— Ton père ? C'est quoi cette histoire ? Je ne comprends rien. Le type qui s'est évadé… c'est ton père ?

Je hoche à nouveau la tête. Un geste, j'espère, que Stephen prendra à la fois pour un aveu et une excuse. *Oui, Jacob Holbrook est mon père. Oui, je t'ai menti depuis que l'on se connaît. Oui, le sang de ce monstre coule dans mes veines, et dans celles de tes filles. Je suis désolée. Désolée que tu l'apprennes ainsi. Désolée de ne pas te l'avoir dit. Pardon, pardon, pardon.*

Il fait sombre. Le visage de Stephen est caché. Je ne peux savoir ce qu'il pense. Il regarde tour à tour les policiers et moi.

— Entrez, leur dit-il.

À moi, il ne dit rien.

Il lâche ma main et conduit les flics à l'intérieur. Et d'un coup, les murs protégeant ma deuxième vie, édifiés patiemment, s'écroulent.

4

Les agents de la police du Michigan s'assoient sur notre canapé, un à chaque bout, comme deux serre-livres bleus : même uniforme, même taille, mêmes cheveux, leurs casquettes posées sur le coussin du milieu, les genoux relevés très hauts parce que l'assise est basse. Ils semblent plus grands que lorsqu'ils étaient dehors, plus intimidants, comme si leur uniforme leur donnait non seulement une aura d'autorité mais également deux tailles de plus. Ou alors c'est la pièce qui semble plus petite en leur présence, parce que nous avons rarement des visiteurs. Stephen leur a proposé un café mais ils ont décliné l'offre. Tant mieux. Je n'ai aucune envie qu'ils s'attardent.

Stephen est perché sur le bord du fauteuil à côté du sofa, comme un oiseau prêt à prendre son envol. Il agite nerveusement sa jambe droite. À l'évidence, il voudrait être ailleurs. Moi, je suis assise dans le second fauteuil, de l'autre côté. Cette distance physique entre moi et mon mari n'est pas un hasard. Stephen n'aurait pu s'asseoir plus loin de moi. Comme il est clair qu'il évite mon regard depuis qu'il a fait entrer les policiers.

— Quand avez-vous vu votre père pour la dernière fois? demande le gradé dès que nous nous sommes installés.

— Je ne lui ai pas parlé depuis le jour où j'ai quitté le marais.

Le policier lève un sourcil. J'entends ses pensées. J'habite à soixante-dix kilomètres de la prison où il est incarcéré depuis treize ans et je ne lui ai jamais rendu visite?

— Treize ans, donc.

Il sort un stylo de sa poche et fait mine de consigner cette info dans son carnet.

— Non, quinze, rectifié-je.

Après que ma mère et moi sommes parties, mon père a erré dans les bois de la péninsule supérieure pendant deux ans avant d'être arrêté. Le policier le sait très bien. Il place ses pions, pose des questions dont il connaît les réponses pour savoir quand je dis la vérité et quand je la cache. Je n'ai en fait aucune raison de mentir, mais il l'ignore encore. Jusqu'à preuve du contraire, je suis une suspecte. C'est normal. Un prisonnier ne s'évade pas d'un quartier de haute sécurité sans le soutien de quelqu'un, qu'il soit intra-muros ou à l'extérieur. Et ce quelqu'un, ça peut être moi.

— C'est exact. Vous n'avez donc pas parlé à votre père depuis quinze ans.

— Consultez les registres à la prison si vous ne me croyez pas, lui dis-je sachant très bien qu'il l'a déjà fait. Et mes relevés de téléphone. Tout ce que vous voulez. Je vous dis la vérité.

Bien sûr j'ai eu envie de rendre visite à mon père. Plusieurs fois. Quand la police l'a attrapé, je brûlais d'aller le voir. Newberry est une petite ville et la prison où il était détenu jusqu'à son inculpation ne se trouvait qu'à quelques centaines de mètres de mon école ; j'aurais pu y aller à pied après les cours, ou à bicyclette n'importe quand. Personne ne m'aurait interdit de voir mon père quelques minutes. Mais j'avais peur. J'avais quatorze ans. Il s'était écoulé deux années. J'avais changé, et lui aussi, peut-être. J'avais peur qu'il refuse de me parler. Qu'il soit en colère contre moi puisque c'était de ma faute s'il avait été arrêté.

Après sa condamnation, personne n'allait accepter de faire les cent cinquante kilomètres aller et retour qui séparaient Newberry de Marquette pour que je puisse lui rendre visite, si tant est que j'eusse eu le courage de demander ce service. Plus tard, quand j'ai changé de nom et ai eu mon propre moyen de locomotion, je ne pouvais toujours pas venir le voir parce qu'il m'aurait fallu laisser ma nouvelle identité sur le registre des visites, et je ne voulais pas que mon passé vienne parasiter ma nouvelle vie. Et c'est vrai qu'il ne me manquait pas à ce point. L'envie me saisissait de temps en temps, le plus souvent quand Stephen jouait avec les petites et que quelque chose me rappelait ce que j'avais connu autrefois quand on était ensemble.

La dernière fois où j'ai songé sérieusement à lui rendre visite, c'était il y a deux ans, quand ma mère est morte. C'était une époque douloureuse. Je ne pouvais évoquer la perte de ma mère sans prendre le risque que quelqu'un fasse le rapprochement et comprenne qui j'étais. Je m'étais fait mon propre programme de protection des témoins. Si je voulais que ma nouvelle vie perdure, je devais couper tous les ponts. Mais j'étais la seule enfant de ma mère, et ne pas être présente à ses funérailles était à mes yeux une trahison. Savoir que je ne pourrais plus jamais la voir, plus jamais lui parler, me brisait le cœur, et je ne voulais pas qu'il en soit ainsi avec mon père. J'aurais peut-être pu me faire passer pour une visiteuse de prison, ou une journaliste si quelqu'un s'étonnait soudain de ma venue. Mais mon père aurait d'abord dû donner son accord pour cette entrevue, et j'ignorais s'il accepterait ou refuserait.

— Vous savez où il compte aller ? demande le policier. Une idée de son plan de fuite ?

— Non.

Sinon de mettre le plus de distance possible entre lui et vous, suis-je tentée de rétorquer, mais c'est toujours une mauvaise idée de fâcher des gens armés. Je brûle de leur demander où en sont les recherches, toutefois leur présence ici est particulièrement instructive.

— Vous pensez qu'il va contacter Helena ? demande Stephen. Que ma famille est en danger ?

— Si vous pouvez aller ailleurs pendant quelques jours, ce serait une bonne idée.

Stephen pâlit. Je réagis aussitôt :

— Il ne viendra pas ici. Mon père détestait ses parents. Il n'a aucune raison de revenir sur les lieux où il a grandi. Il veut juste s'enfuir.

— Attends… Ton père a vécu ici ? Dans notre maison ?

— Non, non. Pas dans cette maison. Ses parents habitaient ici, mais quand j'ai hérité de la propriété, j'ai fait démolir la maison.

— C'est là qu'habitaient ses parents… répète Stephen en secouant la tête.

Les policiers le regardent d'un air apitoyé, comme s'ils vivaient ce genre de scène tout le temps. *Ah les femmes!* voilà ce que je lisais sur leurs visages. *On ne peut jamais leur faire confiance.* Moi aussi je compatis. Cela fait beaucoup d'informations pour lui. J'aurais aimé lui apprendre tout ça en tête à tête, à mon rythme, à ma façon, au lieu qu'il se retrouve ainsi devant tout le monde, perdu et dupé.

Stephen me regarde avec intensité cette fois, alors que les flics poursuivent leur interrogatoire pour tenter de me piéger : où me trouvais-je quand mon père s'est échappé? Étais-je avec quelqu'un? Avais-je envoyé des colis à mon père quand il était en prison? Pas même un pot de confiture pour son anniversaire?

Le regard de Stephen me perfore le crâne. Un regard accusateur. Plein de reproches. J'ai les mains moites. Ma bouche prononce les mots qu'il faut, mais mon esprit est hanté par la stupéfaction de Stephen et par mes regrets. J'ai mis toute notre famille en danger. À quoi bon ces sacrifices pour garder le secret sur mon passé puisque tout est révélé maintenant?

Finalement, des bruits de pas résonnent dans le couloir. Iris passe la tête par la porte. Elle ouvre de grands yeux quand elle voit des policiers dans sa maison.

— Papa ? demande-t-elle, avec hésitation. Tu viendras me dire bonne nuit ?

— Bien sûr, ma puce, répond Stephen sans rien laisser paraître. File au lit, je viens te faire un bisou.

Il se tourne vers les flics.

— On en a terminé ?

— Pour le moment.

Le gradé me lance un regard suspicieux, puis nous fait le coup de la carte de visite.

— Si quelque chose vous revient, un détail qui pourrait nous aider, n'importe quoi, appelez-moi.

•

— Je voulais te le dire, annoncé-je dès qu'ils furent sortis de la maison.

Stephen me regarde un long moment, puis secoue la tête.

— Et pourquoi tu ne l'as pas fait ?

Pourquoi, effectivement. J'aurais bien aimé pouvoir répondre à cette question. Bien sûr, je n'ai jamais voulu lui mentir. Quand on s'est rencontrés, il y a sept ans, à la fête de la myrtille de Paradise et que Stephen m'a invitée à manger un hamburger après m'avoir acheté tout mon stock de pots de confiture, je ne pouvais pas lui dire : « J'aimerais bien sortir avec vous. Je m'appelle Helena Eriksson. Au fait, vous vous souvenez du gars qui a kidnappé une fille dans les années 1990 et l'a gardée prisonnière dans les marais pendant douze ans ? Celui qu'on surnommait le Roi des marais ? Eh bien c'est mon père ! » J'avais vingt et un ans. Et cela faisait trois ans que je goûtais au bonheur de l'anonymat. Plus de messes basses, plus de cancanages, plus de doigts tendus dans mon dos, juste moi et mon chien, à vivre notre vie, à chasser, pêcher, et partir à la cueillette. Je n'allais pas rompre mon vœu de silence pour un beau brun qui se découvrait une passion soudaine pour la confiture de myrtilles-quenouilles.

Mais il y a eu d'autres moments où j'aurais pu en parler. Peut-être pas à notre premier rendez-vous, ni à notre second, ni au troisième, mais après, quand le train « Apprenons-à-nous-connaître » était déjà bien lancé, et avant qu'on se tienne à la rambarde du bateau de croisière dans le parc des Pictured Rocks, quand on savait déjà, sans se l'être dit, qu'on était un couple. En tout cas, il aurait fallu le faire avant que Stephen mette un genou à terre sur une grève du lac Supérieur, parce qu'à cet instant-là j'avais bien trop à perdre, et que je ne voyais plus ce que j'avais à gagner.

Stephen secoue encore la tête.

— Je t'ai donné tout l'espace que tu voulais et c'est comme ça que... Est-ce que je dis quelque chose quand tu pars chasser l'ours ? Quand tu passes la nuit toute seule dans les bois ? Quand tu as disparu pendant deux semaines alors que Sou était bébé parce que tu avais besoin d'être seule ? Quelle épouse part à la chasse à l'ours ? On aurait pu affronter ça ensemble, Helena. Pourquoi tu ne m'as pas fait confiance ?

Il aurait fallu mille mots pour lui répondre, mais je n'en trouvai que trois : « Je suis désolée. » Même à mes oreilles, ces mots paraissaient vains. Pourtant c'était la vérité. J'étais désolée. Je lui aurais présenté mes excuses chaque jour de ma vie si cela avait pu servir à quelque chose.

— Tu m'as menti. Et maintenant, notre famille est en danger.

Stephen me tourne le dos et se rend dans la cuisine. La porte extérieure claque. Je l'entends farfouiller dans le garage. Il revient avec une valise dans chaque main.

— Fais ta valise pour toi et les filles. On s'en va chez mes parents.

— Ce soir ?

Les parents de Stephen habitent Green Bay. C'est à quatre heures de route d'ici, sans compter les multiples arrêts pipi quand on voyage avec deux enfants en bas âge. Si nous partons maintenant, on n'arrivera pas avant trois heures du matin.

— Tu as une meilleure idée ? On ne peut pas rester ici. Pas quand l'autre psychopathe est dans les parages.

Il n'a pas dit « ton psychopathe de père », mais il l'a pensé très fort.

— Il ne viendra pas ici, répété-je non parce que je le crois, mais pour en convaincre Stephen.

Je ne veux pas qu'il pense que je mettrais sciemment en danger ma famille. Cette idée m'est insupportable.

— Tu en es sûre ? Tu peux me jurer que ton père ne s'en prendra ni à toi ni aux filles ?

J'ouvre la bouche, mais la referme. Bien sûr que je ne peux le jurer. Comment pourrais-je savoir ce que mon père va faire ou pas ? Je dois bien l'admettre. Il a tué deux hommes pour s'échapper. Et ça, je ne m'y attendais pas.

Stephen serre les poings. Je suis prête. Stephen ne m'a jamais frappée, mais il y a une première fois à tout. Mon père n'hésitait pas à frapper ma mère pour moins que ça. Stephen gonfle sa poitrine. Et pousse un long soupir. Prend une nouvelle inspiration, et souffle à nouveau. Il ramasse la valise rose des filles, tourne les talons et s'éloigne dans le couloir. J'entends les tiroirs qui cognent.

— Papa ? demande Iris d'une voix plaintive. Tu es fâché contre maman ?

J'attrape l'autre valise et me rends dans notre chambre à coucher. Je prends tout ce dont Stephen aura besoin pour son séjour chez ses parents et la pose devant la porte d'entrée. Je veux lui dire que je comprends sa réaction, que j'aurais voulu que les choses soient différentes, que cela me fend le cœur de le sentir si loin de moi. Mais quand il revient avec la valise pleine, passe devant moi, récupère l'autre valise pour emporter le tout dans la voiture, je ne dis rien.

On boutonne les vestes des filles sur leurs pyjamas sans se dire un mot. Stephen prend Sou dans ses bras et l'emmène dans le Cherokee. Je suis le mouvement, en tenant Iris par la main.

— Il faudra être bien gentille, lui dis-je en l'installant sur son rehausseur avant de boucler sa ceinture. Écoute bien papa. Fais tout ce qu'il te dit.

Iris bat des paupières et se frotte les yeux comme pour s'empêcher de pleurer.

Je lui tapote la tête et pose à côté d'elle Monsieur Violet, son ours en peluche, puis fais le tour de la voiture vers la portière conducteur.

Stephen relève la tête et m'aperçoit. Il baisse la vitre.

— Tu ne vas pas chercher Rambo ?

— Je ne viens pas.

— Helena. Ne fais pas ça.

Je sais ce qu'il se dit. Même quand tout va pour le mieux, je déteste aller chez ses parents. Alors débarquer chez eux, avec les filles, en pleine nuit, parce que mon père est un dangereux fugitif… Bien sûr, cela m'est pénible de jouer la comédie, de feindre de m'intéresser à eux alors que nous n'avons rien en commun. Mais le pire, ce sont leurs règles et leurs manières. J'ai fait beaucoup de chemin depuis la sauvageonne que j'étais à douze ans, mais chaque fois que je suis en leur présence, ils me font sans cesse comprendre que je suis encore loin d'être au niveau.

— Ce n'est pas ça. Je dois rester ici. Pour aider la police.

Ce n'est qu'une partie de la vérité. Stephen n'accepterait jamais d'entendre la vraie raison : entre le moment où le flic m'a posé sa première question et celui où ils ont quitté la maison, j'ai compris que la seule personne qui puisse retrouver mon père et le ramener en prison, c'est moi. Personne ne connaît mieux les bois que mon père, mais je ne suis pas loin derrière. J'ai vécu avec lui pendant douze ans. Il m'a formée, m'a enseigné tout ce qu'il savait. Je sais comment il pense. Ce qu'il va faire. Où il va aller.

Si Stephen connaissait mes intentions, il me rappellerait que mon père est armé et dangereux. Il a abattu deux gardes, et la police est convaincue qu'il est prêt à tuer de nouveau. Mais je suis la seule personne à qui il ne ferait pas de mal.

Stephen plisse les yeux. J'ignore s'il sait que je lui cache quelque chose. Est-ce que cela ferait une différence ?

Finalement, il hausse les épaules.

— Appelle-moi, lâche-t-il dans un soupir.

Et il remonte la vitre.

Les lumières de la cour se rallument quand il fait demi-tour pour descendre l'allée. J'agite la main pour leur dire au revoir. Iris répond à mon signe. Pas Stephen.

Je regarde les feux du Cherokee disparaître au loin, puis vais me rasseoir sur le perron. La nuit est noire et froide. Soudain, je m'aperçois que depuis notre mariage – six ans – je n'ai jamais passé la nuit seule dans cette maison. Une boule monte dans ma gorge. Je déglutis. Je n'ai pas le droit de m'apitoyer sur mon sort. C'est moi la responsable. Je viens de perdre ma famille et tout est de ma faute.

J'ai déjà connu ça, quand ma mère a fait sa dépression. Elle ne sortait plus de sa chambre pendant des jours, parfois toute une semaine durant, et mes grands-parents ont fini par demander au tribunal de lui retirer ma garde. Si Stephen ne revient pas, s'il décide que mon péché par omission est impardonnable et qu'il demande le divorce, je ne reverrai plus jamais mes filles. Face à une famille de la classe moyenne parfaitement conventionnelle, je n'ai aucune chance, avec mon enfance dysfonctionnelle, mes lubies, mes excentricités et j'en passe. J'ai tellement de handicaps que cela ne vaudra même pas le coup de se battre. Aucun juge sur terre ne m'accordera la garde. Moi-même, je doute que je la mérite.

Rambo s'approche de moi et pose sa tête sur mes cuisses. Je le serre dans mes bras et enfouis mon visage dans ses poils. Toutes ces années à tenter d'effacer qui je suis, à couper tous les liens avec mon passé. En ne disant à personne le nom de mon père, m'étais-je convaincue, il finirait par disparaître pour de bon. Mais c'était un leurre. Mon père est bel et bien vivant. Au fond de moi, je savais qu'un jour ou l'autre il me faudrait rendre des comptes.

Rambo gémit doucement et s'éloigne. Il disparaît dans l'obscurité. Je me lève et rentre dans la maison pour me préparer. Il n'y a qu'une façon de régler ça. Une seule façon de récupérer ma famille : capturer mon père. Ainsi je prouverai à Stephen que rien ni personne n'est plus important à mes yeux que ma famille.

5

La Cabane

Pendant un long moment, il ne se passa plus rien après que le Roi de la vase eut emporté la princesse terrifiée au fond du marais ; enfin, la cigogne vit du fond de l'eau s'élever une tige verte. Lorsqu'elle atteignit la surface, il en sortit une feuille qui se développa en largeur à vue d'œil ; il s'y joignit un bouton de fleur.

Un matin, la cigogne, passant par là, vit le bouton s'épanouir par la force des chauds rayons du soleil, et au milieu de la corolle se trouvait une ravissante enfant, une délicieuse petite fille, fraîche et virginale comme si elle sortait d'un bain.

« La femme du Viking n'a pas d'enfant ; elle en souhaite un si vivement ! songea la cigogne. Ne dit-on pas que c'est nous qui apportons les bébés ? Eh bien, cette fois il en sera réellement ainsi ! »

La cigogne enleva la petite du calice de la fleur, vola vers le château du Viking. La fenêtre était close, non avec des carreaux de vitre, mais avec des peaux de vessie assez minces pour laisser filtrer la lumière. Elle les troua de son bec, entra dans la salle et déposa l'enfant sur le sein même de la femme du Viking, qui dormait.

La Fille du roi de la vase,
Hans Christian Andersen

Je ne savais pas que quelque chose clochait dans la famille où j'ai grandi. Les enfants ne se posent jamais ces questions. Quels que soient les dysfonctionnements, tout leur paraît normal. Les filles de pères qui ont abusé d'elles retombent une fois adultes avec de tels hommes parce qu'elles sont en territoire connu. C'est familier. Naturel. Même si elles n'ont pas apprécié leur enfance ni les conditions dans lesquelles elles ont été élevées.

Mais j'aimais vraiment la vie dans les marais et j'ai été emplie de chagrin quand tout s'est écroulé. Et c'était moi la cause de cette ruine, quoiqu'il me fallût des années avant que je ne mesure mon rôle dans tout ça. Si j'avais compris à l'époque, les choses auraient été bien différentes. Je n'aurais pas adoré mon père à ce point. Je me serais davantage souciée de ma mère. Mais j'aurais quand même aimé la chasse et la pêche.

Les journaux ont appelé mon père le Roi des marais, en allusion à l'ogre du conte. Je comprends ce choix, bien sûr, comme tous ceux qui connaissent cette histoire. Mais mon père n'était pas un monstre. Je veux que ce soit bien clair. Je sais que ce qu'il a dit ou fait était mal, la plupart du temps. Mais au final, il a tenté de faire au mieux avec ce qu'il avait.

Comme n'importe quel parent. Il ne m'a jamais rien fait, du moins rien sexuellement, contrairement à ce que tout le monde croit.

Je comprends aussi pourquoi les journaux disaient qu'on habitait une ferme. Cela ressemblait à ces petites maisons de pionniers : une construction de bois sur deux niveaux, avec des planches toutes grises, des fenêtres à doubles battants tellement crasseuses qu'on n'y voyait plus à travers, que ce soit dehors comme dedans, un toit de bardeaux. Les dépendances parachevaient le tableau : un abri à trois côtés, une remise à bois et des toilettes au fond du jardin.

Nous, on l'appelait la cabane. Je ne sais pas qui l'avait construite, ni quand, ni pour quel usage. Mais certainement pas des fermiers. La cabane était posée sur un îlot de terre tout en longueur, couvert d'érables, de hêtres et d'aulnes ; affleurant sur l'eau, on aurait dit une femme couchée sur le flanc ; une première bosse pour la tête, une autre légèrement plus grosse pour les épaules, une troisième plus large encore pour ses hanches et ses cuisses. Notre îlot appartenait au bassin-versant du Tahquamenon, une zone humide de trois cents kilomètres carrés – mais cela, je l'ai appris bien plus tard. Les Objiwés l'appelaient l'*Adikamegong-ziibi*, « la rivière où on trouve des esturgeons » mais tout ce qu'on y attrape ce sont des maskinongés, des dorés, des perches et des brochets.

Notre île est bien trop loin du cours principal du Tahquamenon pour être repérée par les pêcheurs et les canoéistes. Les érables qui poussent autour de la cabane nous rendent quasi invisibles depuis les airs. Bien sûr, la fumée de notre cheminée a pu révéler notre présence, mais cela n'a jamais éveillé les soupçons. Si quelqu'un a aperçu le filet gris monter dans le ciel pendant les années où on a vécu là-bas, il a dû se dire qu'un pêcheur ou un chasseur faisait du feu. La précaution, chez mon père, est une seconde nature. Il va sans dire qu'il a attendu des mois après avoir kidnappé ma mère pour prendre le risque de faire une flambée.

Ma mère m'a raconté que pendant les quatorze premiers mois de sa captivité mon père l'avait gardée attachée à un anneau de fer dans la remise à bois. Je ne suis pas sûre que ce soit vrai. J'ai vu des menottes bien sûr, et il s'en est servi avec moi quand c'était nécessaire. Mais pourquoi mon père se serait-il donné la peine de l'enchaîner alors qu'elle n'avait nulle part où fuir ? Rien sinon les marais à perte de vue, percés çà et là d'une hutte de castor ou de rat musqué ou d'un îlot aussi isolé que le nôtre. Une zone trop herbue pour passer en canoë et trop meuble pour s'y aventurer à pied.

Les marais nous protégeaient durant le printemps, l'été et l'automne. En hiver, des ours, des loups et des coyotes traversaient de temps en temps la glace. Un jour, alors que j'enfilais mes bottes pour aller aux toilettes avant d'aller me coucher – parce qu'avec ce froid personne n'a envie de sortir en pleine nuit pour se soulager –, j'ai entendu du bruit sur le perron. J'ai cru que c'était un raton laveur. La nuit était plutôt douce pour la saison, à peine quelques degrés en dessous de zéro, avec une pleine lune qui éclairait presque comme en plein jour et trompait les animaux qui hibernaient, leur faisant croire que c'était le printemps. Je suis sortie sur le perron et ai vu une forme noire presque aussi grande que moi. Pensant toujours que c'était un raton laveur, j'ai crié et tapé dans mes mains pour le faire fuir. Ces animaux peuvent faire beaucoup de dégâts et c'est moi qui serais de corvée pour nettoyer tout son bazar.

Mais ce n'était pas un raton laveur. C'était un ours noir, et pas un jeune. La bête s'est retournée et s'est mise à souffler comme une locomotive. Si je ferme les paupières, je sens encore son haleine de poisson, ma frange voleter quand son souffle a atteint mon visage. « Jacob ! » ai-je crié. L'ours a vrillé son regard dans le mien. Je ne l'ai pas quitté des yeux jusqu'à ce que mon père arrive avec son fusil et l'abatte.

On a mangé de l'ours tout l'hiver. La carcasse était suspendue dans l'abri, comme une personne sans peau. Ma mère n'aimait pas cette viande. Elle la trouvait trop grasse, avec un goût de poisson, mais cela n'avait rien de surprenant. « On est ce qu'on mange », comme disait mon père. On a étendu la peau devant la cheminée du salon, en la clouant au sol pour qu'elle ne se rétracte pas. La pièce empestait la charogne jusqu'à ce que la face interne sèche, mais j'aimais bien m'asseoir sur la fourrure, les pieds tournés vers l'âtre, avec un bol de ragoût d'ours sur mes genoux.

Mon père avait une anecdote avec un ours encore mieux que la mienne. Quand il avait une dizaine d'années, bien avant qu'il ne vive avec ma mère et moi, il arpentait les bois au nord de chez ses parents qui habitaient au bord du lac Nawakwa, près de Grand Marais, pour relever ses pièges. La neige était abondante cette année-là, et près de vingt centimètres étaient tombés la veille, si bien que le chemin et les jalons étaient invisibles sous le tapis blanc. Sans s'en rendre compte, il s'était écarté du sentier et d'un coup, son pied avait traversé le sol et il était tombé dans un grand trou. Une pluie de neige, de branchages et de feuilles s'était abattue sur lui, mais il ne s'était pas fait mal parce qu'il était tombé sur quelque chose de mou et chaud. Aussitôt, il comprit où il était. Il escalada rapidement les parois et sortit de la fosse, mais il avait eu le temps de voir sous son pied un petit ourson à peine né, pas plus grand que sa main. Son cou était brisé.

Chaque fois que mon père racontait cette histoire, je regrettais que cela ne me soit pas arrivé à moi.

Je suis née deux ans et demi après le kidnapping de ma mère. Elle avait alors presque dix-sept ans, à deux semaines près. Elle et moi, on était le jour et la nuit, en apparence, comme en caractère. Mais j'imagine sa terreur quand elle avait appris qu'elle était enceinte de moi.

« Tu vas avoir un bébé », lui aurait annoncé mon père, un jour de la fin de l'automne, alors qu'il ôtait la boue de ses bottes sur le perron avant d'entrer dans la cuisine surchauffée. Il avait été obligé de lui dire ce qui se passait parce qu'elle était trop jeune et naïve pour comprendre la signification de la métamorphose de son corps. Ou alors, elle savait mais était en plein déni de grossesse. Tout dépendait quels sujets avait abordés son professeur de sciences naturelles au collège de Newberry et si elle avait été attentive.

Ma mère aurait relevé la tête de ses fourneaux. Elle était toujours en train de cuisiner quelque chose, ou de faire bouillir de l'eau pour le repas ou la lessive, ou d'aller en chercher.

Dans la première version qui m'est venue à l'esprit, son visage est devenu un masque de stupéfaction tandis que ses mains par réflexe se portent à son ventre. « Un bébé ? » murmure-t-elle. Elle ne sourit pas. Autant que je me souvienne, elle souriait rarement.

Dans la seconde version, elle redresse la tête d'un air de défi et lance : « Je sais ! »

Même si je préfère de loin la deuxième option, c'est la première qui est la plus probable. En toutes ces années passées ensemble tous les trois, pas une fois je n'ai vu ma mère tenir tête à mon père. Parfois, je me dis qu'elle aurait dû. Il faut me comprendre. J'étais un bébé, puis une petite enfant, puis une fillette, et mon seul exemple de mère, hormis ces ménagères en tablier toutes guillerettes dans les publicités du *National Geographic*, c'était cette jeune femme maussade qui accomplissait ses corvées la tête basse, les yeux cernés et rouges d'un chagrin silencieux. Ma mère ne riait jamais, parlait à peine, me prenait rarement dans ses bras, m'embrassait encore moins.

Elle devait être terrifiée à l'idée d'avoir un bébé dans cette cabane. À sa place, je l'aurais été. Peut-être espérait-elle que mon père allait se rendre compte qu'une masure au milieu des marais n'était pas un endroit pour accoucher, qu'il allait l'emmener en ville, la laisser sur les marches d'un hôpital comme une enfant trouvée ?

Mais ce ne fut pas le cas. Le jean et le tee-shirt Hello Kitty que ma mère portait au moment de son kidnapping devinrent bien sûr un problème. À force, mon père se rendit à l'évidence : le maillot ne lui couvrait plus le ventre et elle ne pouvait plus fermer la braguette du pantalon. Il lui prêta alors l'une de ses chemises de bûcheron et une paire de bretelles.

J'imagine ma mère maigrissant en proportion inverse au gonflement de son ventre. Les deux premières années à la cabane, elle perdit beaucoup de poids. La première fois que j'ai vu sa photo publiée par les journaux, j'ai été saisie. Comme elle était dodue avant son enlèvement !

Et puis, alors que ma mère était enceinte de cinq mois, il se produisit l'impensable. Mon père l'emmena faire du shopping ! Apparemment, mon père, qui avait pourtant préparé dans le menu le kidnapping et leur vie dans la cabane, avait oublié d'acheter des affaires pour ma venue future.

Cet oubli, et les tracas qui s'ensuivirent, me font toujours sourire. Un homme qui n'avait pas son pareil pour survivre dans les bois, qui avait enlevé une jeune fille pour en faire sa compagne et était parvenu à la garder prisonnière pendant quinze ans sans que personne les trouve, n'avait pas prévu l'inévitable. J'imagine mon père envisageant ses options, la tête penchée sur le côté en se frottant la barbe, comme il le faisait chaque fois qu'il réfléchissait – mais des options, il n'y en avait pas tant ! Et, en homme pragmatique, il avait choisi la plus simple et commencé les préparatifs pour une expédition au Soo, la seule ville à moins de deux cents kilomètres qui avait un supermarché discount.

Emmener ma mère dans un magasin était moins dangereux qu'il n'y paraissait. D'autres ravisseurs l'avaient déjà fait avec leurs victimes. La vigilance des gens s'amenuisait. Les souvenirs s'effaçaient. Tant que la victime baissait la tête ou ne se faisait pas connaître, le risque était minime.

Mon père coupa les cheveux de ma mère et les teignit en brun. La présence de cette teinture dans la cabane serait une pièce clé pour l'accusation. C'était là la preuve que mon père avait agi avec préméditation et une minutie machiavélique. Comment pouvait-il savoir qu'il aurait besoin de lui teindre les cheveux ? Ou que ma mère serait blonde ? Tous ceux qui les ont vus ce jour-là dans le supermarché se sont dit qu'il s'agissait d'un père et sa fille. Et si certains remarquèrent que l'adolescente en question était enceinte, elle n'était pas la seule à qui cette infortune arrivait. En tout cas, personne ne pouvait imaginer que l'homme qui lui tenait fermement le bras était en fait le géniteur de l'enfant qu'elle portait. J'ai demandé plus tard à ma mère pourquoi elle n'avait dit à personne qui elle était, ou appelé à l'aide. Parce qu'elle avait l'impression d'être invisible, m'a-t-elle répondu. Elle n'avait que seize ans et, à l'époque, mon père avait passé près de deux ans à la convaincre que plus personne ne la cherchait. Tout le monde l'avait oubliée. Et effectivement, quand ils descendaient le rayon bébé en remplissant leur caddie, personne ne faisait attention à eux. C'était donc la vérité.

Mon père prit en double tout ce dont j'aurais besoin, de taille nouveau-né à adulte. De quoi avoir un jeu à porter pendant qu'on lavait l'autre, m'expliqua ma mère plus tard. Uniquement des vêtements pour garçon, parce que je pourrais les porter quel que soit mon sexe. À quoi pourrait bien me servir une robe dans une cabane au fond du marais ? Beaucoup plus tard, quand la police eut fini de fouiller les lieux et que les journalistes envahirent notre îlot, quelqu'un prit une photo de mes chaussures alignées par taille le long du mur de ma chambre. On m'a dit que ce cliché avait fait le tour de Facebook et Twitter. Cette image, pour les gens, prouvait que mon père avait l'intention de nous garder prisonnières ma mère et moi toute notre vie. Mais pour moi, cette rangée de chaussures, c'était juste la preuve que je grandissais, comme ces parents qui mesurent la taille de leur enfant en faisant un trait sur le mur au fil de la croissance.

En plus des emplettes pour moi, mon père acheta à ma mère deux chemises à manches longues, deux tee-shirts, deux shorts, deux jeans, six petites culottes, un soutien-gorge plus grand, une chemise de nuit en coton, ainsi qu'un chapeau, une écharpe, des moufles et une parka. Il avait kidnappé ma mère le 10 août. Le seul manteau qu'elle avait pour le premier hiver, c'était celui de mon père. Il ne lui a pas demandé quelle couleur elle préférait, ou si elle voulait une écharpe unie ou à rayures. C'est lui qui a tout choisi. Ça, je veux bien le croire. Mon père aimait tout contrôler.

Malgré les bas prix dans ce supermarché, ce voyage avait dû lui coûter une fortune. Je ne sais pas comment il a trouvé l'argent. Peut-être en vendant quelques peaux de castor ? Ou en abattant un loup ? Tuer des loups était illégal dans la péninsule supérieure quand j'étais enfant, mais il y a toujours un marché pour les fourrures, en particulier avec les Indiens. Ou alors il a volé l'argent, ou avait une carte de crédit. Il y a tant de choses que j'ignore au sujet de mon père.

J'ai souvent pensé au jour de ma naissance. J'ai lu des récits de filles kidnappées et retenues captives des années durant et cela m'a aidée à comprendre, en partie, ce que ma mère avait enduré.

Elle aurait dû aller à l'école, avoir un coup de cœur pour un garçon, sortir avec des copines, être fan du groupe de rock du lycée ou pom-pom girl pour l'équipe de football, et toutes ces choses que font les jeunes filles de son âge. Mais au lieu de ça, elle allait avoir un bébé avec personne pour l'aider sinon l'homme qui l'avait arrachée à sa famille, et violée tant de fois qu'elle avait cessé de compter.

Ma mère a accouché sur le vieux lit à barreaux dans la chambre. Mon père avait couvert le matelas avec les draps les plus fins. Il savait qu'il devrait tout jeter après ma naissance. Il s'est montré aussi prévenant qu'il était capable de l'être – autrement dit, il lui apportait de temps en temps à manger ou à boire. Pour le reste, ma mère était abandonnée à son sort. Ce n'était pas de la cruauté de sa part, même s'il pouvait l'être au besoin. C'était juste qu'avant l'accouchement proprement dit, il ne pouvait pas faire grand-chose.

Enfin, le haut de mon crâne est apparu. J'étais un gros bébé. Ma mère s'est déchirée pour m'expulser et ce fut fini. Du moins cela aurait dû l'être. Une minute s'écoula. Puis cinq. Puis dix. Mon père sut qu'il y avait un problème. Le placenta ne s'était pas détaché. Je ne sais pas comment il a compris, mais c'était bien ça. Mon père dit à ma mère de s'accrocher aux barreaux du lit et de se tenir prête parce que ça allait faire mal. Ma mère avait cru ne pouvoir souffrir davantage après la douleur de l'enfantement, mais mon père avait raison. Elle s'évanouit.

Elle me dit aussi que mon père avait fait des dégâts en plongeant la main en elle pour arracher le placenta et que c'était pour cela qu'elle ne pourrait plus avoir d'enfant. C'est possible. Je n'en sais rien. En tout cas, je n'ai ni frère ni sœur, c'est un fait. Quand le placenta ne se détache pas, il faut agir vite pour sauver la mère et il n'y a pas cinquante solutions. En particulier quand il n'y a aucun médecin ni hôpital dans le secteur.

Durant les jours qui suivirent, ma mère délira à cause de la fièvre, conséquence de l'infection inévitable. Mon père me donnait un linge trempé dans de l'eau sucrée entre deux tétées. Parfois ma mère était consciente. Mais la majeure partie du temps, elle était dans les vapes quand il me portait à son sein. Les rares moments où elle était réveillée, il lui faisait boire une infusion d'écorce de saule pour faire tomber la fièvre.

Je comprends maintenant pourquoi ma mère ne se souciait pas de moi. Elle n'a jamais eu de lien avec moi. Elle était trop jeune, trop malade dans la semaine qui suivit ma naissance, trop effrayée, trop seule et recluse dans sa douleur et son chagrin. Comment aurait-elle pu me voir ? Parfois, quand un enfant vient dans des conditions similaires, cela donne à la mère une raison de vivre. Mais cela n'a pas été le cas avec moi. Dieu merci, j'avais un père.

6

Je prends mon sac à dos dans le placard et y fourre des munitions, deux barres Granola, des bouteilles d'eau, puis je jette dans la benne du pick-up les cannes de mon père, ma tente et mon duvet. Ces affaires de camping et de pêche expliqueront ma présence dans les bois si on me pose des questions. Je suis loin de la zone de recherches, mais on n'est jamais assez prudent.

Je charge mon fusil et l'accroche dans la cabine, au-dessus de la lunette arrière. On n'est pas censé avoir une arme à feu chargée dans un véhicule, mais tout le monde le fait. De toute façon, je ne vais pas partir en chasse contre mon père sans être équipée. Mon arme préférée aujourd'hui est la carabine Ruger American. J'en ai eu une demi-douzaine. Elles sont d'une précision redoutable et coûtent bien moins cher que des armes de compétition. Pour les ours, j'emporte aussi un .44 Magnum. Un ours adulte est une montagne de muscles et d'os, et peu de chasseurs peuvent abattre d'un coup un gros mâle. Un ours blessé ne saigne pas non plus comme un cerf.

Le sang s'écoule entre la couche de lard et la peau, et si le calibre est trop petit, le gras de l'ours peut refermer le trou et la fourrure absorber l'hémorragie comme une éponge, si bien que la bête ne laisse aucune trace de sang. Un ours blessé courra jusqu'à l'épuisement, et peut ainsi parcourir quinze à vingt kilomètres avant de s'écrouler. Voilà aussi pourquoi je chasse l'ours avec des chiens.

Je charge le Magnum et le glisse dans la boîte à gants. Mon cœur tambourine dans ma poitrine, j'ai les mains moites. Je suis toujours nerveuse quand je pars à la chasse, mais cette fois le gibier c'est mon père. L'homme que j'aimais enfant. Qui s'est occupé de moi pendant douze ans du mieux qu'il a pu. Le père à qui je n'ai pas parlé ces quinze dernières années. Celui que j'ai fui il y a si longtemps mais dont l'évasion vient de mettre ma famille en miettes.

Je suis trop tendue pour dormir. Je me verse à boire, reviens dans le salon. Je pose mon vin sur la table basse sans prendre la peine de mettre un sous-verre, et m'écroule dans le canapé, les pieds sur la table. Stephen pique une crise contre les filles quand elles mettent les pieds sur les meubles. Mon père s'en fichait totalement. On dit que lorsqu'il s'agit de trouver un mari, une fille choisit le clone de son père – si c'est la règle, alors je suis l'exception. Stephen n'est pas originaire de la péninsule supérieure. Il n'est ni pêcheur, ni chasseur. Il ne saurait pas plus s'évader de prison que conduire une voiture de sport ou faire une trépanation. Lorsque je l'ai épousé, je pensais avoir fait le bon choix. Et la plupart du temps ensuite, j'en ai été convaincue.

Je vide mon verre d'un trait. La dernière fois que je me suis retrouvée aussi démunie c'est quand j'ai quitté le marais. Deux semaines après notre retour à la civilisation, j'ai compris que notre nouvelle vie ne serait pas aussi rose que je l'imaginais. À cause des médias. Personne, je crois, n'imagine la puissance du tourbillon qui vous emporte à cet instant. Il faut être au milieu pour s'en rendre compte. Le monde entier s'émouvait de ce qui était arrivé à ma mère, mais moi, j'étais carrément la bête curieuse. L'enfant sauvage qui avait grandi dans les marais, dans un isolement total. Le fruit d'une jeune fille innocente et de son ravisseur. La fille du roi des marais ! Des inconnus m'envoyaient des choses : des bicyclettes, des peluches, des lecteurs MP3, des ordinateurs portables. Un généreux donateur offrit de payer mes études.

Rapidement, mes grands-parents comprirent que le drame pouvait se révéler une mine d'or. Et ils comptaient bien l'exploiter jusqu'à la dernière pépite. « Ne parlez pas aux médias ! » nous sermonnaient-ils, ma mère et moi, en faisant allusion aux hordes de journalistes qui laissaient des messages sur le répondeur et campaient de l'autre côté de la rue dans leurs cars régie. Si on ne disait rien, ai-je compris, un jour on pourrait vendre notre histoire pour une petite fortune. Je ne savais pas combien de temps on était censées ne rien dire, ni comment une histoire se monnayait, ni même pourquoi il fallait nous payer pour ça. Mais c'était ce que mes grands-parents voulaient, et j'ai fait ce qu'on me demandait. À l'époque, je cherchais encore à faire plaisir.

Le magazine *People* a fait la meilleure offre. Aujourd'hui encore, j'ignore combien ils ont versé d'argent. Ni ma mère ni moi n'en avons vu la couleur. Tout ce que je sais, c'est que, juste avant de partir pour la grande fête que mes grands-parents avaient organisée pour notre retour dans le monde des vivants, mon grand-père nous a fait asseoir et nous a dit qu'une journaliste de *People* allait nous interviewer à la fête et qu'un photographe allait prendre des clichés de nous, et que nous devions répondre à toutes ses questions.

La réception avait lieu au Pentland Township Hall. À en juger par ce nom pompeux, j'imaginais une sorte de château viking : de hauts plafonds voûtés, de gros murs de pierre, des meurtrières, un sol couvert de paille, des poules, des chiens, des chèvres s'ébattant en liberté, une vache laitière attachée dans un coin, avec une grande table dans la salle à manger pour les paysans et des quartiers privés pour les seigneurs et leurs dames. Mais le *Hall* n'était pas un château. Juste une salle des fêtes, une construction de bois peinte en blanc, avec le nom écrit en gros sur la façade pour que personne ne puisse la rater. À l'intérieur, il y avait une piste de danse flanquée d'une petite scène, et en sous-sol, une salle à manger et une cuisine. Un endroit moins gigantesque que je ne l'avais imaginé, mais quand même le plus grand que j'avais jamais vu de ma vie.

On fut les derniers à arriver. On était début avril. Sous la doudoune que quelqu'un m'avait envoyée, je portais un pull rouge garni avec quelque chose qui ressemblait à de la fourrure blanche mais qui n'en était pas, ainsi qu'un jean, et ma paire de chaussures de travail à bouts renforcés que je portais quand je me suis enfuie des marais. Mes grands-parents avaient tenté de me faire porter une robe jaune à carreaux qui appartenait à ma mère avec une paire de collants pour cacher mes tatouages. Les zigzags sur mes mollets étaient les premiers motifs que mon père m'avait faits. En plus de la double rangée de points que j'avais sur les joues, il avait dessiné sur mon biceps droit un petit cerf, comme on en voit dans les grottes, pour célébrer mon premier trophée de chasse, et entre les omoplates, j'avais un ours en souvenir de mon face-à-face avec la bête sur le perron quand j'étais petite. L'ours, c'était mon *mukwa*, mon animal totem. Quand on a été plus intimes Stephen et moi, il m'a posé des questions sur mes tatouages. Je lui ai raconté que j'avais participé à une cérémonie d'initiation tribale quand j'étais petite, que j'étais la fille de missionnaires baptistes dans une île perdue du Pacifique Sud. Plus l'histoire était énorme, plus les gens y croyaient. Je lui ai dit aussi que mes parents avaient été tués sur la même île alors qu'ils tentaient de régler une querelle entre deux tribus belliqueuses – avec cette précision, il ne me demanderait jamais de faire la connaissance de mes géniteurs. Maintenant qu'il n'y a plus de secret, je pourrai lui dire la vérité sur mes tatouages. Mais j'ai tellement pris l'habitude de mentir…

La robe que mes grands-parents voulaient que je mette me rappelait les rideaux de la cuisine de notre cabane, en plus clairs, et sans les trous ni les déchirures. J'aimais bien comme le tissu flottait autour de moi. J'avais l'impression de ne rien avoir du tout. Malheureusement, même si je ressemblais à une fille debout devant le miroir, je continuais à m'asseoir les genoux écartés comme un garçon ; ma grand-mère jugea préférable de me laisser en jean. Ma mère portait la robe bleue, avec le bandeau assorti, qu'on voyait sur la photo de l'avis de recherche, quoique ma grand-mère la jugeât bien trop courte et moulante. Avec le recul, je ne sais pas ce qui était le pire, entre mes grands-parents qui voulaient que leur fille de vingt-huit ans endosse le rôle de la fillette de quatorze ans qu'ils avaient perdue, et ma mère qui acceptait cette pantomime.

Quand on gravit la rampe de bois qui ressemblait à un pont-levis j'étais si impatiente, si excitée par ce grand jour, que je sentais tous mes muscles vibrer. J'entendais presque leurs trémolos. Comme si je m'apprêtais à tirer un dindon sauvage qui déployait sa corolle chatoyante pour une femelle et qu'au moindre mouvement, j'allais le faire fuir. J'avais déjà rencontré des tas de gens, plus que je ne le pensais possible, mais c'était jusqu'alors des membres de ma famille.

— Les voilà ! cria quelqu'un en nous apercevant.

La musique s'interrompit. Il y eut un silence, puis un tonnerre d'applaudissements et de vivats retentit dans la salle. Ma mère fut submergée par une marée de tantes, d'oncles et de cousins. Des gens de ma famille s'agglutinaient autour de moi comme des fourmis. Les hommes secouaient ma main. Les femmes me plaquaient contre leur sein, puis me regardaient, me pinçaient les joues, comme si elles n'en revenaient pas que je sois là. Les autres enfants me surveillaient derrière les adultes, curieux comme des renardeaux. J'avais vu des images de foule dans les *National Geographic* et tenté d'imaginer l'effet que ça faisait d'être entourée par des gens. Maintenant, je savais. C'était bruyant, chaud et plein d'odeurs. J'adorais ça.

La journaliste de *People* se fraya un chemin et descendit les marches à notre rencontre. Elle devait croire que j'étais effrayée par toute cette agitation. Elle ne savait pas encore que c'était ici que je voulais être, que j'avais quitté le marais par choix.

— Tu as faim ? me demanda-t-elle.

Bien sûr ! Ma grand-mère ne m'avait pas autorisée à manger avant de venir parce qu'elle savait qu'il y aurait de la nourriture à profusion à la fête, et elle avait vu juste. Elle me conduisit à une grande table à côté de la cuisine croulant sous les victuailles. Jamais je n'avais vu autant à manger. Avec tout ça, on aurait pu vivre avec ma mère et mon père pendant un an, peut-être deux.

Elle me tendit une assiette aussi fine que du papier.

— Vas-y pioche !

Je ne voyais pas où était la pioche. En plus, je ne voyais pas quoi creuser. Mais j'avais quitté le marais ; quand je ne connaissais pas les manières, je copiais les autres. J'imitais donc la journaliste et, de plats en plats, remplis mon assiette, comme elle. Certains mets étaient étiquetés : *lasagnes végétariennes, macaronis au fromage, gratin de pommes de terre, salade d'ambroisie, haricots verts*, mais tout cela m'était inconnu. Ma grand-mère m'avait dit de goûter à tout pour ne vexer aucune des dames qui avaient préparé ces plats. Je ne voyais pas comment tout ça pourrait tenir dans une seule assiette. Peut-être devais-je en prendre deux ? C'est alors que je vis une femme glisser son assiette (et la nourriture avec) dans une grande boîte en métal et s'en aller. Une fois mon assiette pleine, j'étais donc censée faire pareil. C'était une curieuse coutume. Dans le marais, on ne jetait jamais à manger.

Quand on arriva au bout de la table, il y en avait une autre pleine de tartes, de cookies et de gâteaux – dont un avec un glaçage marron couvert de paillettes arc-en-ciel –, et pas qu'un peu ! Cela scintillait de partout. Douze bougies étaient plantées tout autour d'une étiquette « Bienvenue Helena », en lettres jaunes. Ce gâteau était donc pour moi. Je lâchai mon assortiment macaronis-pommes de terre-haricots verts dans le conteneur métallique, pris une nouvelle assiette et glissai dessus tout le gâteau. La journaliste de *People* sourit, pendant que le photographe me mitraillait. Je sus donc que j'avais fait le bon choix. Depuis que j'avais quitté le marais, j'avais commis bien des erreurs. Aujourd'hui encore, je me souviens de ma première bouchée. C'était si léger, et si crémeux à la fois, comme croquer dans un nuage de chocolat.

Pendant que je mangeais, la journaliste me posa des questions. Comment avais-je appris à lire ? Quel était mon meilleur souvenir de ma vie dans les marais ? Est-ce que j'avais eu mal quand on m'avait fait ces tatouages ? Est-ce que mon père m'avait touchée d'une façon que je n'aimais pas ? Maintenant, je sais que ça voulait dire touchée « sexuellement », ce que mon père n'a jamais fait. Mais j'ai répondu oui parce que de temps en temps il me donnait une tape sur la tête ou une gifle quand j'avais fait une bêtise, comme à ma mère, et ça, bien sûr, je n'aimais pas.

Quand j'ai eu fini mon gâteau, le photographe m'a conduite à la salle de bains pour que je puisse retirer le maquillage qu'avaient mis mes grands-parents pour cacher mes tatouages. (Pourquoi appelait-il ça une salle de bains, alors qu'il n'y avait pas même de baignoire ? Et pourquoi y avait-il des portes étiquetées « hommes » « femmes », et pas de porte « enfants » ? Et pourquoi les hommes et les femmes auraient-ils besoin de salles de bains différentes d'abord ?) La journaliste disait que les gens aimeraient voir mes tatouages, et j'étais bien de son avis.

Après l'interview, j'ai aperçu dehors des garçons qui jouaient avec un ballon. Je connaissais le nom de cet objet parce que ma mère me l'avait dit en me montrant une photo dans un *National Geographic*. Mais je n'en avais jamais vu en vrai. C'était fascinant de voir cette boule rebondir au sol et revenir dans les mains des garçons, comme si elle était vivante, habitée par des esprits.

— Tu veux jouer ? m'a demandé l'un des gamins.

Bien sûr ! Et j'aurais pu rattraper la balle si j'avais su qu'il allait me la lancer. Mais je ne m'y attendais pas et j'ai pris le ballon dans le ventre. Cela m'a coupé le souffle. Mais sans faire vraiment mal. Puis il a roulé par terre. Les garçons ont ri, et ce n'était pas des rires gentils.

Après, tout est parti en vrille. J'ai retiré mon pull parce que mes grands-parents m'avaient dit qu'il fallait le nettoyer « à sec » et que cela coûtait très cher. Je ne voulais donc pas le salir. Et j'ai sorti mon couteau que j'avais sous ma ceinture uniquement parce que je voulais le lancer dans le poteau qui tenait le panier de basket – juste pour leur montrer que j'étais aussi adroite avec une lame qu'eux avec un ballon. Mais l'un d'eux s'est rué pour m'arracher l'arme et s'est coupé la paume. Quel idiot attraperait un couteau par la lame ?

Le reste de « l'incident », comme le nommeront plus tard mes grands-parents, est assez flou. Les gamins hurlaient, les adultes aussi, et ma grand-mère pleurait. Et je me suis retrouvée à l'arrière d'une voiture de police, menottée, sans savoir ce que j'avais fait de mal. J'apprendrai plus tard que les garçons avaient cru que je voulais les attaquer, ce qui était ridicule. Si j'avais voulu trancher la gorge de l'un d'eux, je l'aurais fait.

Évidemment *People* publia toutes les photos de l'événement. En couverture, on me voyait, torse nu, avec mes tatouages de visage, un reflet de soleil sur la lame de mon couteau comme un guerrier yanomami. Il paraît que ce numéro a été leur troisième meilleure vente (après ceux sur les tours du World Trade Center, et l'hommage à la princesse Diana). J'en conclus qu'ils en ont eu pour leur argent.

Avec le recul, je m'aperçois qu'on était tous bien naïfs : mes grands-parents, parce qu'ils croyaient pouvoir gagner de l'argent avec ce qui était arrivé à leur fille, sans craindre un retour de bâton ; ma mère, parce qu'elle imaginait reprendre le cours de sa vie comme si de rien n'était ; moi, parce que je pensais réussir à m'adapter. Après l'« incident », mes camarades à l'école s'étaient scindés en deux groupes : ceux qui avaient peur de moi, et ceux qui m'admiraient et avaient peur de moi quand même.

Je me lève du canapé, m'étire. Je ramène mon verre à la cuisine et le rince, puis je vais dans la chambre, règle le réveil sur mon téléphone et m'allonge tout habillée sur le couvre-lit. Je veux partir dès l'aube.

Ce n'est pas la première fois que je vais traquer mon père, mais je vais faire tout mon possible pour que ce soit la dernière.

7

Le réveil sonne à 5 heures. Je roule sur le côté, attrape mon téléphone et vérifie mes messages. Pas de nouvelles de Stephen. Je glisse mon couteau à ma ceinture et vais dans la cuisine me préparer du café. Quand j'étais petite, la seule boisson chaude qu'on avait, hormis les décoctions médicinales de mon père au goût infâme, c'était la chicorée. Il fallait déterrer les racines, les laver, les faire sécher et enfin les moudre. Beaucoup de travail pour ce qui reste un succédané de café. J'ai vu qu'on en vend dans les supérettes. Qui irait acheter ça ?

Dehors pointent les premières lueurs du jour. Je remplis une bouteille thermos et récupère les clés du pick-up accrochées à la porte. J'ai envie de laisser un mot à Stephen. C'est ce que je ferais d'ordinaire. Il aime savoir où je suis et pendant combien de temps je serai absente ; cette demande ne me dérange pas tant qu'il accepte que mes plans puissent changer et qu'il m'est parfois impossible de le prévenir puisqu'il n'y a pas beaucoup de réseau dans la péninsule supérieure. Un comble quand on y pense, puisque c'est l'un des endroits du pays où un téléphone portable peut réellement vous sauver la vie. Mais finalement, je m'abstiens. Je serai rentrée bien avant le retour de Stephen. Si tant est qu'il revienne.

Rambo hume l'air à la fenêtre alors que je descends notre allée. Il est 5 h 23. Il fait six degrés et ça descend encore. Après l'été indien qu'on a eu hier, le vieux dicton dans le Michigan reprend ses droits : si tu n'aimes pas le temps qu'il fait maintenant, attends de voir dans dix minutes ! Le vent souffle au sud-ouest à vingt-cinq kilomètres à l'heure. Trente pour cent de probabilité de pluie ce matin et cinquante cet après-midi, et c'est bien ce qui m'inquiète. Le meilleur pisteur au monde ne peut suivre une trace après une averse.

J'allume la radio, le temps d'avoir la confirmation que la chasse à l'homme est toujours en cours, puis l'éteins. Les sycomores le long de la route sont à moitié jaunes. Çà et là, un érable rouge flamboie déjà, tout cramoisi. Au-dessus de ma tête, les nuages sont sombres comme des hématomes. Il y a peu de circulation parce qu'on est mardi. Et aussi à cause du barrage sur la M-77 à Seney qui ralentit le flot se dirigeant vers Grand Marais.

Je suppose que mon père, après avoir lancé une fausse piste, a décrit une grande boucle pour revenir vers la rivière. Il aura marché toute la nuit pour mettre le plus de distance possible entre lui et le parc de Seney. Il a dû ensuite suivre la rivière Driggs parce qu'il est plus facile de progresser sur la rive que de couper à travers les bois et a forcément mis le cap au nord – prendre au sud, cela l'aurait fait s'enfoncer plus profond dans la réserve. Et puis la Driggs passe sous la M-28, ce qui lui a permis de traverser la grande route sans risque d'être repéré. Je l'imagine progressant avec prudence dans l'obscurité, se faufilant entre les arbres, pataugeant dans les ruisseaux, plutôt que d'emprunter les allées forestières où il aurait avancé plus rapidement mais se serait retrouvé à découvert et visible d'un hélicoptère.

Dès qu'il a fait jour, il s'est caché dans une cabane inhabitée. Je l'ai fait moi-même bien souvent pour m'abriter quand le temps virait à la tempête. Tant qu'on laisse un mot pour expliquer sa présence et quelques dollars en dédommagement pour la nourriture ou la casse du verrou, personne ne se plaint. Mon défi du jour est de trouver cette cabane. Sitôt qu'il fera nuit, mon père se remettra en marche. Je ne peux suivre sa piste si je ne sais où elle commence. Il faut que je le trouve avant ce soir, sinon demain matin, il aura trop d'avance sur moi.

Son but, je suppose, est de rallier le Canada. Il pourrait se cacher dans la forêt de la péninsule supérieure le restant de ses jours, en se déplaçant sans cesse, toujours de nuit, sans jamais allumer de feu, ni passer un coup de fil, chasser, pêcher, et piller les cabanes pour survivre, comme l'ermite du lac North Pond dans le Maine, qui a vécu pendant près de trente ans sans contact avec les humains. Mais sa vie serait bien plus facile s'il quittait le pays. Il ne peut évidemment se présenter à un poste frontière, mais il y a une grande zone entre le Canada et le nord du Minnesota qui est très peu surveillée. La plupart des routes et des voies ferrées sont équipées de capteurs qui alertent les autorités quand quelqu'un tente de traverser clandestinement, mais il lui suffit de passer par les bois. Une fois franchie la frontière, il pourra continuer au nord tant qu'il voudra et s'installer dans une communauté indienne isolée, prendre une nouvelle épouse s'il y tient et terminer ses jours en paix et dans l'ombre. Mon père peut facilement se faire passer pour un natif.

À dix kilomètres au sud de chez nous, je prends à l'ouest dans l'allée forestière qui mène à l'aire de camping de la Fox. Toute la péninsule est sillonnée d'anciennes routes forestières comme celle-ci. Certaines sont aussi larges qu'une nationale. Mais la plupart sont étroites et envahies par la végétation. Quand, comme moi, on connaît bien le coin, on peut traverser toute la péninsule sans jamais croiser le bitume. Si mon père se dirige vers la Fox, comme je le suppose, il y a trois routes possibles. À en juger par l'heure de son évasion et la distance qu'il a pu parcourir avant de se cacher, cette route médiane est la meilleure option. Il y a deux cabanes sur le chemin que je veux visiter. Ses poursuivants auraient fait de même si mon père ne les avait pas menés sur la fausse piste du parc naturel. Mais ils finiront par comprendre leur erreur. Ou pas. Pendant près de quinze ans, ils n'ont jamais retrouvé ma mère.

Ironie du sort, son kidnapping s'est produit dans une région où il n'y en a jamais eu un seul. Les villes du milieu de la péninsule supérieure du Michigan n'ont de ville que le nom. Seney, McMillan, Shingleton et Dollarville, c'est juste quelques maisons groupées à un carrefour, avec un panneau « bienvenue », une église, une station essence, et un bar ou deux. Seney a un restaurant avec un motel et une laverie automatique. La bourgade marque le début de la « Seney Stretch », si on va vers l'ouest par la M-28, ou sa fin, si on arrive de l'autre côté. Quarante kilomètres d'une route toute droite, plate comme une crêpe, et soporifique, entre Seney et Shingleton qui traverse les restes du Great Manistique Swamp. Les voyageurs s'arrêtent dans l'une de ces deux villes pour faire le plein, acheter des chips et du Coca, pour rompre la monotonie du voyage, ou aller aux toilettes une dernière fois avant de reprendre la route parce qu'ils ne verront plus la moindre trace de civilisation pendant la prochaine demi-heure. Certains disent que la Seney Stretch fait soixante-dix kilomètres de long, mais c'est juste l'ennui qui rallonge les distances.

Jusqu'au rapt de ma mère, les enfants du comté de Luce s'ébattaient en liberté. Et peut-être après aussi, les habitudes ayant la vie dure. De plus, personne n'imagine qu'une horreur pareille puisse arriver deux fois. Le *Newberry News* rapportait tous les crimes et délits, même les plus insignifiants. Et insignifiants, ils l'étaient ! Un étui de CD volé sur le siège avant d'une voiture laissée ouverte, une boîte à lettres vandalisée, une bicyclette subtilisée. Mais un kidnapping d'enfant ? C'était inconcevable.

Ironie du sort aussi : durant toutes les années où mes grands-parents ont cherché désespérément ce qui était arrivé à leur fille, elle se trouvait à seulement trente kilomètres de chez eux. La péninsule supérieure est vaste : vingt-neuf pour cent de la surface du Michigan, trois pour cent de la population, un tiers de forêts.

Les archives sur microfiches du journal détaillaient l'avancée de l'enquête concernant ma mère.

Jour Un : La disparition. L'enfant s'est sans doute égarée et on comptait la retrouver sous peu.

Jour Deux : Toujours disparue. La police de l'État a lancé un avis de recherche et fait appel aux chiens.

Jour Trois : Le périmètre des fouilles est élargi. Les moyens incluent désormais un hélicoptère des gardes-côtes de St.Ignace, ainsi que du personnel des parcs nationaux et un petit avion.

Et ça continuait.

Ce n'est qu'après une semaine d'investigations infructueuses que la meilleure amie de ma mère a reconnu qu'elles étaient parties jouer le long de la voie ferrée quand un homme était venu leur parler, leur annonçant qu'il avait perdu son chien. C'est aussi la première fois que le mot « kidnapping » est apparu. Mais évidemment, il était trop tard.

Quand je vois la photo de ma mère parue dans la presse, je comprends ce qui a attiré mon père : une fille blonde, potelée, avec de longues nattes. N'empêche qu'il devait y avoir un tas de blondes bien en chair de quatorze ans. Pourquoi ma mère ? L'a-t-il suivie pendant des jours, des semaines, avant de l'enlever? Était-il en secret amoureux d'elle? Ou le kidnapping de ma mère était-il une coïncidence, une simple et malheureuse convergence de temps et de lieu? Je penche plutôt pour la dernière option. Je n'ai jamais vu le moindre signe d'affection entre mon père et ma mère, pas que je me souvienne. À moins que nous nourrir et nous vêtir soit le signe de son amour pour nous? Dans mes moments de doute, j'aimerais le croire.

Avant qu'on ne nous retrouve, personne ne savait si ma mère était morte ou en vie. L'article que sortait le *Newberry News*, à la date anniversaire de sa disparition, était chaque année plus court. Les quatre dernières années le titre et le texte – un unique paragraphe – qui accompagnaient la photo étaient exactement les mêmes : « Toujours aucune nouvelle de la fillette enlevée. » Personne ne savait rien de mon père, sinon la description de l'amie de ma mère : un homme mince et plutôt petit, avec une peau sombre et de longs cheveux bruns, portant des boots de travail, un jean et une chemise de bûcheron rouge. Sachant la répartition ethnique de la région à l'époque – Amérindiens, Suédois et Finlandais, à parts égales – et que tous les garçons de plus de seize ans se promenaient avec des godillots et des chemises de bûcheron, cette description ne servait à rien. Hormis cet entrefilet annuel, et les deux trous béants dans les cœurs de mes grands-parents, plus personne ne pensait à ma mère.

Et puis un jour, quatorze ans, sept mois et vingt jours après que mon père eut kidnappé ma mère, elle était réapparue, et son retour avait déclenché la plus grande chasse à l'homme que la péninsule eût connue – du moins jusqu'à aujourd'hui.

Je roule au pas. Non seulement cette route est traître (si je m'approche trop du bord, je risque de m'enliser jusqu'aux essieux et il me faudra une dépanneuse pour me tirer de là), mais je cherche aussi des traces. Bien sûr il est illusoire d'espérer repérer des empreintes de pieds en étant au volant, et mon père, s'il est passé par là, ne risque guère d'en laisser beaucoup, mais qui ne tente rien n'a rien. Quand il s'agit de mon père, je ne laisse jamais rien au hasard.

J'ai suivi bien des fois cette allée forestière. Cinq cents mètres plus loin, il y a un tournant où le bas-côté est stable. Je pourrai m'y garer. À partir de là, si je marche encore cinq cents mètres au nord-ouest et descends un ravin, j'arriverai dans une zone à myrtilles, la plus grande que j'ai vue de ma vie. Les myrtilles aiment l'eau, et il y a un torrent au fond du goulet. Les baies sont particulièrement grosses. Géantes ! Quand j'ai de la chance, je peux récolter ici, en une seule fois, de quoi faire des confitures pour l'année.

Les fraises, c'est une autre paire de manches. Les fraises des bois, ça n'a rien à voir avec les monstres qu'on trouve dans les magasins. Les sauvages ne sont pas plus grosses que l'ongle de mon petit doigt, mais avec un parfum dix fois supérieur à leurs cousines de culture. De temps en temps, je tombe sur une fraise aussi grande qu'un ongle de pouce (et quand ça arrive, elle finit dans ma bouche et pas dans mon panier), mais c'est exceptionnel et on n'en voit jamais de plus grosse. Il faut donc beaucoup de fraises sauvages pour faire un seul pot de confiture. C'est pour cela que je les vends aussi cher.

Mais aujourd'hui, je ne suis pas là pour la cueillette.

Mon téléphone vibre dans ma poche. Un SMS de Stephen :

> J'arrive dans une demi-heure. Les filles sont chez mes parents. Ne t'inquiète pas. On va s'en sortir. Je t'aime. S

Je m'arrête au milieu de la route et regarde fixement l'écran. Stephen revient. Si je m'attendais à ça ! Il a dû déposer les filles et repartir aussitôt. Mon mariage n'est pas fichu. Stephen me donne une seconde chance. Il rentre à la maison !

J'en ai le tournis. Il ne m'abandonne pas. Il sait qui je suis et cela ne le dérange pas. *On va s'en sortir. Je t'aime.* Je pense à toutes les gaffes que j'ai faites, à tous ces loupés à cause de mon ignorance, que j'essayais de dissimuler, de transformer en bonne blague. Mais aujourd'hui, je n'ai plus besoin de faire semblant. Je peux être moi-même. Stephen m'aime pour ce que je suis.

J'arrive dans une demi-heure. Bien sûr, je ne serai pas là à son retour, mais ce n'est pas plus mal. J'ai bien fait de ne pas laisser un mot. S'il savait où je suis partie et ce que je compte faire, il paniquerait. Mieux vaut qu'il imagine que je suis allée prendre un café ou faire quelques emplettes, ou descendue au poste de police pour offrir mes services et que je vais rentrer. Et si tout se passe bien, ce sera le cas.

Je lis encore une fois le texto et remets le téléphone dans ma poche sans répondre. Tout le monde sait qu'il n'y a pas beaucoup de réseau dans la péninsule supérieure.

8

La Cabane

La femme du Viking fut remplie de joie, lorsqu'en se réveillant elle trouva sur son sein la ravissante petite fille. Elle l'embrassa, la caressa ; mais la petite se mit à crier épouvantablement, à se démener, à frapper des pieds et des mains ; elle paraissait d'une humeur terrible. Enfin, à force de pleurer, elle s'endormit, et quand elle dormait elle était le plus joli bijou qu'on pût voir.

Un peu avant le matin la femme du Viking s'éveilla. Quelle ne fut pas son angoisse ! L'enfant avait disparu. Elle sauta en bas de sa couche, alluma un falot et chercha partout dans la chambre. Enfin sur le lit, à la place des pieds, elle vit, non pas la petite fille, mais une énorme et affreuse grenouille.

Le soleil venait de se lever, il darda ses rayons vers le lit jusque sur la grosse grenouille. Aussitôt la large bouche de la bête se contracta, devint petite et vermeille, les membres se détirèrent, s'allongèrent, le corps prit une forme élégante et gracieuse, et la délicieuse petite fille de la veille reparut ; il ne restait rien de la vilaine grenouille.

« Qu'est-ce que ce prodige? se dit la femme stupéfaite. Est-ce un abominable rêve? Quoi qu'il en soit, reprit-elle après s'être un peu remise, voilà cette enfant chérie qui m'est rendue! » Elle l'embrassa, la serra sur son cœur; mais la petite se débattait, griffant et mordant, comme un chat sauvage.

La Fille du roi de la vase,
Hans Christian Andersen

Mon père aimait raconter comment il avait trouvé notre cabane. Il chassait à l'arc au nord de Newberry quand le cerf eut un sursaut au moment de la décoche et ne fut que blessé. Il le suivit jusqu'au bord du marais, puis il vit l'animal paniqué s'engager dans les eaux profondes et se noyer. Alors qu'il se tournait pour s'en aller, un rayon de soleil frappa une arête métallique de notre toit. Comme disait mon père, un autre jour de l'année, à une autre heure, ou si les nuages avaient été dans une autre partie du ciel, jamais il ne l'aurait vue. Et je pense que c'est la vérité.

Il marqua la zone et revint plus tard avec son canoë. Dès qu'il découvrit la cabane, il sut que le Grand Esprit l'avait conduit en ce lieu pour lui montrer l'endroit où élever sa famille. Je sais, aujourd'hui, qu'on était des squatteurs. À l'époque, cela ne m'avait pas effleuré l'esprit. Et pendant les années où on a vécu là-bas, personne n'est venu poser de questions. Il y a beaucoup de maisons abandonnées dans la péninsule. Les gens ont soudain l'envie de couper les ponts avec la civilisation, alors ils achètent un lopin de terre perdu dans les bois et construisent une cabane. Ça marche pendant un temps. Ils apprécient ce refuge, ce retour aux sources, jusqu'à ce que la vie et ses contingences les rappellent à la réalité : les enfants, le travail, des parents qui vieillissent. Un an passe sans qu'ils y reviennent, puis un autre, et ils ne tardent pas à s'apercevoir qu'ils payent des impôts pour une propriété où ils ne mettront plus jamais les pieds. Et d'un coup, le retour à la nature perd de son charme. Personne ne va acheter dix hectares de marécages et une cabane rustique, hormis un pauvre hère voulant tourner le dos au monde, alors dans la plupart des cas, les propriétaires cèdent le bien à l'État pour payer les arriérés.

Quand la police eut terminé de fouiller les lieux, et que la fièvre des journalistes fut redescendue, l'État réquisitionna discrètement la cabane. Certains pensaient qu'elle serait rasée, à cause de ce qui s'était passé dans ces murs, mais cela aurait coûté trop cher. Personne ne voulait y consacrer un dollar.

On peut visiter la cabane si on veut, même si elle n'est pas facile d'accès – encore faut-il trouver le bon méandre de rivière qui mène à notre îlot. Les chasseurs de souvenirs ont certes dévalisé l'endroit. Il ne reste plus rien à l'intérieur. Aujourd'hui encore, sur eBay, on peut acheter des objets qui sont censés m'avoir appartenu, mais ce sont des arnaques. Je peux le certifier. N'empêche que tout est intact : la cabane, l'abri, la remise à bois, la hutte à sudation, les toilettes, rien n'a changé – hormis le trou qu'a fait un porc-épic dans le mur de la cuisine.

J'y suis retournée il y a deux ans, après la mort de ma mère. Depuis la naissance de mes filles, je brûlais d'y revenir. J'étais adulte et je voulais voir si ma mémoire m'avait joué des tours, si la réalité était conforme à mes souvenirs. À mon arrivée, le perron était couvert de feuilles mortes et d'aiguilles de pin. Avec une branche, j'ai balayé les planches. J'ai monté la tente sous les pommiers et ai rempli deux bonbonnes avec l'eau du marais, et me suis installée devant un feu, en grignotant une barre Granola, sous les pioupious des mésanges à tête noire. Le marais devient d'un coup silencieux avec le soir, quand les animaux du jour rentrent dans leur tanière et que ceux de la nuit ne sont pas encore sortis. Tous les soirs, je m'installais sur le perron de notre cabane après dîner, pour feuilleter un exemplaire du *National Geographic*, ou m'entraîner à faire des nœuds – des plats ou des demi-clés, tous ceux que mon père m'avait appris – en attendant que les étoiles pointent leur nez d'argent : *Ningaabi-anang, Waaban-anang, et Odjiig-anang* – l'étoile du soir, du matin et la polaire, les trois grands astres des Ojibwés. Quand le vent tombe et que le marais est immobile, on peut voir les constellations se mirer dans l'eau. Après avoir quitté les marécages, j'ai passé beaucoup de temps devant la maison de mes grands-parents, les yeux levés vers le ciel.

Je suis restée à la cabane durant deux semaines. J'ai pêché, chassé, posé des pièges. Je cuisinais au feu dehors, parce que quelqu'un avait emporté notre poêle. Le treizième jour, j'ai découvert une flaque grouillante de têtards et j'ai tellement regretté que

Sou et Iris ne soient pas là pour voir ça. J'ai su alors qu'il était temps de rentrer à la maison. J'ai chargé mes affaires dans le canoë et suis retournée au pick-up, en prenant soin de bien regarder le paysage parce que je savais que ce serait la dernière fois que je viendrais ici.

Deux semaines, c'est sans doute une longue absence pour une mère de deux jeunes enfants. À l'époque, j'aurais eu bien du mal à expliquer pourquoi j'avais besoin de m'en aller. J'avais refait ma vie. J'aimais ma famille. Je n'étais pas malheureuse. Mais je cachais depuis si longtemps qui j'étais, cela me demandait tant d'efforts de m'adapter, que j'avais besoin de me retrouver seule avec moi-même.

La vie était douce comme ça, jusqu'à ce que tout bascule.

Ma mère parlait rarement des premières années à la cabane, avant que je ne sois en âge de me forger mes propres souvenirs. J'imagine les corvées inlassables, les lessives, les tétées. Sur le papier, « un change à laver, un change à porter », cela paraissait suffisant. Mais je sais dorénavant – je parle par expérience – qu'un bébé peut salir deux ou trois jeux de vêtements par jour. Sans même parler des couches. Je me souviens de ma mère racontant à ma grand-mère son combat contre mes érythèmes. Je ne me souviens pas avoir souffert quand j'étais petite, mais ma mère prétend que j'avais les fesses écarlates, toutes irritées et purulentes. Ce doit être vrai. Ce ne devait pas être facile pour elle. Vider les couches dans les toilettes au fond du jardin, puis les rincer dans un seau. Faire chauffer de l'eau sur le poêle pour les laver. Puis les faire sécher sur un fil dans la cuisine quand il pleuvait, ou les étendre dehors quand il faisait beau. Les Indiens ne s'embêtaient pas avec les couches, et si ma mère avait été futée, au printemps, elle aurait dû me laisser gambader cul nu. Elle aurait eu bien moins de tracas.

Il n'y avait pas d'eau potable sur notre îlot. Les gens qui ont construit la cabane avaient, à l'évidence, tenté de creuser un puits puisqu'il y avait un grand trou derrière la maison que mon père protégeait avec des planches. Il m'y enfermait de temps en temps quand je n'étais pas sage. Mais il était sec. Pas la moindre trace d'humidité. Peut-être était-ce pour cette raison qu'ils avaient abandonné la cabane? On prenait l'eau dans le marais, dans une retenue de roche qu'on désherbait régulièrement. Le bassin semi-circulaire était assez profond pour y plonger un seau sans remuer les sédiments au fond. Mon père, pour plaisanter, disait que le temps de rapporter les seaux pleins, ses bras avaient rallongé de dix centimètres. Quand j'étais petite, j'y croyais dur comme fer. En grandissant, quand j'ai accompli à mon tour cette corvée, j'ai su que c'était une blague.

Couper et préparer le bois dont ma mère aurait besoin pour me laver et me garder au chaud était du ressort de mon père. J'adorais le regarder fendre les bûches. Il nattait ses longs cheveux noirs pour ne pas les avoir dans les yeux et retirait sa chemise, même quand il faisait froid, et ses muscles ondulaient sous sa peau comme les herbes des Indiens sous la brise. De mon côté, je devais présenter les bûches pour que mon père puisse les fendre sans discontinuer, *tchac! tchac! tchac! tchac! tchac! tchac!* Un coup par bûche, chacune fendue en deux avec cette petite vrille du merlin au dernier moment pour les faire voler de part et d'autre du billot. Les gens qui n'ont jamais fendu du bois s'imaginent que le poids et l'inertie de la tête de la hache suffisent à fendre la pièce. Mais la lame ne fait alors que se planter dans le bois vert, comme un ciseau, et bon courage alors pour la retirer! Une année, les organisateurs de la fête de la myrtille de Paradise où je vends mes confitures ont fait venir des forains. Il y avait une attraction, ce truc où il faut abattre un maillet sur une plateforme, et qui envoie un poids le long d'une glissière. Et le but du jeu est de faire tinter la cloche tout en haut. Devinez qui a gagné le premier prix?

Notre parcelle de bois était au bout de l'îlot. Après que mon père eut coupé les arbres et débité les rondins, il fallait remonter les bûches jusqu'à la cabane. Mon père les aimait larges d'une vingtaine de centimètres, pas trop grosses pour être manipulées, et assez épaisses pour être laissées telles quelles dans le poêle pour que le feu tienne la nuit. Les érables près de la cabane, il les laissait grandir pour qu'on ait du sirop. Un arbre adulte donne environ une corde, et il nous en fallait vingt à trente par an, suivant la rigueur de l'hiver. Alors rentrer le bois nous occupait toute l'année. Un bûcher plein, c'était comme de l'argent en banque, disait mon père, et le nôtre était toujours bien garni. En hiver, il allait abattre des arbres sur un îlot voisin pour que nos réserves durent. Il tirait les rondins sur la glace à la sapie ou avec deux griffes attachées à une corde qu'il passait sur ses épaules. L'industrie papetière qui exploite le bois de pulpe dans la péninsule prétend que le bois est une ressource renouvelable, mais à notre départ de la cabane, tous les arbres sur notre îlot avaient quasiment disparu.

À m'entendre décrire tout ce travail pour le bois de chauffe, on pourrait croire que la vie dans la cabane pendant l'hiver était agréable. Pas du tout ! Ainsi entourés de glace et d'un mètre cinquante de neige, on avait l'impression de vivre dans un freezer. De novembre à avril, la cabane ne se réchauffait jamais. Parfois, la température à l'extérieur restait toute la journée en dessous de zéro. Et la nuit, il n'était pas rare qu'elle descende à moins trente, voire moins quarante. À cette température, on ne peut inspirer sans sentir ses capillaires se contracter au moment où l'air froid entre dans les poumons et les poils du nez geler instantanément dans les narines. C'est un supplice. Pour ceux qui n'ont jamais vécu dans le grand Nord, croyez-moi sur parole, on n'a pas idée comme il est difficile de lutter contre ce froid intense qui s'insinue partout. C'est comme un brouillard malveillant et invisible qui vous assaille de tous côtés, vous enveloppe, monte du sol gelé, se faufile dans le moindre interstice du plancher, la plus petite fente dans le mur. C'est *Kabibona'kan*, le faiseur d'Hiver, qui vient vous dévorer, voler votre chaleur, jusqu'à ce que le sang tourne en glace et que le cœur se congèle. Et contre lui, on n'a que le feu dans le poêle à bois.

Souvent, en me réveillant le matin après un blizzard, je trouvais mes couvertures couvertes d'une pellicule de neige que le vent avait soufflée à travers la jointure des fenêtres, parce que, à cause du froid, le bois s'était rétracté. Je secouais la neige, m'emmitouflais dans les couvertures et descendais l'escalier pour me recroqueviller devant le poêle, les mains refermées sur une tasse de chicorée jusqu'à ce que je trouve la force de bouger. On ne se lavait pas en hiver – impossible ! – c'est l'une des raisons pour lesquelles mon père a construit le sauna. Je sais que cela peut paraître dégoûtant, mais à quoi bon laver nos corps quand on n'avait rien à se mettre de propre ? Et on n'était que tous les trois. Si on sentait mauvais, on ne le remarquait pas, puisqu'on puait tous pareil.

Je n'ai pas beaucoup de souvenirs de ma petite enfance. Des impressions. Des sons. Des odeurs. Plus des sensations de « déjà-vu » que de véritables souvenirs. Bien sûr, il n'y a aucune photo de moi bébé. Mais la vie dans le marais suivait un cycle immuable, alors il n'est pas très difficile de combler les trous. De décembre à mars, c'est la glace, la neige et le froid. En avril, les corbeaux reviennent et les grenouilles pondent. En mai, le marais est tout verdoyant et en fleurs, mais on peut encore trouver une plaque de neige au détour d'un rocher, ou sur le côté nord d'une bille de bois. Juin, c'est le mois des bestioles. Moustiques, brûlots, taons, chrysopes et autres insectes piqueurs – ils sont tous là ! Juillet et août, pour le commun des mortels dans cet hémisphère, c'est l'été par excellence, mais ici, on a un bonus : nous sommes tellement au nord que le jour dure bien après 22 heures. Avec septembre arrivent les premières gelées. Souvent, il neige. Juste une bruine blanche sur les feuilles qui n'ont pas fini de roussir, mais un présage de l'hiver. C'est aussi le mois où les corneilles s'en vont, comme les oies du Canada. En octobre et novembre, les marécages se referment et en décembre, nous sommes à nouveau cernés par la glace.

Imaginez un enfant en bas âge gambadant au milieu de tout ça – que je joue dans la neige, avec force roulades et glissades, que je patauge dans l'eau, sautille dans le jardin en m'imaginant être un lapin ou batte des bras comme un canard ou une oie, les joues, les oreilles, le cou et les mains couverts de piqûres de moustiques, malgré le répulsif maison que mon père fabriquait (racines d'hydraste mélangées à de la graisse d'ours) – et vous aurez un vague aperçu de mes premières années au marais.

Mon premier véritable souvenir remonte à mon cinquième anniversaire. À cet âge, j'étais la copie conforme de ma mère, en un mètre de haut, plus potelée, et brune. Mon père aimait les longs cheveux, alors les miens n'avaient jamais été coupés. Ils me descendaient jusqu'à la taille. La plupart du temps, je les avais en nattes ou rassemblés en queue-de-cheval. Mes vêtements préférés étaient une salopette et une chemise de laine rouge, qui ressemblait à celle de mon père. Mon autre chemise était verte. Mes chaussures de cuir étaient identiques à celles de mon père, sans les bouts renforcés en acier, et en miniature, évidemment. Quand je portais ces habits, j'avais l'impression qu'un jour je deviendrais exactement comme lui. J'imitais ses manières, sa façon de parler, sa démarche. Ce n'était pas de l'adoration, mais c'était pas loin de ça. J'étais totalement, absolument, aveuglément amoureuse de mon père.

Je savais que c'était le jour de mes cinq ans, mais je n'attendais rien de cette journée qui sorte de l'ordinaire. Et pourtant ma mère me surprit en cuisinant un gâteau. Quelque part parmi les piles de conserves, les sacs de riz et de farine de la réserve, elle trouva une préparation pour un gâteau. Un gâteau au chocolat avec des paillettes arc-en-ciel, comme si mon père savait qu'un jour il aurait un enfant. Je n'étais pas attirée par la cuisine, à moins qu'on ne m'ordonne d'aider, mais l'image sur la boîte m'intriguait. Je ne voyais pas comment ce sac de poudre marron pouvait se transformer en gâteau avec des bougies multicolores et un glaçage plein de torsades, mais ma mère m'assura que ce serait le cas.

— « Préchauffer le four à cent quatre-vingts degrés », qu'est-ce que ça veut dire ? demandai-je en lisant les instructions au dos de la boîte (je savais lire depuis l'âge de trois ans). Et comment on va faire sans four ?

J'avais déjà vu des images de fours dans des publicités des *National Geographic*, et je savais qu'on n'avait pas ce genre d'équipement.

— On n'en a pas besoin. On va le faire cuire comme les cookies.

Cela ne me disait rien qui vaille. Les biscuits que préparait ma mère dans une poêle étaient soit brûlés

Dix minutes plus tard, après m'avoir disputée deux fois parce que je n'arrêtais pas de soulever le couvercle pour voir si ça cuisait, elle m'imita. Les bords du gâteau étaient brûlés et le milieu encore tout liquide. Elle ouvrit le foyer et remua les braises pour que la chaleur soit mieux répartie et ajouta une nouvelle bûche, et cela fit l'affaire. Le résultat final ne ressemblait en rien à l'image sur la boîte, mais on le dévora jusqu'à la dernière miette.

Un gâteau à la graisse d'ours peut ne pas paraître ragoûtant, mais c'était la première fois que je mangeais du chocolat, et j'étais au paradis.

Rien que le gâteau m'aurait comblée. Mais une autre surprise m'attendait ce jour-là. Dans une de ses rares démonstrations d'amour maternel, ma mère m'avait confectionné une poupée. Elle avait bourré l'une de mes grenouillères avec du jonc séché, glissé cinq branchettes dans chaque manche pour faire les doigts et les avait tenues en place avec un lacet. Pour la tête, elle avait dessiné sur une chaussette de mon père deux yeux et une bouche au charbon de bois. Eh oui, cette poupée était aussi horrible que ça.

— Qu'est-ce que c'est? demandai-je quand elle posa la chose sur la table, alors que je léchais les derniers restes de gâteau dans mon assiette.

— Une poupée, répondit-elle d'une petite voix. Je l'ai faite pour toi. C'est un cadeau.

— Une poupée? (Je n'avais jamais entendu ce mot.) Ça sert à quoi?

— C'est pour jouer avec. Tu lui donnes un nom. Tu fais semblant que c'est un bébé et que toi tu es sa maman.

Je ne savais que répondre à ça. J'étais très bonne pour faire semblant, mais m'imaginer être la mère de ce machin sans vie dépassait mes capacités d'invention. Heureusement, mon père aussi trouva cette idée ridicule. Il éclata de rire et cela me rassura.

— Allez viens, Helena, me dit-il en me tendant la main. Moi aussi, j'ai un cadeau pour toi.

Il me conduisit dans leur chambre à coucher et m'assit sur le lit. Mes pieds ne touchaient pas le sol. D'ordinaire, la chambre était une *terra interdicta*, alors je battais des jambes toute contente, pendant que mon père se mettait à quatre pattes. Il passa le bras sous le lit et tira une valise en cuir avec une poignée marron et un liseré doré. La mallette devait être lourde parce qu'il poussa un grognement en la soulevant. Puis il la déposa sur le matelas à côté de moi. Le lit gigota sous le poids, comme quand je venais sauter sur le matelas, ce qui était, ça aussi, absolument interdit. Mon père sortit la plus petite clé de son trousseau et l'inséra dans la serrure. Le loquet s'ouvrit dans un clac ! Il leva le couvercle et tourna la valise pour que je puisse voir ce qu'il y avait dedans.

J'en eus un hoquet de stupeur.

La mallette était emplie de couteaux. Des grands, des petits. Des fins, des épais. Certains avaient des manches en bois, d'autres en os sculpté. Il y en avait des pliants, des recourbés qui ressemblaient à des sabres miniatures. Plus tard, mon père m'apprendrait leurs noms, leurs différences, et comment utiliser chacun d'eux pour la chasse, le combat, la défense, mais à l'époque, tout ce qui importait c'est que mes doigts me démangeaient tant j'avais envie d'y toucher. Sentir le froid du métal sur ma peau, la douceur du bois, le tranchant de chaque lame.

— Vas-y. Choisis-en un. Tu es une grande fille maintenant. Tu es en âge d'avoir ton couteau.

Dans l'instant, une chaleur emplit mon ventre, aussi ardente que le feu dans notre poêle. Cela faisait si longtemps que je voulais un couteau. J'ignorais qu'il y avait ce trésor sous le lit de mes parents. Et qu'un jour, mon père déciderait de partager ce trésor avec moi. Je jetai un regard vers la porte. Ma mère se tenait sur le seuil, les bras croisés, les sourcils froncés. Elle n'aimait pas l'idée. Quand je l'aidais à la cuisine, elle ne me laissait pas toucher le moindre objet coupant. Je reportai mon attention sur mon père et soudain, je compris que je n'avais pas besoin d'écouter ma mère. Plus maintenant. Pas quand mon père disait que j'étais assez grande pour avoir mon propre couteau.

Je me penchai sur la valise et examinai chaque arme. Deux fois.

— Celui-là.

J'ai pointé mon doigt sur un couteau avec un pommeau doré et un manche en bois sombre et luisant. J'aimais tout particulièrement la feuille gravée sur l'étui de cuir. Ce n'était pas un petit couteau ; même si mon père avait dit que j'étais une grande fille, je savais que j'allais encore grandir et je voulais un couteau qui allait me suivre, pas un qui deviendrait trop petit comme les vieilles chemises et salopettes abandonnées dans un coin de ma chambre.

— Excellent choix.

Il sortit de la valise le couteau de chasse avec une lame de vingt centimètres à double tranchant – un Bowie, mais à l'époque je ne savais pas que ça s'appelait comme ça –, et il me le présenta comme un roi offrant son épée à un chevalier. Je tendis la main pour l'attraper mais je me figeai. Mon père avait cette facétie : il feignait de me donner quelque chose et quand j'approchais la main, il le retirait au dernier moment. Je ne savais pas si cette fois je pourrais supporter cette plaisanterie. Il sourit devant mon hésitation et d'un signe de tête, m'encouragea à le prendre. Mais cela ne prouvait rien.

Je le voulais tellement ce couteau ! Il me le fallait. D'un mouvement vif, je l'attrapai en espérant qu'il n'aurait pas le temps de réagir. Je refermai les doigts sur le manche et cachai aussitôt l'arme dans mon dos, prête à défendre bec et ongles mon bien.

Devant ma mine, mon père rit aux éclats.

— Tout va bien, Helena. Vraiment. Le couteau est à toi.

Lentement, je sortis le Bowie de sa cachette. Quand je vis son sourire s'agrandir encore et ses mains rester le long de son corps, je sus que cette merveille était bien mienne. Je le tirai de l'étui, le tournai dans mes mains, l'approchai de la lumière puis le posai sur mes genoux. Son poids, sa taille, sa forme, tout m'indiquait que j'avais bien choisi. Je fis glisser mon pouce sur le fil pour en éprouver le tranchant, comme le faisait mon père. Le sang coula.

Cela ne faisait pas mal. Je suçai mon doigt et levai les yeux vers la porte. Ma mère était partie.

Mon père referma la mallette et la remisa sous le lit.

— Prends ton manteau. On va vérifier les collets.

Comme je l'aimais ! Et cette invitation me le fit l'aimer davantage encore. Mon père allait relever les pièges tous les matins. C'était la fin de l'après-midi. Il allait sortir une deuxième fois juste pour que je puisse essayer mon nouveau couteau. Cette attention me transportait de joie. J'aurais tué pour cet homme. Je serais morte pour lui. Et je savais qu'il en était de même de son côté.

J'enfilai rapidement mes affaires d'hiver avant qu'il ne change d'avis, et glissai mon couteau dans la poche de mon manteau. Le Bowie cognait contre ma jambe à chaque pas. On avait posé des collets sur toute la longueur de notre îlot. La couche de neige de part et d'autre du chemin était presque aussi haute que moi, alors je veillai à marcher dans les traces de mon père. On ne pousserait pas loin. Le ciel, les arbres et la neige viraient déjà au bleu du soir. *Ningaabi-anang* brillait sur l'horizon, à l'ouest. Je fis une prière au Grand Esprit. S'il te plaît, s'il te plaît, donne-moi un lapin avant qu'il fasse nuit !

Mais Manitou jouait avec mes nerfs, comme le font les dieux parfois. Les deux premiers collets étaient vides. Dans le troisième, le lapin était déjà mort. Mon père détacha le nœud, replaça la boucle et glissa l'animal tout raide dans sa besace. Il désigna le ciel qui s'assombrissait.

— Qu'en penses-tu, Helena ? On continue ou on rentre ?

L'étoile du soir avait été rejointe par d'autres constellations. Il faisait très froid et ça empirait. Et le vent se levait, comme si le blizzard arrivait. J'avais mal aux joues, mes dents claquaient, j'avais des larmes plein les yeux et je ne sentais plus le bout de mon nez.

— On continue.

Mon père se tourna sans un mot et reprit le chemin. Je le suivis tant bien que mal. Mon manteau était raide et tout humide, mes pieds deux bouts de bois morts. Mais quand nous arrivâmes au piège suivant, j'oubliai dans l'instant mes orteils gelés. Le lapin était encore vivant !

— Dépêche-toi.

Mon père retira ses gants et souffla sur ses mains pour les réchauffer.

Quand un lapin était pris par une patte comme celui-ci, parfois il lui cassait le crâne contre un arbre. Parfois, il l'égorgeait. Je m'agenouillai dans la neige. L'animal était flasque de peur et de froid, mais il respirait bel et bien. Je sortis le couteau de son étui.

— Merci, murmurai-je vers le ciel et les étoiles.

Et d'un trait de lame, je lui ouvris la gorge.

Le sang gicla de la blessure, et aspergea ma bouche, mon visage, mes mains, mon manteau. Je poussai un cri de surprise et me relevai d'un bond. Aussitôt, je sus ce que j'avais fait de mal. Dans ma précipitation pour tuer mon premier gibier, j'avais oublié de m'écarter. Je ramassai une poignée de neige et la frottai sur les pans de manteau en riant.

Mon père rit avec moi.

— Oublie ça. Ta mère s'en occupera à notre retour.

Il s'agenouilla à côté du lapin et trempa deux doigts dans la plaie. Doucement, il me fit m'accroupir, me souleva le menton et passa ses doigts sur chacune de mes joues.

— *Manajiwin*, articula-t-il. Respect.

Il repartit sur le chemin. Je ramassai mon lapin, le calai sur mon épaule et le suivis vers la cabane. Ma peau craquait là où les traces de sang avaient séché. Je souris. J'étais une chasseuse. Une guerrière. Une personne qui méritait respect et honneur. Une créature des bois comme mon père.

Ma mère voulut me laver le visage dès qu'elle me vit, mais mon père l'en empêcha. Elle fit cuire le lapin pour le dîner après avoir nettoyé le sang de mon manteau. Elle nous le servit avec des tubercules de sagittaire bouillis et une salade de pissenlits qu'on faisait pousser dans des caisses en bois au fond du cellier. Ce fut le meilleur repas de ma vie.

Des années plus tard, l'État vendit la collection de couteaux de mon père pour payer les frais de justice. Mais j'ai toujours mon Bowie.

9

Le Bowie que m'a donné mon père pour mon cinquième anniversaire est un Natchez en acier forgé à froid qui se vend dans le commerce sept cents dollars l'unité. C'est l'arme parfaite, un équilibre idéal, dont la forme offre puissance, robustesse et maniabilité, avec un tranchant digne d'un rasoir, permettant des coups de taille comme une machette et d'estoc comme une dague.

Le couteau dont il s'est servi pour s'évader était fait en papier toilette. Cela m'a surprise quand je l'ai appris. Connaissant ses goûts et son expertise, j'aurais pensé qu'il aurait opté pour le métal. Il avait sans doute le temps de s'en fabriquer un. Il avait finalement choisi le papier parce que ça l'amusait de faire une arme létale avec un matériau aussi inoffensif de prime abord. Les détenus peuvent se montrer d'une créativité insoupçonnée quand il s'agit de se fabriquer des armes : des cuillères en plastique, des manches de brosse à dents affûtés contre le ciment comme des lames de rasoirs, ou des lames débitées dans les montants métalliques du sommier, coupés au fil dentaire après de longs mois d'efforts. Mais j'ignorais qu'on pouvait tuer avec un couteau en papier.

Sur YouTube, quelqu'un montre comment en fabriquer un. D'abord, il faut rouler le papier en un cône serré en utilisant du dentifrice comme agent liant, comme la colle avec du papier mâché. Puis on façonne la lame suivant le profil souhaité. Il ne reste plus qu'à enrouler des spires de papier à l'autre bout pour se confectionner un manche. Une fois satisfait du résultat, il faut laisser sécher et durcir. Puis affûter comme de coutume, et on a une arme parfaitement opérationnelle. Et biodégradable ! Jetez simplement dans les toilettes après usage !

Mon père a laissé son couteau sur la scène de crime. L'arme avait rempli son rôle, et il n'avait pas besoin de maquiller les faits. Selon la presse, le couteau de mon père avait une lame de quinze centimètres, à double tranchant et une poignée colorée en brun – je ne veux pas savoir avec quoi ! Cela ne me surprend pas. Les Bowie ont toujours été ses couteaux préférés.

Hormis ces précisions sur le couteau données par la police hier, tout ce que je sais c'est que deux gardiens sont morts, l'un poignardé, l'autre abattu. Les deux armes des surveillants ont disparu. Il n'y a pas eu de témoins. Soit personne n'a vu le fourgon verser dans le fossé au beau milieu de la Seney Stretch, soit personne ne veut parler tant que mon père est en liberté.

Connaissant mon père, je peux combler les trous du récit. Sans doute a-t-il préparé son coup de longue date. Peut-être depuis des années. Comme il a préparé le rapt de ma mère. D'abord se faire passer pour un prisonnier modèle – la première étape de son plan. Il s'agissait d'être en bons termes avec les surveillants qui le conduisaient de la prison aux audiences au tribunal. La plupart des évasions sont dues à des erreurs humaines : un gardien qui néglige de fermer la double serrure des menottes parce que le prisonnier ne représente pas une menace ; une fouille faite trop vite (pour les mêmes raisons) et personne ne remarque que le détenu a une clé de menotte cachée sur lui. Les causeurs de troubles font l'objet de mesures de sécurité drastiques. Mon père s'était évidemment assuré d'endormir leur vigilance.

Il y a cent cinquante kilomètres entre la prison de Marquette et le palais de justice du comté de Luce, qui s'occupait de son cas. Il y avait donc beaucoup de trajets en voiture. Les psychopathes comme mon père peuvent être très charismatiques. Je l'imagine parlant avec les gardiens, devinant les sujets qui les intéressaient, gagnant peu à peu leur confiance. Comme il l'avait fait avec ma mère quand il lui avait raconté qu'il avait perdu son chien. Comme il l'avait fait avec moi pour me monter contre ma mère. Il s'y était pris d'une façon si insidieuse, un travail de sape profond, qu'il m'a fallu des années d'analyses pour accepter l'idée qu'elle comptait pour moi.

J'ignore comment il est parvenu à sortir le couteau de sa cellule pour l'avoir avec lui dans le fourgon. Peut-être l'a-t-il caché dans la couture de sa combinaison, près de l'entrejambe, là où les surveillants avaient moins de chance de le palper ? Ou alors l'a-t-il glissé dans la reliure d'un livre, entre les pages et le dos ? Auquel cas, un petit couteau aurait été bien plus pratique. Mais mon père ne connaît pas la demi-mesure. Un autre trait de son caractère, c'est sa patience. Je suis certaine qu'il a laissé passer un nombre incalculable d'occasions de s'évader jusqu'à ce que toutes les conditions soient réunies. Un jour peut-être le temps était mauvais, un autre les surveillants étaient sur les nerfs, ou trop zélés, un autre encore la finition du couteau n'était pas parfaite. C'est vrai qu'il avait tout son temps.

Hier, les étoiles étaient alignées. Mon père est parvenu à sortir le couteau de sa cellule et l'a dissimulé dans le fourgon, sans doute dans la fente entre le dossier des sièges et l'assise. Il a attendu le trajet retour pour agir, parce que les gardiens seraient moins vigilants après une journée de voyage et aussi parce que la nuit tomberait vite et compliquerait la tâche de ses poursuivants. Et dernier point, parce qu'il voyagerait d'est en ouest, tout le monde sait à quel point c'est dérangeant d'avoir le soleil dans les yeux.

Mon père s'est avachi dans le siège, feignant de dormir. Il connaissait bien la route, même les yeux fermés il savait où ils étaient, mais ne laissant rien au hasard, il soulevait une paupière de temps en temps pour s'assurer de leur position. Ils ont dépassé la sortie pour Engadine, puis Four Corners, monté la colline pour traverser la petite bourgade de McMillan, puis quelques maisons, et la vieille ferme des McGinnis, et sont redescendus pour rallier King's Creek. Encore une colline, puis l'atelier de poterie abandonné construit par un couple de hippies dans les années 1970, puis la Danaher Road, et une colline encore, puis une autre, avant la descente vers la zone humide à l'ouest de la Fox. Fin du voyage pour lui. Son pouls s'est accéléré quand il a aperçu les marais, mais il n'a rien laissé paraître.

Ils ont traversé Seney sans s'arrêter. Peut-être le chauffeur a-t-il demandé à son collègue s'il voulait faire un arrêt pipi ? Peut-être a-t-il continué à rouler en silence – si son compagnon voulait se soulager, il était assez grand pour le dire, non ? Quant aux besoins de mon père, comme d'habitude, on ne s'en est pas soucié. Mais cette fois, peu lui importait. Il a bougé sur son siège, s'avachissant un peu plus, en poussant un ronflement pour dissimuler son mouvement. Il a glissé ses mains menottées dans la fente sous le dossier et a sorti le couteau de sa cachette, le tenant pointe en l'air pour pouvoir frapper de bas en haut, et s'est tassé encore un peu plus.

Quinze kilomètres après Seney, juste après avoir dépassé la Driggs River Road, qui est parallèle à la rivière et qui mène au cœur du parc national, mon père a jailli, peut-être en poussant un cri de guerrier, ou alors silencieux comme un assassin. Avec fracas ou pas, il a plongé le couteau dans la poitrine du garde, enfonçant la lame jusqu'au ventricule droit. Le cœur sectionné, le garde n'a pas beaucoup saigné à l'extérieur, mais à l'intérieur l'hémorragie s'est accumulée et a comprimé le muscle cardiaque qui a cessé de battre.

Sous le coup de la surprise, le gardien n'a pas crié. Le temps qu'il se rende compte qu'il agonisait, mon père avait attrapé son arme et tiré sur le conducteur. Le fourgon a fait une embardée pour terminer sa course dans le fossé, et cela a été fini. Mon père s'est assuré que les deux surveillants étaient morts, a récupéré la clé des menottes et est sorti du véhicule par le poste avant. Il a observé la route à droite, à gauche. Personne. Il a pris au sud, coupant à travers les herbes en direction des bois pour que ses poursuivants aient une piste à suivre.

Après avoir parcouru un ou deux kilomètres, il est allé patauger dans la Driggs. Il a longé le lit sur une petite distance puis est sorti de l'eau – par la même rive parce que la rivière était trop profonde pour la traverser à gué, et qu'il ne voulait pas trop compliquer la tâche des pisteurs. Il fallait les convaincre qu'il se dirigeait vers le parc naturel. Il a laissé çà et là une fougère écrasée, une branche cassée, un bout d'empreinte, juste de quoi leur donner l'illusion qu'ils étaient plus futés que lui et qu'ils allaient le rattraper avant la nuit. Puis au moment propice, il a disparu dans le marais, comme la brume du matin, sans laisser de traces.

Voilà comment j'imagine que ça s'est passé. Du moins, c'est ce que moi j'aurais fait à sa place.

Je suis à deux kilomètres de la première cabane que je veux inspecter quand Rambo gémit. Vu le son, c'est un appel « besoin pressant ». Je ne veux pas m'arrêter, mais quand il se met à gratter mon accoudoir et à tourner en rond sur le siège, je suis obligée de céder. Dernièrement, j'ai remarqué que lorsqu'il demande à sortir, c'est réellement urgent. Je ne sais si c'est à cause de l'âge ou du manque d'exercice. Les plotts vivent entre douze et seize ans, alors à huit ans, il est loin d'être vieux.

Je récupère le Magnum dans la boîte à gants et le glisse dans mon jean. Dès que j'ouvre la portière, Rambo sort comme une fusée. En attendant, j'arpente le bord de la route à la recherche de traces. Je n'espère rien d'aussi évident qu'un bout de tissu orange accroché à une branche – plutôt une empreinte de pas provenant d'une basket sans lacet. Mon père nous disait souvent que si quelqu'un débarquait sur notre îlot, on devait se sauver dans les herbes du marais et se rouler dans la boue et attendre qu'il nous dise qu'on pouvait revenir. Je suis certaine qu'à l'heure qu'il est, la combinaison de mon père est recouverte du même camouflage.

À en juger par l'absence d'arbres et la densité des taillis alentour, cela fait dix ans que l'endroit a été défriché. Tout ce qui pousse désormais, ce sont des myrtilles et des rejets d'aulnes. Les broussailles qu'ont laissées les bûcherons derrière eux, avec toute cette nourriture, en font un coin de prédilection pour les ours. C'est sans doute ce que se dit Rambo, que c'est là la raison de notre présence.

Je traverse la route et longe le bas-côté en sens inverse. Mon père m'a appris à suivre une piste quand j'étais petite. Il laissait des indices volontairement pendant que je jouais ou battais les bois, et puis je devais les retrouver, remonter la piste, et il m'indiquait chaque jalon que je loupais. Parfois on se contentait de se promener et il me montrait en chemin des traces intéressantes. Des crottes. Des empreintes typiques d'écureuils. L'entrée de terrier d'un rat porteur, jonché de plumes et de pelotes de chouettes. Il me montrait un monticule d'excréments et me demandait : « Opossum ou porc-épic ? » La différence était subtile.

À la longue, j'ai compris l'art du pistage. C'est comme apprendre à lire. Chaque signe est un mot. Il s'agit de les relier pour en faire des phrases, pour révéler une histoire, un chapitre de la vie de l'animal qui est passé par là. Supposons que je découvre le trou où un cerf a fait sa litière pour la nuit (le plus souvent, ils sont sur un petit tertre au milieu des marais, ou sur quelque autre élévation, pour que l'animal puisse surveiller les alentours). La première chose à examiner, c'est l'aspect du trou. Cela indique combien de fois la couche a été utilisée. Si les flancs de la litière sont usés jusqu'à mettre la terre à nu, il s'agit d'une couche principale, ce qui signifie que l'animal y reviendra. Ensuite il faut discerner son orientation. La plupart du temps, un cerf se couche dos au vent dominant. Une fois qu'on sait dans quelles conditions climatiques l'animal utilise cette litière, il suffit d'attendre le jour où le vent souffle dans la bonne direction pour aller à l'affût et le tirer. C'est ce genre d'histoire qu'une piste raconte.

Parfois, mon père jouait le gibier. Il s'échappait de la cabane pendant que j'attendais les yeux bandés assise dans la cuisine, dos à la fenêtre pour que je ne sois pas tentée de regarder. Après avoir compté jusqu'à mille, ma mère m'ôtait le bandeau et je me mettais en chasse. Il y avait une myriade d'empreintes devant la cabane. Ce n'était pas facile de trouver les siennes dans tout ce fatras. Je m'accroupissais sur les marches et les observais toutes, une à une, jusqu'à être sûre d'avoir repéré les plus fraîches, parce que si je m'engageais sur la mauvaise piste, jamais je ne le retrouverais, et suivant le temps qu'il aura marché et son humeur à rester caché, l'expérience risquait de se solder pour moi par un séjour dans le puits.

De temps en temps, il sautait du perron jusque dans un tas de feuilles, ou sur un rocher pour rendre ma traque plus difficile encore. Parfois encore, il ôtait ses chaussures et, en chaussettes ou pieds nus, marchait sur la pointe des pieds. Une fois il m'avait trompée en mettant les chaussures de ma mère. On avait bien ri. Depuis mon retour à la civilisation, j'ai remarqué que, lors de jeux, beaucoup de parents laissaient leurs enfants gagner pour ne pas malmener leur ego. Mon père ne m'a jamais facilité la tâche, et je n'aurais pas voulu qu'il le fasse. Comment apprendre sinon ? Quant à mon ego, les fois où je retrouvais mon père et parvenais à le tuer, cet exploit m'emplissait de fierté pendant des jours. Je ne le tuais pas vraiment, bien sûr, mais, suivant l'endroit où il était caché, la traque s'arrêtait quand je tirais une balle à ses pieds ou dans un tronc, une branche à côté de sa tête. Quand j'eus gagné trois fois d'affilée, mon père arrêta ce jeu. Beaucoup plus tard, mon professeur nous lut une nouvelle intitulée : *Les Chasses du comte Zaroff* et cela ressemblait à s'y méprendre à nos jeux à mon père et moi. Était-ce ce livre qui lui avait donné l'idée ? Je brûlais de raconter en classe l'effet que cela faisait d'être à la fois chasseur et gibier, mais j'avais appris à l'époque qu'il valait mieux en dire le moins possible sur ma vie dans le marais.

Un véhicule de police est garé sur le bas-côté – une voiture de patrouille du shérif du comté d'Alger pour être précise, l'un des nouveaux modèles dont ils ont parlé aux infos régionales : blanc avec une bande noire, un logo orange et noir sur les portières, un pare-buffle à l'avant, et une barre de gyrophares sur le toit. On croirait qu'elle sort de l'usine !

Je ralentis. Il y a deux façons de réagir : un, je poursuis mon chemin, feignant de ne pas savoir ce que fait un flic sur cette route perdue au milieu de nulle part. Laissons le policier me faire signe de m'arrêter. Le matériel de pêche dans la benne parlera pour moi. Peut-être le flic reconnaîtra-t-il mon nom et fera le rapprochement avec mon père, quand il aura vérifié mes plaques minéralogiques. Peut-être pas. Dans l'un ou l'autre cas, tout ce que je risque, c'est que le policier me demande de faire demi-tour et de rentrer chez moi, pour me mettre à l'abri.

Ou alors je m'arrête à sa hauteur et lui annonce que j'abandonne mon idée d'aller pêcher et que je rentre à la maison parce que j'ai appris que le prisonnier s'est évadé. L'option numéro Deux présente deux avantages : je peux en profiter pour lui demander où en sont les recherches, ce qui pourrait m'être utile. Ou bavarder avec lui suffisamment longtemps dans l'espoir d'entendre des nouvelles de la chasse à l'homme sur sa radio.

Mais je me rends compte qu'aucune de ces deux versions n'est d'actualité. La voiture est vide.

Je me gare. À l'exception du crachouillis de parasites émanant de la radio, les bois sont silencieux. Je décroche la carabine Ruger de son support au-dessus de la vitre et prends le Magnum dans la boîte à gants. Je scrute les alentours à la recherche du moindre mouvement, puis m'accroupis pour étudier les empreintes. Un seul jeu. Un homme, vu la taille des chaussures. Pesant dans les quatre-vingt-dix kilos à en juger par la profondeur des empreintes. Et à voir la distance entre chaque pas, il avance avec précaution.

Je suis les traces jusqu'à leur disparition dans les herbes. Des fougères cassées, des mottes écrasées. Le policier s'est mis à courir. J'étudie longuement la piste et j'en viens à la conclusion que le policier se dirigeait vers quelque chose, quelque chose qu'il voulait inspecter. Il ne fuyait pas. Au contraire. Il était motivé.

Je passe la Ruger en bandoulière et brandis le Magnum, le tenant à deux mains. J'avance quasiment sans bruit, merci mes mocassins de chasse que je porte toujours quand je vais dans les bois. Encore une leçon précieuse de mon père.

La piste mène vers un bois de bouleaux et de peupliers surplombant un ravin. Je m'approche du bord. Tout en bas, il y a un cadavre.

10

La Cabane

Après que quelques jours et quelques nuits se furent passés, la femme du Viking vit bien ce qu'il en était de l'enfant. Un affreux charme pesait sur la petite. Le jour elle était ravissante comme un elfe, comme une fille du soleil, mais elle avait un caractère méchant et sauvage. La nuit, elle devenait une horrible grenouille, et alors elle était douce et humble, elle gémissait ; ses yeux étaient remplis de chagrin.

Il y avait là deux natures qui, au dehors comme en dedans, alternaient selon le cours du soleil. Le jour, l'enfant avait la figure, la beauté de sa mère, mais sans doute le caractère de son père. La nuit, son corps rappelait qui était son père, le fangeux monarque, mais elle avait l'âme et le cœur de sa mère.

La Fille du roi de la vase
Hans Christian Andersen

Les exemplaires du *National Geographic* furent mes livres d'images, mes premières lectures, mes manuels d'histoire, de sciences et de géographie. Même quand je sus lire, je passais des heures à regarder les photographies. Ma préférée était une petite aborigène quelque part dans l'outback australien. La fillette avait les cheveux ocre et filasse, la peau du même ocre. Elle était assise sur un carré de terre de la même couleur, mâchonnait un bout d'écorce, avec un sourire tranquille comme un petit Bouddha. Elle semblait si grasse et heureuse. On voyait bien qu'à cet instant, elle avait tout ce qu'elle pouvait désirer dans la vie. Quand je regardais cette image, j'aimais me dire que ce petit enfant c'était moi.

Juste derrière la petite aborigène, c'était le reportage sur les Yanomamis de l'Amazonie qui avait ma préférence. Les mères, torse nu, avec leur coupe au bol et leur visage tatoué, donnant la tétée ou portant des bébés sur la hanche, le visage piqueté de baguettes décorées de plumes jaunes ou de houppes blanches. Les hommes portaient des pagnes qui ne couvraient même pas leur anatomie, et sur l'épaule des singes morts ou des oiseaux multicolores qu'ils avaient abattus avec leurs arcs. Les garçons et filles se balançaient à des lianes aussi grosses que leurs bras et plongeaient dans une rivière peuplée, disait l'article, de caïmans noirs, d'anacondas et de piranhas. Je me racontais que ces enfants étaient mes frères et sœurs. Les jours de canicule, je retirais mes vêtements et me peignais le corps avec de la vase et je gambadais sur notre îlot, avec un bout de corde noué à la taille, en brandissant un arc que j'avais taillé dans un rameau de saule, du bois bien trop souple et vert pour tuer ne serait-ce qu'un lapin – mais cela n'avait aucune importance. Il s'agissait juste de faire semblant. Avec les menottes, j'avais suspendu dans la remise la poupée que ma mère m'avait confectionnée et m'en servais comme cible. La plupart du temps les flèches rebondissaient, mais parfois l'une se plantait. Ma mère n'aimait pas que je me promène toute nue, mais mon père s'en fichait.

J'arrachais les photos des magazines et les cachais sous mon matelas. Ma mère venait rarement dans ma chambre, et mon père jamais, mais je préférais ne prendre aucun risque. Je gardai aussi un exemplaire entier sous mon lit ; celui où il y avait un article sur les premières implantations vikings dans le Nouveau Monde. J'adorais tout ce qui avait trait aux Vikings. Les illustrations, retraçant la vie dans leur camp, ressemblaient tant à ce que je vivais – moins les huttes de tourbe et les habitants. Les nuits où mon père faisait un feu, je m'asseyais devant le foyer le plus près possible et contemplais les reliques que les archéologues avaient retrouvées, les objets comme les os, jusqu'à ce que mon père annonce qu'il était temps d'aller au lit pour tous les trois.

J'adorais lire, mais seulement les jours de pluie ou le soir près du feu. J'aimais par-dessus tout mon livre de poèmes. La description de la brume du matin, des feuilles d'automne, des marais pris dans la glace. Tout cela m'évoquait tant de choses. Même le nom du poète était approprié : Frost. Je me demandais si c'était un pseudonyme, comme moi quand je me surnommais « Helga la Téméraire » quand je jouais aux

Vikings. J'ai vraiment eu de la peine quand papa a arraché la couverture pour mettre mes poèmes dans le cabanon des toilettes. Ma mère disait qu'ils avaient eu autrefois du vrai papier hygiénique. Si c'était vrai, alors cela datait de Mathusalem, parce que je n'en avais aucun souvenir. Le papier des *National Geographic* était bien trop raide et glacé, mais on n'avait pas trop le choix.

Si j'avais su comment mon recueil de poésies allait disparaître, j'aurais appris tous les poèmes par cœur. Aujourd'hui, je ne me souviens que de bribes : *Les bois sont charmants, sombres et profonds… dans le ciel de minuit, la lumière d'un soleil couchant… deux routes divergeaient dans un bois jaune, et moi, j'ai pris celle par laquelle on voyageait le moins souvent* – à moins que ce ne soit *sur laquelle* ?

Iris a appris toute seule à lire avant d'aller à l'école. J'aime à me dire que cela vient de moi.

Beaucoup de gens sont choqués par certains aspects de mon enfance. Ceux qui n'ont jamais chassé, par exemple, pourraient s'offusquer que mon père m'ait appris à tirer à six ans. Là encore, ma mère n'avait pas fait d'objections. Dans la péninsule supérieure, la chasse est quasiment une religion. Les écoles ferment le jour de l'ouverture de la saison pour que professeurs et élèves puissent aller prélever leur cerf, quant aux rares entreprises qui restent en activité, leur personnel est réduit à une peau de chagrin. Tous les gens en âge de porter un fusil filent dans les réserves pour chasser et boire, et jouer aux cartes, à l'euchre ou au crib, pendant deux semaines pour fêter celui qui pense avoir eu le plus gros trophée de l'année. Les employés au péage de Mackinac Bridge affichent le nombre de cerfs qui passent la frontière avec la péninsule inférieure sur les toits des voitures ou dans les bennes des pick-up. La plupart des tireurs appâtent le gibier avec des pommes et des carottes que les stations essence et les épiceries vendent par sac de vingt-cinq kilos. Inutile de dire ce que je pense de cette pratique.

Ça pétaradait du matin au soir pendant ces deux semaines de folie en novembre. Adieu la tranquillité des bois, comme quand on entendait, parfois, au loin, le bourdonnement d'une tronçonneuse qui n'était pas celle de mon père. Mon père m'avait expliqué que c'était la « saison de la chasse », la seule période où les Blancs avaient le droit de tirer des cerfs. Deux semaines ! J'étais triste pour ces gens. Qui avait fait une loi aussi idiote ? On aurait dû les enfermer dans un puits comme moi quand je faisais une bêtise. Et que se passerait-il si les Blancs apprenaient qu'on tirait des cerfs quand on voulait ? Mais les lois des Blancs, me disait-il, ne s'appliquaient pas aux Indiens, et ça m'avait rassurée.

Mon père tirait deux cerfs chaque hiver, un mi-décembre, quand les bêtes s'étaient remises de la mitraille de novembre et un autre au début du printemps. On aurait parfaitement pu survivre avec du poisson et des légumes, mais mon père jugeait qu'il fallait varier notre régime alimentaire. Hormis l'ours qui était venu rôder sur le perron et avait fini en descente de lit, les seuls grands animaux que nous tuions étaient les cerfs. Nous n'avions qu'une seule carabine, et pas beaucoup de munitions. Les lapins, on les attrapait au collet. On mangeait aussi les cuisses et les râbles des rats musqués et castors que mon père piégeait. Les écureuils et les chipmunks, je les tuais au lancé de couteau. La première fois que j'avais transpercé un chipmunk, je l'avais cuit au feu derrière la cabane et consommé aussitôt pour ne pas gâcher, comme le veut la coutume indienne. Mais il n'y avait quasiment rien à manger. Je cessai donc de les chasser.

Dès que je pourrais toucher dix boîtes de conserve alignées sur notre barrière sans en rater une seule, m'avait promis mon père, il m'emmènerait à la chasse. Le fait qu'il accepte de gâcher ses précieuses munitions pour m'apprendre à tirer en disait long sur l'importance qu'il portait à cette formation. Je pense qu'il a été surpris par mes progrès. Mais pour moi, cela n'avait rien d'étonnant. La première fois que j'ai épaulé sa carabine, cela m'a paru naturel, comme si c'était une simple extension de mes yeux et de mes bras. Avec ses quatre kilos, la Remington était lourde pour une enfant de six ans, mais j'étais grande pour mon âge, et grâce à tous les seaux d'eau que j'allais puiser, j'étais musclée.

Les semaines s'écoulèrent après que j'eus réussi l'épreuve paternelle, et rien ne se passa. On pêchait, piégeait, posait des collets, mais la carabine restait accrochée dans l'office fermé à clé. Son trousseau ne quittait pas sa ceinture. Je ne sais pas à quoi servaient les autres clés. On ne verrouillait jamais la porte de la cabane, évidemment. Je pense qu'il aimait juste le tintement des clés, leur poids, leur présence. Cela devait lui donner une sensation de pouvoir.

La première fois que je suis entrée dans l'office, j'ai cru qu'on avait de quoi manger pour une armée. Mais mon père m'a expliqué que toutes les boîtes qu'on ouvrait ne pouvaient être remplacées ; il fallait donc faire durer les réserves. Ma mère avait le droit d'ouvrir une conserve par jour. Parfois, elle me laissait choisir. Du maïs à la crème un jour, des haricots un autre, une boîte de soupe Campbell un autre jour encore. (Je ne saurais que bien plus tard qu'on était censés mettre du lait et non de l'eau pour rallonger cette soupe condensée.) Parfois, quand je m'ennuyais, je comptais les boîtes qui nous restaient. Je me disais que lorsqu'on les aurait toutes mangées, on s'en irait.

À chaque fois que je demandais à mon père quand nous allions partir à la chasse, il me répétait que la première qualité d'un bon chasseur était la patience. Il déclarait aussi qu'à chaque fois que je lui posais la question, cela repoussait d'une semaine la date du départ. Je n'avais que six ans, alors j'ai mis un peu de temps pour assimiler le principe. Sitôt que j'eus saisi, je cessai de demander.

Le printemps suivant quand mon père ouvrit la réserve tôt un matin et en ressortit avec la carabine en bandoulière et des balles tintinnabulantes dans sa poche, je sus que le grand jour était arrivé. Je partis aussitôt enfiler mes habits d'hiver et le suivis au-dehors. Mon souffle formait un nuage autour de moi pendant qu'on traversait le marais gelé. Ma mère détestait sortir quand il faisait froid, mais moi, j'adorais explorer les marécages en hiver. C'était comme si le monde avait grandi d'un coup de baguette magique. Je pouvais aller où je voulais. Çà et là, des têtes de quenouilles sortaient de la neige pour me rappeler que je marchais sur l'eau. Je pensais aux grenouilles et aux poissons qui dormaient dessous. Je gardais la bouche fermée et deux jets blancs me sortaient par le nez, comme un taureau de combat. Quand mon nez commençait à couler, je me penchais et me vidais les narines.

La neige crissait sous nos pieds. Elle produit des sons différents suivant les températures et ce bruissement-là indiquait qu'il faisait très froid. Une belle journée pour la chasse, parce que le cerf allait se pelotonner pour garder sa chaleur, et n'allait pas fourrager ni se déplacer. En revanche, cette neige bruyante allait nous compliquer l'approche.

Un corbeau croassa. Mon père me le montra du doigt, en le nommant par son nom indien : *aandeg*. J'avais une bonne vue, mais le corps noir de l'oiseau se fondait si bien dans les branchages que, s'il n'avait pas crié, je ne l'aurais jamais repéré. Mon cœur battait d'admiration pour mon père. Il savait tout sur les Anishinaabes, « le peuple des origines », et tout encore sur les marais : où trouver les meilleurs endroits pour pêcher au trou, à quelle heure de la journée les poissons allaient mordre, comment tester l'épaisseur de la glace pour être sûr de ne pas passer au travers. Il aurait pu être sorcier ou chaman.

Une fois atteint un monticule blanc – la hutte d'un castor recouverte de neige où on posait nos pièges – mon père s'accroupit derrière pour que sa voix ne porte pas.

— On va le tirer d'ici. Ça nous servira d'affût.

Lentement, je relevai la tête. J'apercevais la ligne de cèdres qui entouraient l'îlot, mais aucun cerf en vue. J'étais déçue. Mais alors que je m'apprêtais à me relever, mon père me retint. Il me fit signe de me taire et désigna un point sur l'îlot. Je plissai les yeux, scrutai l'endroit en question. Et enfin, je vis monter les panaches blancs des animaux. Ils étaient couchés, couverts de neige, sous les branches d'un arbre, quasi invisibles. Mon père me tendit sa carabine et, quand je collai l'œil à la lunette, je les distinguai enfin. J'observai la harde. L'un d'eux, le plus gros, était couché à l'écart. Le mâle.

Je retirai mes moufles et les posai dans la neige, ôtai la sécurité et glissai mon index à l'intérieur du pontet. Je sentais le regard de mon père rivé sur moi. Dans ma tête, je récitais les instructions : *Baisse ton coude. Place ta main gauche le plus loin possible sur le fût pour avoir un meilleur appui. Suis toujours la bête après avoir tiré. Ne suppose jamais que tu l'as manquée.* Je retins mon souffle et pressai la queue de détente. L'arme rua sur mon épaule. Cela faisait mal, mais pas plus que lorsque mon père me battait. Je gardais la bête dans la mire alors que reste de la harde s'égaillait. Une balle au poumon ou au cœur ferait juste sauter le gibier. S'il était touché au ventre, il baisserait la queue, arrondirait l'échine et s'enfuirait à toute allure. Mon cerf resta sur place. Mon tir était parfait.

— Viens.

Mon père se leva et se plaça sur le côté, pour me laisser prendre la tête. Je me suis frayé un chemin dans la neige qui m'arrivait aux genoux jusqu'à rejoindre le cadavre. Les yeux de la bête étaient ouverts. Du sang lui coulait dans le cou. La langue pendait de côté. Elle n'avait pas de bois, mais à cette époque de l'année c'était prévisible. Son ventre était énorme, et ça c'était bizarre.

Puis le ventre de l'animal bougea. Pas beaucoup. Juste une onde, un frémissement, comme quand mon père et ma mère s'enroulaient sous les couvertures. Au début, j'ai cru que le gibier n'était pas mort. Puis je me suis souvenue qu'un anaconda avale sa proie vivante et qu'on peut la voir bouger à l'intérieur. Mais les cerfs ne mangent pas de viande.

— Tiens-lui les pattes, m'a ordonné mon père en faisant rouler la bête sur le dos.

Je me suis placée derrière le cadavre pour lui saisir les pattes arrière et l'empêcher de bouger. Mon père a dégainé son couteau et a ouvert avec précaution le ventre blanc de l'animal. À mesure que l'entaille grandissait, j'ai vu apparaître un sabot, puis un autre. Ce n'était pas un mâle que j'avais tiré ! Mon père a sorti le faon de sa mère et l'a posé dans la neige. La mise bas devait être imminente car lorsque mon père a coupé la poche, le faon s'est débattu comme s'il voulait se lever.

Mon père a plaqué le faon au sol pour exposer son cou. J'ai sorti à mon tour mon couteau, en veillant à me tenir sur le côté pour pas que le sang m'éclabousse.

Pendant qu'il s'occupait de la biche, je l'imitais avec le faon en suivant ses instructions : « Trouve le sternum. Repère l'endroit où se termine l'os et où commence le ventre. C'est bien, maintenant coupe jusqu'à l'entrejambe. Vas-y doucement. Il faut que la lame tranche la peau et les membranes mais il ne faut pas percer les boyaux. Voilà. C'est bien. Maintenant tire les intestins comme ça, en commençant du cul vers le haut. Retire, au fur et à mesure, les membranes qui rattachent les organes à la colonne. Maintenant sectionne la peau autour de l'anus et sors le côlon de la cavité. Parfait. C'est fini. »

On a nettoyé nos mains et nos couteaux dans la neige. Je me suis essuyé les doigts sur mon manteau, ai renfilé mes moufles et j'ai regardé avec fierté la dépouille vidée de mon faon. La bête était petite. Juste de quoi faire un ou deux repas, mais la peau semblait assez grande pour que ma mère puisse me confectionner de jolies moufles tachetées.

Mon père a rassemblé les entrailles fumantes à l'intention de l'*aanteg* et de ses amis qui s'agitaient dans les arbres en attendant notre départ. Il a chargé la carcasse de la biche sur son épaule comme si c'était un fétu de paille. Je l'ai imité avec le faon. Et j'ai suivi mon père jusqu'à notre cabane. Le faon était si petit que je ne sentais même plus son poids.

Les semaines suivantes, ma mère travailla sur mes moufles. C'était beaucoup de travail – la peau devait être curée, étirée, foulée. Les femmes indiennes mâchaient les peaux pour les assouplir, mais ma mère n'avait pas assez de force dans les dents pour ça. Elle frottait, section par section, la peau du faon sur le rebord d'une chaise durant de longues heures pour l'assouplir.

Mon père tanna la peau avec les poils pour conserver la robe tachetée du faon. Il se servit de sa cervelle pour le tannage. On aurait pu la débourrer « à l'indienne », en mettant la peau dans l'eau d'un ruisseau, calée au fond avec des pierres, pour que la force du courant finisse d'enlever tous les poils. Mais on n'allait pas manger la cervelle. Autant s'en servir pour cette tâche et ne rien gâcher. Chaque cervelle d'un animal suffisait au tannage de son propre cuir, disait mon père, c'était la preuve que le Grand Esprit savait ce qu'il faisait. Une fois qu'on avait écharné chaque centimètre carré de peau, on faisait bouillir la cervelle avec un volume égal d'eau pour obtenir une huile. On étendait ensuite la peau par terre, face interne vers le haut, et on l'enduisait avec cette mixture. Il fallait s'assurer que la peau était suffisamment humide. C'était ça l'astuce. Si elle était trop sèche, le jus de cervelle ne pénétrerait pas. Mais si elle était trop mouillée, elle ne pénétrerait pas non plus à cause de l'excès d'eau. Ensuite, on roulait la peau et on la laissait reposer une nuit, à l'abri des bêtes. Le lendemain, on la déroulait et on recommençait le processus. Lorsque l'huile avait fini de faire effet, on raclait tous les poils et on relavait la peau. Commençait alors l'assouplissage proprement dit et c'était là la corvée de ma mère.

Je m'aperçois que je n'ai pas beaucoup parlé de ma mère. Je ne sais pas trop quoi raconter sur elle.

Hormis lui demander ce qu'elle avait préparé à manger quand je rentrais affamée de mes escapades, je ne lui ai jamais prêté une grande attention. Elle était là, c'est tout, à l'arrière-plan, à faire son travail de mère qu'exigeait la nature, à savoir me vêtir et me nourrir. Elle n'avait pas la vie qu'elle méritait, ou qu'elle aurait voulue, mais à mes yeux, l'existence dans les marais n'était pas si désagréable que ça. Il devait bien y avoir des moments où elle était heureuse. Je ne parle pas de plaisirs fugaces, de menues joies nées du hasard, comme quand, un printemps, une portée de jeunes mouflettes passait devant la maison tous les soirs et que je voyais ma mère sourire en regardant gambader ces petites boules de poils. Je parle d'un vrai bonheur, d'une réelle sensation de bien-être. Quand elle parvenait à prendre de la distance, à oublier sa condition, et qu'elle se disait : Oui, c'est pas si mal. Là, maintenant, je suis bien.

Je pense qu'elle était dans cet état d'esprit quand elle travaillait dans son jardin. Je me souviens d'elle, alors que j'étais encore toute petite. Dès qu'elle binait, plantait ses graines, cueillait ses légumes, elle perdait son air de chien battu. Ses épaules étaient plus droites. Je l'entendais même chanter de temps en temps. « I'm gonna always love you girl… Please don't go girl. » Je pensais qu'elle inventait ces paroles pour moi. Mais quand on a quitté le marais, j'ai vu les posters d'un groupe de cinq garçons, avec leurs tee-shirts blancs et leurs jeans délavés, punaisés au mur de son ancienne chambre à coucher (un endroit qui avait des airs pour moi de machine à remonter dans le temps). Il s'agissait d'un « boys band » :

les *New Kids on the Block*, alors qu'ils n'étaient ni jeunes, ni nouveaux. Ce n'était pas « ma » chanson, elle n'avait jamais été écrite pour moi. Mais le plus étonnant, c'est de découvrir que ma mère avait eu le droit d'accrocher ses images favorites au-dessus de son lit quand elle était petite.

Avoir des légumes virait à l'obsession. Je n'ai jamais vraiment compris les raisons de sa passion pour les petits pois et les pommes de terre. Tous les printemps, dès que le sol commençait à dégeler, avant même que la neige ait disparu, elle passait bonnet, écharpe, gants et sortait avec sa bêche pour retourner le sol. Comme si exposer au soleil la face gelée des mottes allait accélérer le processus.

C'était plus un jardinet, en fait. À peine cinq mètres de côté, et entouré d'un grillage de deux mètres de haut, mais il produisait bien grâce au compost qu'on alimentait toute l'année durant. Je ne sais pas où ma mère avait appris que des végétaux en décomposition finiraient par transformer le sable de notre île en terreau fertile. De la même manière, comment savait-elle qu'il fallait laisser une partie de la récolte germer à l'automne pour pouvoir replanter au printemps suivant – plus mystérieux encore, qui lui avait dit de laisser des carottes en terre tout l'hiver et qu'elles reprendraient leur croissance au printemps parce qu'il leur fallait deux années pour arriver à maturité ? Je ne pense pas que ce soit mon père ; il était un fourrageur dans l'âme, un chasseur, pas un agriculteur. Ni que ce savoir lui venait de ses propres parents. Du temps où je vivais chez eux, ils n'ont jamais montré le moindre intérêt pour le jardinage. Le contraire eût été étonnant. Il leur suffisait d'aller au supermarché ou à l'épicerie pour avoir tous les légumes frais qu'ils voulaient. Peut-être ma mère avait-elle découvert tout ça dans les *National Geographic* ?

Elle faisait pousser des laitues, des carottes, des petits pois, des courges, du maïs, des choux, des tomates. Je ne sais pas pourquoi elle s'évertuait à planter des tomates. La belle saison était si courte qu'il fallait les récolter avant qu'elles soient mûres si on ne voulait pas les voir réduites en bouillie par les premières gelées. Elle emballait chaque tomate dans du papier et les étalait une à une au sol dans notre cellier pour qu'elles finissent de mûrir, même si neuf sur dix pourrissaient. Le maïs aussi était un combat perdu. Les ratons laveurs avaient le don de faire une razzia à chaque fois que les épis étaient quasiment à point et aucune barrière au monde ne pouvait les arrêter.

Un été, une marmotte avait creusé un tunnel sous la clôture et saccagé tout le plant de carottes. À voir la tête de ma mère, on aurait cru que quelqu'un était mort. Bien sûr, on n'aurait aucune carotte de l'année, mais il y avait tant d'autres tubercules comestibles. Par exemple, les racines de sagittaire. Les Indiens les appelaient *wapatoo*. Au dire de mon père, la méthode indienne pour les récolter, c'était de marcher pieds nus dans la vase et d'arracher les plants avec les orteils. Je ne savais jamais quand mon père était sérieux ou non. Et j'ai rapidement appris à ne plus me poser la question. On se servait d'un vieux râteau à quatre dents comme des fermiers pour les sortir. Mon père enfilait ses cuissardes, s'avançait dans la vase et passait le pourtour de l'îlot au peigne fin. Mon travail était de récupérer les tubercules qui remontaient à la surface. L'eau était si froide, c'était une torture, mais ce qui ne tue pas rend plus fort, comme il disait. Pour m'apprendre à nager, il m'attachait à une corde et me jetait à l'eau. Et me ramenait au bord chaque fois que je me noyais.

Après que j'ai su la vérité pour ma mère et mon père, je me suis souvent demandé pourquoi ma mère ne s'était pas enfuie. Si elle détestait à ce point vivre dans le marais, pourquoi était-elle restée ? Elle aurait pu traverser le marécage gelé pendant que papa et moi on posait nos collets ? Ou alors enfiler ses cuissardes et traverser l'étang pendant qu'on était parti en canoë. Ou encore voler le bateau pendant qu'on chassait dans les bois. Je sais qu'elle était une enfant quand mon père l'a ramenée à la cabane… il lui avait fallu un certain temps pour envisager ces possibilités. Mais elle avait eu plus de quatorze ans pour y penser.

Aujourd'hui que j'ai lu ces récits de jeunes captives, je comprends mieux les forces psychologiques qui étaient à l'œuvre. Quelque chose était brisé en elle, ainsi que son désir d'autonomie. On a beau s'imaginer qu'on se battrait comme des lionnes dans une situation pareille, la vérité, c'est que tout le monde, ou presque, baisse les bras. Et plus vite qu'on ne l'imagine. Quand on est puni plus durement à chaque tentative de rébellion, il faut moins de temps qu'on ne le croit pour faire acte de soumission. Ce n'est pas le syndrome de Stockholm. Les psychologues appellent ça l'apprentissage de l'impuissance. Si une personne kidnappée pense que son ravisseur ne va pas la punir, voire la récompenser par le prêt d'une couverture ou un peu de nourriture si elle fait ce qu'on lui dit, elle va obéir, malgré l'humiliation, malgré le désespoir. Si le ravisseur est prêt à infliger une bonne mesure de souffrance, le processus de résignation est d'autant plus rapide. Au bout d'un moment, la victime, malgré la raison, ne cherchera même plus à s'enfuir.

C'est comme lorsqu'on attrape une souris ou une musaraigne et qu'on la met dans un baquet. Au début, elle tourne en rond, gratte les parois, à la recherche d'une issue. Au bout de quelques jours, elle s'est habituée à sa geôle, et parfois s'aventure même au milieu pour boire et manger, malgré ses instincts de survie les plus fondamentaux. Après quelques jours encore, on peut mettre un bout de tissu ou une cordelette le long de la paroi pour que la bête puisse s'échapper, mais elle tournera toujours en rond, parce que c'est tout ce qu'elle connaît désormais. Et à la fin, elle mourra. Certaines créatures ne sont pas faites pour la captivité. Si je n'avais pas été éprise de liberté, on vivrait encore, ma mère et moi, dans les marais.

Il y avait une autre particularité chez ma mère, un détail d'importance : elle portait toujours des pantalons et des chemises à manches longues quand elle travaillait dans son potager. Jamais de short ni de tee-shirt, que lui avait pourtant achetés mon père. Même les jours de canicule. En cela, elle ne ressemblait en rien aux femmes yanomamis.

11

Je me tiens au sommet du ravin. Les flancs sont raides, la végétation rare. Je distingue clairement le corps du policier tout au fond. Il paraît avoir une quarantaine d'années – un brun, une coupe en brosse, des joues rouges, un cou cuit au soleil. Il semble plutôt en forme, dans les quatre-vingt-dix kilos, pas en surpoids ni rien, à en juger par la profondeur des empreintes de pas. Il a la tête tournée vers moi, les yeux écarquillés de surprise, comme s'il s'étonnait de l'énormité du trou qu'avait laissé la balle dans son dos.

Je pense aux gardes de la prison, à leur famille. À la douleur qui les consumera longtemps après que mon père sera mis de nouveau derrière les barreaux. Je pense aux proches de cet homme qui sont en train de vivre une journée normale, qui ne peuvent savoir que leur mari, leur père, leur frère est mort. Je pense à ce que moi je ressentirais s'il arrivait la même chose à Stephen.

Je scrute les alentours, juste avec les yeux, sans bouger, à la recherche d'un mouvement à la périphérie de mon champ de vision prouvant que mon père est encore dans les parages. Mais un geai crie de l'autre côté du ravin, un pic-vert recommence à piqueter son tronc. Mon père n'est plus là.

Je descends le ravin. Le flic est mort, ça ne fait aucun doute, mais je le roule néanmoins sur le dos pour poser deux doigts dans son cou à la recherche d'un pouls. Quand il retombe face à moi, je recule ma main dans un sursaut, comme si la peau m'avait brûlée. Sa chemise est ouverte, déchirée. Avec des lettres de sang, il est écrit sur sa poitrine : *Pour H*.

Je frissonne. Je me force à respirer lentement. Aussitôt me revient le souvenir d'une autre époque où mon père m'avait laissé un message similaire. L'agate, provenant du lac Supérieur, posée sur le rebord de ma fenêtre, deux ans après qu'on s'était enfuies du marais, était énorme, de la taille d'un poing de bébé : d'un rouge profond, cerclé d'orange avec des lignes blanches concentriques, et un buisson de cristaux de quartz en son milieu. Le genre de pierre qui valait une fortune une fois taillée et polie. Et quand je la retournais, il y avait ces mêmes lettres écrites au feutre noir dessous : *Pour H*.

Au début, j'avais cru à une plaisanterie. À l'époque, j'avais frappé tous les garçons qui étaient venus me chercher des noises après l'épisode du couteau lors de la fête pour mon retour, mais il en restait quelques-uns qui ne voulaient pas s'avouer vaincus et qui poursuivaient leurs tentatives d'intimidations futiles : mettre des animaux morts dans mon casier, ou bomber à la peinture rouge « la fille du roi des marais » sur la porte de mes grands-parents.

Je me suis contentée de mettre l'agate dans une boîte à chaussures et de la glisser sous mon lit. Je n'ai rien dit, ni à ma mère, ni à mes grands-parents, parce que je ne savais pas quoi en penser. J'espérais que la pierre provenait de mon père et en même temps le redoutais. Je ne voulais pas le voir et, tout autant, le désirais. J'aimais mon père, mais lui reprochais mon mal-être d'aujourd'hui, et toute cette souffrance, parce que je ne me sentais à ma place nulle part. Il y avait tant de choses sur le monde qu'il aurait dû m'apprendre. À quoi bon savoir chasser et pêcher mieux que quiconque? Pour mes camarades de classe, j'étais un monstre. Une ignare qui pensait que la télévision était une invention récente, qui n'avait jamais vu un ordinateur ou un téléphone portable, qui ignorait que l'Alaska et Hawaï étaient désormais des États de l'Union. Tout aurait été différent si j'avais été blonde. Si j'avais ressemblé à ma mère, mes grands-parents m'auraient peut-être aimée. Mais j'étais la copie conforme de mon père, un rappel quotidien de ce qu'il avait fait à leur fille. Je croyais quand j'ai quitté le marais que les parents de ma mère seraient heureux de récupérer leur fille avec un bonus. Mais j'étais avant tout le produit de mon père.

Quand une seconde agate est apparue sur le rebord de ma fenêtre, nichée dans un petit écrin d'herbes tressées, je sus que les cadeaux venaient de mon père. Il avait de l'or dans les mains. Il pouvait tout faire : des paniers d'osier, des boîtes en écorce de bouleau décorées de piquants de porc-épic, des raquettes miniatures confectionnées avec des tiges de saule, des modèles réduits de canoës en bois, avec des sièges et des pagaies sculptés. Le manteau de la cheminée dans la cabane était devenu une vitrine pour ses créations. Je longeais le linteau pour admirer ses œuvres, les mains dans le dos parce que je n'avais pas le droit de toucher. Mon père fabriquait la plupart de ses maquettes pendant l'hiver, où il y avait de longues heures à tuer. Il avait tenté plus d'une fois de m'apprendre son art, mais curieusement, en ce domaine manuel, j'étais d'une maladresse irrécupérable. On ne peut pas être doué en tout, avait dit mon père en me voyant, encore une fois, incapable de placer convenablement une épine de porc-épic. Mais pas mon père. Lui, il savait tout faire.

Le message de ces présents était explicite. C'était sa façon de me dire qu'il était là. Qu'il veillait sur moi, qu'il ne m'abandonnerait jamais, même si moi, j'étais partie. Je n'aurais pas dû garder ces cadeaux, bien sûr. J'avais vu des séries policières à la télé. Ces objets faisaient de moi sa complice. Mais c'était notre secret. Et j'aimais ça. Mon père savait que je ne dirais rien. Ne rien dire – ça, je savais faire.

Les cadeaux continuèrent à arriver. Pas tous les jours, ni même toutes les semaines. Parfois, il s'écoulait tant de temps entre deux apparitions que j'étais persuadée que mon père était parti, m'avait oubliée. Puis il en arrivait un autre. Et tous rejoignaient ma boîte sous mon lit. Quand je me sentais seule, je sortais mon coffre au trésor, caressais chaque objet et pensais à mon père.

Puis un matin, je trouvai un couteau sur ma fenêtre. Je m'empressai de le récupérer avant que ma mère se lève pour le cacher dans ma boîte à chaussures. Je n'en revenais pas que mon père me fasse ce cadeau. Souvent, lui et moi, on s'asseyait sur le lit, avec la valise de couteaux ouverte, et il me racontait l'histoire de chaque pièce. Ce petit couteau, en forme de dague, avec les initiales G.L.M. gravées à la base de la lame, était mon préféré, après mon Bowie. À chaque fois que je lui demandais la signification de ces lettres, il me répondait que c'était un mystère. De mon côté, je m'inventais des tas d'histoires : l'arme appartenait à un homme que mon père avait tué ; il l'avait gagnée après une bagarre dans un bar ou une compétition de lancer de couteau ; il l'avait volée dans la poche de quelqu'un (j'ignorais si mon père avait des talents de pickpocket, mais cela servait sa légende personnelle).

Dans l'après-midi, quand ma grand-mère emmena ma mère chez sa psy et que mon grand-père, après le déjeuner, repartit à sa boutique, je sortis ma boîte à chaussures et étalai mes trésors sur le lit. Parfois, quand je jouais avec ma collection de cadeaux, je les regroupais par genre, d'autres fois, le classement était chronologique, ou alors par ordre de préférence – même si, bien sûr, je les aimais tous autant. Les séances de ma mère duraient d'ordinaire une heure, quelques fois davantage. J'avais donc quarante-cinq minutes devant moi avant de devoir tout ranger. Je n'aimais pas diviser la journée en heures et en minutes, mais c'était pratique de savoir quand exactement quelqu'un était absent et quand il rentrerait.

J'étais installée sur le lit, imaginant que mon père était assis à côté de moi et qu'il me racontait la véritable histoire de ce couteau, quand ma mère et ma grand-mère entrèrent subitement dans la pièce. Je n'aurais pas dû me laisser ainsi surprendre, mais j'étais si captivée par son récit que je n'ai pas entendu la voiture arriver. Plus tard, j'apprendrais que la séance chez la psy ne s'était pas bien passée et qu'elles étaient parties plus tôt. En soi, cela n'avait rien de surprenant. J'étais censée voir la même psy, mais j'avais arrêté les frais six mois plus tôt parce qu'elle n'avait qu'une idée en tête : me convaincre de terminer le lycée, même si j'y étais malheureuse. Elle voulait que j'entre à l'université du Michigan et passe un diplôme en biologie ou en botanique. Je ne voyais pas comment je pourrais en apprendre davantage sur les marais en restant confinée dans une classe. Je n'avais pas besoin d'un livre pour me dire la différence entre un étang, un marais, un marécage et une tourbière.

Inutile de dire quelle chose ma grand-mère repéra en premier en débarquant dans ma chambre. Elle s'approcha du lit et me fusilla du regard.

— Qu'est-ce que tu fais avec ce couteau ? Donne-moi ça tout de suite !

— Il est à moi.

Je rangeai le couteau dans la boîte avec le reste de mes cadeaux et glissai le tout sous le matelas.

— Tu l'as volé ?

Évidemment, je ne pouvais l'avoir acheté. Mes grands-parents ne m'ont jamais donné d'argent, pas même celui que les gens m'envoyaient en soutien. Ils prétendaient que les dons étaient gardés pour moi quelque part, dans un « fonds » comme ils disaient, et qu'ils ne pouvaient pas y toucher. Quand j'ai eu dix-huit ans, l'avocat que j'avais engagé pour récupérer cette somme m'a expliqué qu'il n'y avait pas de fonds, et qu'il n'y en avait jamais eu, ce qui expliquait pourquoi mes grands-parents avaient un gros pick-up Ford F-350 et une grande Lincoln. À mon sens, si mes grands-parents avaient été moins enclins à tirer profit du drame qu'avait vécu leur fille, et plus soucieux de l'aider, tout se serait mieux passé pour elle.

Ma grand-mère s'est mise à quatre pattes et a sorti la boîte de sous le lit, ce qui n'était pas une mince affaire parce qu'elle était plantureuse et que ses genoux la faisaient souffrir. Elle répandit les objets sur le lit, attrapa le couteau et se mit à gesticuler en criant. J'étais à un mètre d'elle. Elle aurait pu chuchoter que je l'aurais entendue ! Encore aujourd'hui je ne supporte pas les gens qui crient. On peut dire tout ce qu'on veut sur mon père, lui n'élevait jamais la voix.

Le couteau était reconnaissable entre tous. Dès qu'elle le vit, ma mère comprit qu'il venait de mon père. Avec horreur, elle plaqua sa main devant la bouche et recula, comme si le couteau avait été un cobra. Au moins, elle ne se mit pas à hurler. Ma mère pouvait péter les plombs quand quelque chose lui rappelait mon père, ou quand quelqu'un prononçait son nom, même si cela datait de deux ans. Faut croire que la psy faisait finalement son boulot.

Ma grand-mère remit la boîte à la police. Les flics trouvèrent mes empreintes sur le couteau, ainsi qu'un autre jeu qui correspondait à celles relevées dans la cabane. Ils ne connaissaient pas encore le nom de mon père, mais ces empreintes prouvaient qu'il était dans les parages. L'inspecteur assura à mes grands-parents qu'ils allaient l'arrêter sous peu, et il disait vrai. Un Indien propriétaire d'une belle collection de couteaux ne passait pas inaperçu. L'enquête les mena à un chantier forestier au nord des chutes du Tahquamenon, où mon père vivait avec deux natifs. À l'époque, il était courant d'engager des Indiens venant du Canada pour nettoyer les sites de coupes. On leur donnait une caravane ou un camping-car, de l'essence pour leur groupe électrogène, de la nourriture toutes les semaines, et on les payait de la main à la main.

Souvent j'ai regardé sur YouTube les images du raid du FBI. On se serait cru dans un épisode de *Cops* ou de *New York, Police judiciaire*, avec mon propre père en vedette, quoique la version intégrale soit un peu longuette. Il y a beaucoup de murmures et d'angles de caméra bizarres quand les groupes d'intervention prennent position. On les voit s'installer derrière les tas de billes, sous l'engin de débardage et sa remorque, et même dans le cabanon de toilettes parce qu'ils veulent couvrir toute la zone. Puis pendant un long moment, il ne se passe rien. Ils attendent que mon père et ses collègues avec qui il habite reviennent de leur journée de travail. La tête de mon père quand les flics jaillissent avec leurs fusils en hurlant « À terre ! À terre ! » me fait toujours rire. Mais c'est très fugace. Il faut mettre sur pause pour être sûr de ne pas rater sa mimique. Le chef de chantier a dû être bien surpris quand il a découvert qu'il avait embauché le gars le plus recherché du FBI.

En théorie, mon père aurait pu vivre libre pour le restant de ses jours parce que personne ne savait qui il était quand il s'est enfui du marais. Ma mère et moi on pensait que Jacob était son véritable nom. On n'avait aucune raison d'en douter. Et c'est tout ce qu'on savait. Le dessinateur du portrait-robot avait fait du bon travail. C'était très ressemblant, mais mon père devait avoir un visage passe-partout. Son portrait avait beau être diffusé en boucle à la télévision, être dans tous les journaux, sur les panneaux le long de la nationale, l'enquête avait fait chou blanc. Sans doute ses parents ont-ils reconnu leur fils, mais comment admettre que leur propre enfant est un assassin et un kidnappeur ?

Les gens disent que mon père en a eu assez d'être en cavale et que c'est pour cela qu'il est entré en contact avec moi. Je pense qu'il devait se sentir seul. La vie avec nous dans le marais lui manquait. Je lui manquais. Du moins c'est ce que j'aime à croire.

Pendant longtemps, je m'en suis voulu. Si mon père s'était fait capturer, c'était de ma faute. Il me faisait confiance. J'aurais dû être plus prudente, mieux cacher ses cadeaux, veiller à ce que personne ne puisse les trouver et s'en servir contre lui.

Plus tard, après que j'ai mesuré l'étendue de ses crimes, et les conséquences sur ma mère, cela ne m'a plus trop dérangée qu'il passe le reste de sa vie en prison, même si c'était à cause de moi qu'il avait été attrapé. Il ne pourrait plus jamais pêcher, chasser dans les marais, et j'étais triste pour lui, mais il avait eu l'opportunité de fuir. Il aurait pu filer à l'ouest vers le Montana, ou au nord, au Canada, et il n'aurait jamais eu à répondre de ses actes. Me laisser ces cadeaux, qui précipitèrent sa chute, fut son erreur, pas la mienne.

Je prends le pan de la chemise du policier et efface les mots qu'a écrits mon père sur sa poitrine, puis replace le corps dans la position où je l'ai trouvé. Je touche à une scène de crime, j'altère les preuves, j'en ai conscience, mais pas question de laisser ce message sur le torse du flic. Déjà que la police me considère comme une complice potentielle. Quand je remonte le versant, je suis au bord de vomir. Mon père a tué cet homme à cause de moi. Il a laissé son cadavre pour que je le trouve, comme un chat, pour son maître, dépose une souris morte devant la porte.

Pour H. Les mots sont partis, mais le message reste gravé, en lettres de feu, dans mon cerveau. Sa façon de détourner toutes les situations à son avantage dépasse l'entendement. Non seulement il a prévu que j'allais le chercher sur cette route, mais quand il a vu la voiture de patrouille il a su que le flic était seul, un traqueur isolé qui avait eu la bonne intuition mais au mauvais moment. Il l'avait fait sortir de la voiture, l'avait attiré dans le ravin dans le seul but d'installer sa mise en scène macabre. Je l'imagine traverser la route devant la voiture, juste le temps pour le conducteur d'identifier le suspect que tout le monde recherchait. Il s'était alors garé.

Peut-être mon père avait-il feint de claudiquer pour que le flic le croie blessé – et donc, inoffensif ? Il avait titubé comme s'il était sur le point de s'écrouler, au moment de disparaître dans les sous-bois pour l'attirer dans son piège. Le flic se voyait déjà revenir en héros – il avait capturé l'ennemi numéro Un à lui tout seul ! – alors que mon père faisait une boucle pour l'abattre d'une balle dans le dos.

Que me réservait-il encore ?

Je retourne au pick-up. J'ouvre la porte côté passager, passe ma main dans l'interstice et mets à Rambo sa laisse. Il gémit et tire sur le collier. Il a senti la piste du sang, ma tension. Je le laisse me conduire au fond du ravin pour qu'il puisse prendre une bonne muflée de l'odeur de mon père et remonte sur la route. Je devrais prévenir les autorités pour ce meurtre. Qu'ils fouillent le secteur pendant que je rentre rejoindre mon mari ! Mais le message qu'il a laissé est pour moi exclusivement.

Je pense à ma mère qui a quitté ce monde et que presque tout le monde a oubliée. Je pense à mes filles. À Stephen, seul à la maison, qui m'attend. Il y a eu assez de morts. Il faut que je trouve mon père. Que je le capture. Je vais le renvoyer en prison et le faire payer pour ce qu'il a fait.

12

La Cabane

Elle avait l'âme farouche, tout à fait digne de ces temps sombres et rudes. On avait donné à la petite fille le nom de Helga. C'était un nom beaucoup trop doux pour un caractère pareil, même si elle était merveilleusement belle.

C'était un plaisir pour elle de prendre de ses mains blanches le sang chaud qui coulait des blessures des chevaux offerts en sacrifice, et d'en asperger les assistants. Dans un accès de férocité, elle avait arraché d'un coup de dent la tête d'un coq noir que le prêtre allait immoler.

Un jour elle déclara à son père adoptif : « Si ton ennemi pénétrait la nuit par le toit dans ta maison, pendant que tu es plongé dans le sommeil, si je le voyais ou l'entendais approcher pour te tuer, je ne te réveillerais point. Je ne le pourrais, car mes oreilles me tintent encore du coup que tu m'as donné il y a bien des années. Je ne l'oublie pas. »

Le Viking prit ces paroles pour une boutade et en rit de tout son cœur. Il était, comme tout le monde, ébloui par la beauté de l'enfant. Il continuait à ignorer que chez Helga forme et humeur changeaient incessamment.

La Fille du roi de la vase,
Hans Christian Andersen

J'avais huit ans quand j'ai découvert pour la première fois les tendances sadiques de mon père. À l'époque, je ne savais pas que ce qu'il faisait était mal, que les parents normaux ne traitaient pas leurs enfants ainsi. Je ne veux pas noircir le tableau concernant mon père. Les gens le honnissent suffisamment comme ça. Mais j'essaie d'être honnête au sujet de mon enfance. De tout raconter. Les bons moments comme les mauvais.

Mon père disait qu'il avait choisi de vivre dans le marais parce qu'il avait tué un homme – un attardé mental dont on avait retrouvé le corps décomposé dans une cabane au nord de Hulbert dans le Michigan. Mais les autorités n'avaient jamais pu prouver son implication dans ce meurtre. Parfois, quand mon père racontait son histoire, il disait que le type était mort sous ses coups. D'autres fois, qu'il lui avait tranché la gorge parce qu'il n'aimait pas le voir baver et bégayer. Dans la plupart des versions, il était seul quand il l'avait tué, mais dans quelques-unes son petit frère l'avait aidé à se débarrasser du corps – même si j'appris plus tard que mon père était fils unique. Il est difficile de démêler le vrai du faux au sujet de ce meurtre. Peut-être tout était-il invention, juste pour tromper l'ennui durant les longues soirées d'hiver? Mon père racontait tellement d'histoires.

Il gardait ses meilleures quand on était dans notre *madoodiswan*, notre hutte à sudation. Le nom que ma mère utilisait était « sauna ». Un jour d'été, alors que j'avais huit ans, mon père a démonté le perron devant la cabane pour récupérer les planches et construire le *madoodiswan*. On n'avait nul besoin d'un perron sur les deux côtés de la maison, prétendait-il. Même si la cabane avait un drôle d'air ainsi mutilée, j'étais d'accord avec lui.

Il en avait assez de se laver debout. Et moi, même si je pouvais encore m'asseoir dans le baquet émaillé où on me baignait quand j'étais bébé, je n'allais pas tarder à connaître cet inconfort. Quant à ma mère, elle ne prenait jamais de bain ; personne ne se soucia donc de ses besoins. Elle ne retirait jamais ses vêtements devant mon père ou moi et se nettoyait simplement avec un linge humide ; mais je l'avais vue nager dans l'étang en sous-vêtements quand elle se croyait seule.

On devait être fin août ou début septembre. Je ne peux pas être plus précise parce que je ne regardais pas tous les jours le calendrier. La fin de l'été, c'était la bonne période pour se lancer dans la construction. Il faisait encore doux mais le gros des mouches et des moustiques étaient partis. Ma mère avait une peau à moustiques. Elle était tellement couverte de piqûres qu'elle en pleurait. J'avais lu que les pionniers en Sibérie et en Alaska en devenaient fous parfois. Pour ma part, les moustiques ne me dérangeaient pas. Mais les simulies, c'était une autre affaire. Ces moucherons adorent attaquer dans le cou et derrière les oreilles, et les boutons grattent pendant des semaines. Une seule piqûre au coin d'une paupière, et c'est tout l'œil qui se retrouve fermé. Imaginez ce que ça donne quand on se fait piquer des deux côtés ! Parfois, quand on coupe du bois en juin, le nuage de simulies est si dense qu'on ne peut respirer sans en avaler quelques-unes. Mon père disait que cela faisait des protéines en plus, mais je n'aimais pas ça, même si cela en faisait d'autant moins qui me piqueraient. Les taons arrachaient carrément un morceau de chair, les chrysopes attaquaient par principe, mais ils étaient si prévisibles quand ils vous tournaient autour de la tête qu'avec un peu d'adresse on pouvait les écraser en plein vol. Il y avait aussi les brûlots, des bestioles minuscules, mais dont le feu de la piqûre est gigantesque comparé à leur taille. Si on dort dans une tente et qu'un truc n'arrête pas de piquer mais qu'on ne voit aucun moustique, c'est un brûlot. On ne peut rien faire contre eux, sinon s'emmitoufler dans son sac de couchage, tirer la couverture sur sa tête et attendre le matin. Les gens s'inquiètent que les antimoustiques puissent être cancérigènes, mais si on avait eu des bombes aérosols quand on vivait dans les marais, on s'en serait servi sans vergogne.

La construction de notre *madoodiswan* fut une entreprise familiale. Il faut nous imaginer sous le soleil, chacun faisant sa part du travail. La sueur roulait dans le dos de mon père, et gouttait au bout de son nez. Quand je lui passais le mouchoir que je gardais dans ma poche, pour qu'il puisse s'essuyer le visage et le cou, il disait que ce serait une bonne hutte à sudation puisqu'elle nous faisait déjà transpirer avant même qu'elle ne soit construite ! Ma mère triait le bois et faisait des piles – une pour les lattes du plancher, une autre pour les lambourdes, une autre encore pour les bastaings. Les plus grosses pièces deviendraient les poteaux et montants de notre hutte, les planches feraient les parois. Le toit de l'auvent, mon père l'avait retiré d'un seul tenant. On n'en avait besoin que de la moitié, mais ce qui dépasserait nous servirait d'abri pour stocker le bois de chauffe. Notre *madoodiswan* serait équipé d'un banc le long du mur du fond et d'un foyer circulaire, fait avec les pierres récupérées dans les fondations de l'auvent. On brûlait de l'érable et de l'aulne dans le poêle de la cuisine, mais dans la hutte il nous fallait du cèdre et du pin, parce qu'on avait besoin que cela chauffe vite et fort. Je ne voyais pas comment le fait de se tenir dans une pièce chaude pouvait nous nettoyer, mais si mon père l'affirmait, cela devait être vrai.

Mon travail était de redresser les clous. J'aimais bien entendre les pointes grincer en sortant du bois, comme un animal pris dans un piège. Je les posais une à une sur une pierre plate, avec la bosse vers le haut, comme mon père me l'avait montré, et je tapotais la tige tordue jusqu'à ce qu'elle redevienne la plus rectiligne possible. J'aimais en particulier les clous avec quatre faces. Mon père disait que ceux-là étaient forgés à la main. Cela signifiait que notre cabane était très ancienne. J'ignorais comment étaient faits les autres clous.

Qui donc avait construit notre cabane ? Que se diraient ces gens s'ils nous voyaient en détruire un morceau ? Pourquoi avaient-ils construit sur cet îlot, et non sur l'autre où les cerfs aimaient se retrouver ? Pourquoi avoir mis deux auvents, un à l'avant, un autre à l'arrière ? J'avais quelques réponses, je crois. Les deux auvents, c'était pour pouvoir regarder le soleil se lever d'un côté, et se coucher de l'autre. Et s'ils avaient choisi cet îlot et non celui des cerfs, c'est pour que justement les cerfs continuent de s'y sentir en sécurité – bien sûr jusqu'au jour où les habitants avaient fait la traversée et tiré le premier spécimen de la harde.

À cette époque, je me posais beaucoup de questions. Où mon père avait-il trouvé le pied-de-biche avec lequel il arrachait les clous ? L'avait-il apporté avec lui ? Était-il déjà dans la cabane ? Pourquoi n'avais-je pas de frères et sœurs ? Comment mon père coupait-il du bois quand il n'avait plus d'essence pour la tronçonneuse ? Pourquoi la cabane n'avait-elle pas un fourneau comme dans les images du *National Geographic* ? Ma mère disait qu'elle avait, quand elle était petite, une grande cuisinière toute blanche avec quatre brûleurs sur le dessus et un four en dessous. Pourquoi pas nous, alors ? La plupart du temps, je gardais mes interrogations pour moi-même. Mon père n'aimait pas que je pose trop de questions.

Il voulait que je redresse les clous en quelques coups bien appuyés, plutôt que de les tapoter, histoire d'aller plus vite. Il voulait utiliser le *madoodiswan* dès cet hiver et ne pas attendre une année de plus. Il souriait quand il a dit ça. C'était donc une plaisanterie. En revanche, pour la rapidité, il était sérieux. Alors, pour lui plaire, j'abattais de plus en plus fort mon marteau. Je me demandais si j'étais capable d'en redresser un d'un seul coup. Je choisis dans le tas le clou qui était le moins tordu.

Souvent, je me suis demandé comment j'avais pu rater mon coup… Peut-être un écureuil avait-il fait tomber une pomme de pin ? Ou un carouge avait-il crié ? Ou une bourrasque avait-elle projeté de la poussière dans mes yeux ? Je ne sais pas ce qui m'a distraite. Toujours est-il que le marteau s'abattit sur mon pouce. Je poussai un tel hurlement que ma mère et mon père accoururent tous les deux. Dans la seconde, mon pouce enfla et devint tout violet. Mon père prit mon doigt et fit jouer l'articulation pour s'assurer qu'il n'était pas cassé. Ma mère partit dans la cabane chercher un linge et le noua autour de mon pouce. Je ne voyais pas trop à quoi ça servait.

Je passai le reste de l'après-midi sur un rocher derrière la maison, à feuilleter d'une main mes *National Geographic*. Quand le soleil fut une boule orange au-dessus des herbes, ma mère rentra servir le ragoût de lapin qui mijotait depuis des heures. Elle nous appela pour dîner. Mon père posa ses outils et le silence revint dans le marais.

Il y avait trois chaises dans la cuisine. Ils étaient donc trois aussi les gens qui autrefois habitaient ici ? Personne ne pipait mot, parce que mon père n'aimait pas qu'on parle la bouche pleine.

Quand mon père eut fini son assiette, il repoussa sa chaise, se leva et s'approcha de moi.

— Montre-moi ton pouce.

Je posai ma main à plat sur la table.

Il retira la bandelette.

— Ça fait mal ?

J'acquiesçai. En vérité, mon pouce ne me faisait plus souffrir si on n'y touchait pas, mais j'aimais être le centre d'attention de mon père.

— Il n'est pas cassé, mais il aurait pu l'être. Tu en as conscience, Helena ?

Je hochai à nouveau la tête.

— Il faut que tu fasses attention. Tu sais qu'on ne peut pas faire d'erreur dans le marais.

J'opinai du chef une troisième fois, et tentai de me montrer aussi grave que lui. Il m'avait souvent dit que je devais être prudente. Si je me blessais, je devrais en subir les conséquences, parce qu'on ne quitterait pas le marais, quelle que soit l'urgence.

— Pardon, articulai-je d'une petite voix, parce que maintenant je m'en voulais vraiment.

Je n'aimais pas décevoir mon père.

— Demander pardon n'est pas suffisant. Un accident a toujours des conséquences. Comment faire pour que tu t'en souviennes ?

Mon estomac se tordit, comme si j'avais avalé une pierre. J'espérais que je n'allais pas passer une nouvelle nuit dans le puits. Avant que j'aie le temps de dire encore une fois pardon, que je regrettais vraiment et que je ne le referais plus, que je ferais attention, que jamais plus je ne me donnerais un coup de marteau sur les doigts, jamais, jamais, mon père ferma le poing et l'abattit violemment sur mon pouce. La pièce s'emplit d'une gerbe d'étoiles. Une douleur, comme un éclair blanc et brûlant, remonta dans mon bras.

Je me réveillai par terre. Mon père était agenouillé à côté de moi. Il me souleva de terre et me réinstalla sur la chaise et me tendit ma cuillère. Ma main tremblait quand je voulus la saisir. Mon pouce me faisait encore plus mal que lorsque je m'étais donné un coup de marteau. Je battis des paupières pour empêcher mes larmes de couler. Il n'aimait pas quand je pleurais.

— Mange.

J'ai cru que j'allais vomir. Je plongeai ma cuillère dans mon assiette et pris une bouchée. J'avalai tant bien que mal.

— Encore.

Je pris une autre bouchée, puis une autre. Il resta à côté de moi jusqu'à ce que j'aie tout mangé.

Je sais maintenant que mon père avait tort de faire ça. Mais je ne crois toujours pas qu'il voulait me faire du mal. Il voulait que je retienne la leçon. À ses yeux, c'était le meilleur moyen.

En revanche, ce que je ne compris pas, du moins pendant longtemps, c'est pourquoi ma mère n'était pas intervenue. Elle avait regardé toute la scène de l'autre côté de la table, aussi insignifiante et inutile que le lapin dans la marmite, sans même lever le petit doigt pour me venir en aide. Il m'a fallu du temps pour que je lui pardonne, très longtemps.

Dans notre hutte à sudation toute neuve cet hiver-là, mon père me raconta une histoire. J'étais assise entre lui et ma mère, sur le banc étroit. Ma mère portait son tee-shirt Hello Kitty et une culotte. Hormis son agate polie qu'il avait toujours autour du cou, mon père était nu. Moi aussi. C'est ce qu'il fallait. J'aimais bien quand mon père retirait ses vêtements parce que je pouvais voir tous ses tatouages. Mon père se tatouait, à la manière indienne, avec des arêtes de poisson et de la suie. Il m'avait promis que lorsque j'aurais neuf ans, il commencerait à me tatouer.

— Un hiver, des jeunes mariés sont arrivés avec toute leur tribu sur un nouveau territoire de chasse…

Ainsi commençait l'histoire de mon père. Je me rapprochai de lui et me pelotonnai.

— Une fois installés, ils ont eu un enfant. Un jour, alors qu'ils regardaient le nourrisson dans le porte-bébé, l'enfant s'est mis à parler : « Où est *Manitou* ? »

Mon père marqua un silence et me regarda.

— *Manitou* est le grand esprit du ciel, répondis-je.

— Très bien. (Il reprit son récit :) « On dit qu'il est très puissant, a continué le bébé. Un jour, je lui rendrai visite. » « Chut ! a fait la mère. Tu ne dois pas parler ainsi ! » Après ça, le couple s'est rendormi, avec l'enfant entre eux deux. Au milieu de la nuit, la mère a découvert que son bébé avait disparu. Elle réveilla son mari. Le mari a fait un feu, et le père et la mère ont fouillé tout le wigwam, en vain. Ils ont fouillé aussi le wigwam des voisins, puis ont allumé des torches d'écorce de bouleaux et sont partis explorer les alentours à la recherche de traces dans la neige. Enfin, ils ont trouvé de minuscules empreintes qui se dirigeaient vers le lac. Ils ont suivi la piste jusqu'à retrouver le porte-bébé. Les traces qui s'éloignaient de la nacelle vers la rive étaient bien plus grandes. Aucun pied humain n'aurait pu laisser de telles empreintes. Les parents horrifiés ont alors compris que leur enfant s'était transformé en *wendigo*, le terrible monstre de glace qui mange les gens.

Mon père plongea une tasse dans le baquet et versa lentement l'eau dans le plateau en fer-blanc posé sur le feu. Les gouttes grésillaient et roulaient d'un bord à l'autre. La pièce s'emplit de vapeur. La sueur ruisselait sur mon visage, tombait de mon menton.

— Quelque temps plus tard, un *wendigo* a attaqué le village, reprit mon père. Le *wendigo* était très maigre et horrible. Il sentait la mort et la décomposition. Il n'avait que la peau sur les os, et tout son corps était gris comme un cadavre. Ses lèvres étaient déchirées et sanglantes, ses yeux tout enfoncés dans leurs orbites. Et il était grand… Un *wendigo* n'est jamais rassasié après avoir tué et mangé ses victimes. Il cherche tout le temps de nouvelles proies. À chaque fois qu'il mange quelqu'un, il grandit encore, alors il a toujours faim.

Dehors, il y eut un bruit : scritch-scritch ! scritch-scritch ! On aurait dit une branche frottant contre la paroi de la hutte, sauf que notre *madoodiswan* se trouvait au milieu d'une clairière et qu'il n'y avait pas la moindre branche alentour. Mon père tendit l'oreille. On attendit. Rien. Le silence.

Il se pencha. La lueur du feu laissait son visage dans l'ombre, n'éclairant que son menton par-dessous.

— Alors que le *wendigo* approchait du village, le petit peuple qui protégeait le *manitou* est sorti de sa cachette pour l'arrêter. L'un d'eux lui a jeté une pierre. La pierre est devenue un éclair qui a frappé le *wendigo* en plein front. Le *wendigo* est tombé raide mort, dans un grand fracas, comme un arbre qui s'abat. Une fois étendu dans la neige, le *wendigo* ressemblait à un grand Indien. Mais quand les gens ont commencé à le découper à la hache, ils se sont aperçus qu'il était fait de glace. Ils ont alors fait fondre les morceaux et découvert au milieu un petit enfant avec un trou dans la tête, là où la pierre avait frappé. C'était le bébé qui s'était transformé en *wendigo*. Si les manidog ne l'avaient pas tué, le *wendigo* aurait dévoré tout le village.

Je frissonnai. Dans la lumière dansante des flammes, je vis le bébé avec le trou dans le front, ses parents pleurant son triste sort, parce que leur fils avait été trop curieux. L'eau gouttait à travers les fentes du toit et laissait une sente glacée dans mon cou.

Dehors, le bruit revint. Scritch ! scritch ! scritch ! Et j'entendis une respiration, comme si ce qui était dehors arrivait sur notre île après une longue course. Mon père se leva. Sa tête touchait presque le plafond. Son ombre projetée par le feu était encore plus grande que lui. C'est sûr que mon chaman de père était de taille à affronter ce qui se trouvait dehors, quelle que soit sa taille. Il contourna le foyer et ouvrit la porte. Je fermai les yeux et me recroquevillai contre ma mère quand le froid entra.

— Ouvre les yeux, Helena, m'ordonna-t-il de sa voix terrible. Regarde ! Voilà ton *wendigo* !

Je fermai les yeux plus fort encore et, de peur, relevai mes jambes. Le *wendigo* était dans la pièce ! Je l'entendais haleter ! L'odeur était horrible, son souffle pestilentiel. Quelque chose de froid et humide toucha mon pied. Je poussai un cri.

Mon père partit d'un grand rire. Il s'assit à côté de moi et me fit asseoir sur ses genoux.

— Ouvre les yeux, *Bangii-Agawaateyaa*, dit-il en m'appelant par mon nom indien qui signifiait « Petite Ombre ».

J'obéis.

Ô merveille des merveilles ! Ce n'était pas un *wendigo* qui avait trouvé notre hutte. C'était un chien. Je savais que c'était un chien parce que j'avais vu des photos dans les *National Geographic*. Et aussi parce que ses poils étaient courts et tachetés. Rien à voir avec un coyote ou un loup. Il avait les oreilles tombantes et il battait la queue, sa truffe explorant mes orteils.

— Assis ! commanda mon père.

Pourquoi me disait-il ça, vu que j'étais déjà assise ? Puis je m'aperçus qu'il parlait au chien. Et, incroyable, le chien saisit l'ordre et obéit ! La bête se posa sur son arrière-train et regarda mon père en inclinant la tête de côté, comme pour dire : « C'est bon. J'ai fait ce que tu as demandé. C'est quoi la suite ? »

Ma mère tendit la main et le gratta entre les oreilles. C'était le geste le plus affectueux que je l'avais vue faire. Le chien poussa un gémissement et rampa vers elle. Elle se leva et passa une serviette sur ses épaules.

— Viens ! dit-elle.

Le chien la suivit au petit trot ! Je n'en revenais pas. Sur le moment, j'ai cru que ma mère avait chipé à mon père quelques-uns de ses pouvoirs de sorcier.

Ma mère voulait que le chien passe la nuit avec nous dans la maison. Mon père lâcha un rire et déclara que la place des animaux était dehors. Il noua une corde au cou du chien et l'attacha dans la remise à bois.

Quand mes parents eurent fini de faire couiner les ressorts de leur lit, je me levai et m'approchai de la fenêtre de ma chambre. Le clair de lune, réfléchi par la neige, éclairait comme en plein jour. À travers les lattes de la remise, je voyais le chien tourner en rond. Je tapotai à la vitre. Le chien s'immobilisa et me regarda.

Je m'emmitouflai dans une couverture et sortis en catimini. Dehors, la nuit était glaciale, immobile. Je m'assis sur les marches du perron et enfilai mes bottes, puis traversai la cour. Le chien était attaché à l'anneau au fond de la remise. Je m'approchai du seuil et murmurai le nom indien que mon père lui avait donné. L'animal battit la queue. Je me rappelai la façon dont les chiens étaient arrivés dans le monde des Ojibwés. Une histoire encore que m'avait racontée mon père. Un géant, après avoir protégé des chasseurs qui s'étaient égarés dans la forêt, leur avait donné un chiot pour les défendre contre le *wendigo*. Le chien avait accepté que les hommes l'adoptent, prenait la nourriture qu'ils lui donnaient et jouait avec leurs enfants.

Je pénétrai dans la remise et m'assis sur les joncs séchés que ma mère avait étalés au sol pour lui confectionner une couche. Je murmurai à nouveau son nom indien : « Rambo. » Encore une fois sa queue fit tap-tap. Je me rapprochai et tendis la main. Le chien s'approcha aussi et renifla mes doigts. J'avançai encore jusqu'à poser ma main sur sa tête. Si ma mère avait eu le courage de le toucher, je pouvais en faire de même ! La bête se dégagea de ma paume et, avant que j'aie eu le temps de me reculer, il me lécha les doigts. Sa langue était râpeuse et douce à la fois. Je posai à nouveau la main sur son crâne et le chien me barbouilla le visage de salive.

Quand je m'éveillai, le jour pointait entre les planches. Il faisait si froid que je voyais le nuage blanc de mon haleine. Rambo était blotti contre moi. Je tirai la couverture et la posai sur le chien endormi. Je l'entendis soupirer d'aise.

J'aimais tant ce chien. Rien que d'y penser ça me fait un nœud au ventre. Durant tout cet automne, jusqu'à l'hiver et qu'il fasse trop froid, je dormis avec Rambo dans la remise. Les planches des parois étaient disjointes et ouvertes aux quatre vents. Je faisais donc des feux et suspendais des couvertures aux murs, à la manière de Stephen avec les filles quand ils construisent un fort avec des oreillers et les coussins du canapé.

Rambo avait été dressé et connaissait les ordres de base, « ici », « couché », « pas bouger », mais à l'époque je ne le savais pas. Donc, à mesure que je découvrais son vocabulaire, je croyais qu'il apprenait le mien. Quand il était sur la piste d'un lapin, ou qu'il rognait les bois d'un cerf, ou tourmentait un chipmunk et qu'il s'interrompait, sur mon ordre, et venait s'asseoir à côté de moi, je me sentais aussi puissante qu'un chaman !

Mon père détestait mon chien. À l'époque, je ne comprenais pas pourquoi. Indiens et chiens étaient censés être amis. Mais à chaque fois que Rambo voulait suivre mon père, il le chassait d'un coup de pied, ou le houspillait, ou le frappait avec un bâton. Quand il ne battait pas le chien, il se plaignait de lui, disait qu'il était une bouche de plus à nourrir. Je ne voyais pas où était le problème. Il disait que Rambo était un chien d'ours qui s'était perdu pendant une chasse. On était mi-novembre. Cela signifiait que Rambo s'était nourri tout seul pendant plusieurs mois. Je ne lui donnais que nos restes. Pourquoi mon père pestait-il ? Qu'est-ce que ça pouvait lui faire s'il rongeait des os ou mangeait les entrailles qu'on jetait de toute façon ?

Maintenant, je sais pourquoi il le détestait. Parce que mon père est un narcissique. Un narcissique n'est satisfait que lorsque le monde tourne comme il le veut. Dans le grand schéma que mon père avait prévu pour nous, il n'y avait pas de chien. Par conséquent, la présence de Rambo était perçue comme un problème.

Je pense aussi qu'il le considérait comme une menace. Il m'avait laissée garder Rambo au départ pour me montrer sa générosité, mais quand je me suis mise à aimer ce chien, d'un amour aussi vrai que celui que je portais à mon père, il est devenu jaloux. Il pensait que l'amour était un tout qu'on divisait. Mais ce n'est pas vrai. On le multiplie. Mon affection pour ce chien ne diminuait en rien celle que j'avais pour mon père. Il est possible d'aimer plus qu'un seul être. Rambo m'a appris ça.

Je crois que c'est à cause de Rambo que, le printemps suivant, mon père a disparu. Le soir, il était là avec nous à la maison, et au matin, il n'était plus là. Ma mère et moi, on ne savait pas où il était parti, ni pourquoi. Mais ce n'était pas la première fois. Et nous n'avions aucune raison de nous interroger davantage. Il disparaissait quelques heures, ou parfois durant un jour entier. Parfois même on ne le revoyait que le lendemain. Alors, on vaquait à nos affaires comme si de rien n'était. Ma mère allait chercher de l'eau, entretenait le feu pendant que je coupais du bois et relevais les collets. Souvent, les pièges étaient vides. Les lapins mettaient bas au printemps ; ils restaient donc beaucoup dans leurs terriers et étaient difficiles à attraper. Je serais bien allée tirer un cerf mais mon père avait emporté la carabine. La plupart du temps on mangeait des légumes, ceux qu'on gardait en réserve dans le cellier. À plusieurs reprises, j'ai eu envie de prendre la hache pour défoncer la porte de l'office pour pouvoir varier les menus. Mais je savais ce qu'il se passerait pour moi à son retour, et ça m'a dissuadée. Quand Rambo a attaqué un terrier pour manger les lapereaux, on a fait ripaille avec lui.

Deux semaines plus tard, aussi brusquement qu'il avait disparu, mon père revint, en sifflotant, sa carabine sur l'épaule, un plant de soucis saillant de sa besace, comme s'il n'était jamais parti. Il rapportait un sac de sel pour ma mère, et une agate du lac Supérieur comme celle qu'il portait au cou. Un cadeau pour moi. Il n'a jamais dit où il était allé, ni ce qu'il avait fait, et on n'a pas posé la question. On était juste heureuses qu'il revienne.

Dans les semaines qui suivirent, on a continué nos corvées comme de coutume. Mais les choses avaient changé. Pour la première fois de ma vie, j'avais entrevu une existence sans mon père.

13

Je roule sur la route, tournant la tête de droite à gauche comme une chouette, à la recherche d'un signe de mon père. Je ne sais pas ce que je traque au juste. Je ne m'attends pas à le trouver au milieu de la route au détour d'un virage, à me faire un petit coucou. Mais je pense que s'il a laissé un indice, je saurai le reconnaître.

J'ai attaché la laisse de Rambo à la poignée de toit côté passager. D'ordinaire, je ne l'attache pas quand on voyage, mais Rambo est aussi nerveux que moi, les narines palpitantes, les muscles tendus. De temps en temps, il dresse la tête et gémit, comme s'il captait l'odeur de mon père. À chaque fois, mes mains, malgré moi, se crispent sur le volant et mon ventre se serre.

Je pense à Stephen tout en conduisant. À notre dispute de la veille. Il est revenu ce matin. Il veut m'aider malgré tout ce que je lui ai fait. Je songe à nos rôles respectifs au sein de notre famille, moi la protectrice, lui celui qui nourrit. Pourquoi me suis-je dit que c'était un problème ?

Et bien sûr, je pense à notre rencontre à la fête de la myrtille – une journée arrangée par les dieux ! Après avoir installé mes pots de confiture et posé ma pancarte sur l'étal, j'ai regardé Stephen monter son barnum juste en face du mien. Pour être honnête, j'étais plus impressionnée par son stand que par ses photos. Je sais que les touristes aiment bien les photos de phares. Avec nos cinq mille kilomètres de côtes, le Michigan a plus de phares et balises que tous les autres États du pays. Mais j'ai quand même du mal à comprendre pourquoi quelqu'un aurait envie d'accrocher ça chez lui.

En temps normal, je ne serais jamais entrée dans sa tente, mais au moment où je suis sortie pour aller aux toilettes, j'ai jeté un coup d'œil à son travail et j'ai aperçu la photo d'un ours. J'avais vu plein de clichés d'ours et de cartes postales dans les boutiques de souvenirs quand je faisais mes livraisons, mais là, quelque chose dans cette image a attiré mon attention. Peut-être l'éclairage ? Peut-être l'angle de prise de vue ? Je ne saurais dire. Il n'empêche qu'il y avait une lueur dans l'œil de cette bête, une courbure particulière de la mâchoire.

Je me suis arrêtée. Stephen a souri et j'ai passé le seuil de son stand. En face du panneau où il avait accroché ses photos de phares, il y avait une collection de clichés qui me firent monter les larmes aux yeux : des hérons et des butors, des aigles et des visons, des loutres, des castors, des hirondelles. Tous les animaux de mon enfance, tous photographiés avec un regard qui mettait en valeur, pour chacun, leur particularité, leur personnalité, comme si

Stephen avait entraperçu leur âme. J'ai acheté le portrait de l'ours, Stephen m'a acheté toutes mes confitures et gelées, quant au reste, comme on dit, cela a coulé de source.

Je sais ce que j'ai vu chez Stephen. Je ne sais pas trop ce qu'il a vu chez moi, mais je préfère ne pas trop me poser de questions. Stephen est la seule personne sur terre qui m'a choisie. Celui qui m'aime, pas parce qu'il est obligé, mais parce qu'il le veut. Un don du ciel, mon cadeau du cosmos, pour avoir survécu à mon passé.

Je songe à toutes les occasions que je n'ai pas saisies, à tous ces loupés où j'aurais dû lui dire la vérité. Et à tous les sacrifices que j'ai dû faire pour garder mon secret. Rester loin de mon père. Ne pas présenter Iris à ma mère, alors que j'en avais tellement envie. Et aussi quand je disais ou faisais quelque chose en dehors de la norme et que Stephen me regardait comme si j'avais perdu l'esprit, et que je n'avais aucune explication à donner. Ça m'est arrivé tant de fois. Cela aurait été tellement plus simple de dire la vérité.

Dix minutes plus tard, je m'arrête. Rambo grimpe à la portière et plaque sa truffe contre la vitre, comme s'il pensait que j'allais le faire sortir, mais cette fois, c'est moi qui ai un besoin pressant. Je m'éloigne dans les buissons et baisse mon jean. Il n'y a pas beaucoup de passage sur cette route, mais on ne sait jamais. Mon père et moi, on ne s'est jamais gênés pour ça quand on était à la chasse ou à la pêche. Mais ici, les gens sont plus collet monté.

J'ai presque fini quand Rambo aboie. De brefs appels pour prévenir qu'il a repéré quelque chose. Je remonte mon pantalon, attrape le Magnum et m'accroupis. Tenant le pistolet dans mes deux mains, bras tendus, je scrute les fourrés.

Rien. Je rampe contre le vent pour rejoindre un affût où je peux observer le pick-up sous un autre angle, m'attendant à distinguer une paire de jambes sous le bas de caisse, mais tout est tranquille. Je compte lentement jusqu'à vingt. Voyant que rien ne change, je me relève. Quand Rambo me voit, il se met à aboyer et à gratter à la fenêtre. Je retourne au pick-up, entrouvre la portière côté passager, juste de quoi passer la main et attraper le chien par le collier. Je détache la laisse de la poignée. Si je laisse filer Rambo maintenant, je ne le reverrai pas avant plusieurs jours. Voire plus jamais. C'est ainsi que le premier Rambo avait atterri sur notre îlot.

Dès qu'il saute à terre, il m'entraîne vers une souche à une dizaine de mètres de l'endroit où j'ai soulagé ma vessie. Il aboie, tourne en rond autour, comme s'il avait débusqué un écureuil ou un raton laveur. Il n'y a rien de vivant sous la souche. Mais dessus, posé en son centre exact, miroite une agate du lac Supérieur.

14

La Cabane

La femme du Viking ne vivait plus que dans la douleur et l'angoisse. Son cœur s'était attaché à l'infortunée créature. Oserait-elle confier à son mari ce qu'il en était de cette petite fille ? Non, certes, car il est probable qu'il la ferait, selon l'usage du temps, exposer sur la grande route, pour y être recueillie par le premier venu ou pour y périr.

Dans la bonté de son cœur, la Viking ne voulait pas que cela arrivât, et elle résolut de ne laisser jamais voir à son mari l'enfant que pendant le jour. Maintenant elle aimait presque mieux la pauvre grenouille avec ses yeux si doux et ses profonds soupirs, que la belle enfant qui se débattait, qui égratignait et mordait sans cesse.

La Fille du roi de la vase,
Hans Christian Andersen

Mon enfance se termina le jour où mon père voulut noyer ma mère. C'était de ma faute. L'incident commença de la façon la plus bénigne qui soit. Jamais je n'aurais pu prévoir que cela finirait ainsi. Certes, ce qui est fait est fait. Mais l'événement m'a marquée. Aujourd'hui, à chaque fois que passe à la radio cette chanson sur le naufrage du *Edmund Fitzgerald*, ou que j'apprends qu'un ferry s'est renversé, ou qu'une mère a envoyé, au fond d'un lac, sa voiture avec tous ses enfants dedans, ça me donne envie de vomir.

— J'ai aperçu un coin à fraises sur l'autre îlot, ai-je annoncé à ma mère un matin de la fin juin.

J'avais onze ans alors. Et elle venait de m'indiquer que je n'avais pas ramassé assez de fruits pour faire autant de confiture qu'elle le souhaitait.

Pour comprendre la suite, il faut savoir que quand j'ai dit que j'avais vu des fraises sur « l'autre îlot », ma mère savait exactement de quel îlot je parlais. Les Blancs donnent des noms géographiques à tout leur environnement, mais chez nous, les Premières Nations, on nomme les lieux selon l'usage qu'on en fait, ou leur proximité. *L'autre îlot. Les cèdres où les cerfs se retrouvent. Le marais où poussent les sagittaires. L'endroit où Jacob a tué l'aigle. Le rocher où Helena s'est blessée.* Comme le nom indien pour le Tahquamenon, *Adikamegong-ziibi*, « la rivière où l'on trouve des esturgeons ». Je continue de penser que la manière indienne est bien plus sensée.

— Tu veux bien aller m'en chercher ? Si j'arrête de remuer, ça va brûler.

Et voilà comment ma mère faillit mourir noyée. Je voulais répondre « oui ». J'adorais me promener avec le canoë de mon père. C'est ce que je préférais faire, après la chasse au cerf ou la trappe des castors. D'ordinaire, j'aurais sauté sur l'occasion. Avec le recul, je regrette tellement. Mais à onze ans, j'entrais dans l'âge où affirmer sa personnalité passe avant tout. Alors je secouai la tête.

— Non, je vais pêcher.

Ma mère me regarda un long moment, comme si elle avait envie de dire quelque chose mais n'y parvenait pas. Finalement, elle soupira et retira la marmite du feu. Elle ramassa l'un des paniers d'osier que mon père avait tressés patiemment durant l'hiver et sortit de la maison.

Dès que la porte moustiquaire claqua derrière elle, je me jetai sur le sirop chaud pour en étaler une louche sur des biscuits de la veille, me servis une tasse de chicorée, et filai prendre mon petit déjeuner sur le perron derrière la cabane. Il faisait déjà chaud. Dans la péninsule supérieure, l'hiver dure une éternité, le printemps s'étire en longueur, et soudain, on se lève à la mi-juin et l'été est là. Je débouclai les bretelles de ma salopette pour retirer ma chemise et remontai les jambes du pantalon le plus haut possible. Un moment, je fus tentée de les couper avec mon couteau pour me faire un short, mais c'était ma plus grande salopette, et j'aurais besoin de tout le tissu au retour du froid.

J'avais presque fini de manger et m'apprêtais à retourner dans la maison pour me servir une deuxième tournée quand mon père arriva par le flanc de la colline avec un seau d'eau dans chaque main. Il posa son chargement et s'assit à côté de moi. Je lui donnai mon dernier biscuit, jetai le reste de ma chicorée dans l'herbe, et plongeai ma tasse dans le seau. L'eau était fraîche et claire. Parfois on y trouvait des larves de moustiques. On les voyait se tortiller à la surface, comme des poissons hors de l'eau. Quand ça arrivait, on plongeait nos verres entre eux, ou on les écartait du doigt. On aurait dû faire bouillir l'eau avant de la boire. Sans doute. Mais c'était si bon un verre d'eau fraîche un jour d'été. Et on n'était jamais malades. Quand on a quitté le marais, ma mère et moi avons passé les deux années suivantes à nous moucher et tousser. C'était l'un des avantages d'être isolés. Un bienfait que les gens n'imaginent pas : aucun germe. Ça m'a toujours amusée quand les gens disent attraper un rhume parce qu'ils sont sortis sans bonnet ou sans veste. Si on suit cette logique, on attrape la fièvre en été parce qu'il fait trop chaud?

— Où est ta mère? demanda mon père la bouche pleine de gâteau et de sirop de fruits.

Je brûlais de lui demander pourquoi lui pouvait parler en mangeant et pas nous, mais je n'avais pas envie de gâcher la bonne humeur du moment. Il n'y avait pas beaucoup de contact chez nous, et j'aimais bien être assise à côté de mon père sur la première marche, hanche contre hanche, les genoux collés comme deux frères siamois.

— Partie chercher des fraises, lui répondis-je toute fière.

Grâce à moi, cette année on aurait plein de pots de confitures.

— J'ai repéré un bon coin sur l'autre îlot.

À ce moment, ma mère avait dû atteindre l'endroit où l'on faisait sécher le bois. Notre réserve se trouvait au bout de l'îlot. En bas, il y avait une petite anse en forme de « V » où mon père arrimait son canot.

Mon père plissa les yeux. Il sauta du perron et descendit en courant vers le rivage. Jamais je ne l'avais vu courir aussi vite. Je ne savais pas ce qui allait se passer, ne voyais pas en quoi le fait que ma mère prenne le canoë puisse être un problème. Pour tout dire, je croyais que mon père accourait pour l'aider, même si la cueillette avait toujours été la tâche des femmes et des enfants.

Il la rejoignit au moment où elle mettait l'embarcation à l'eau. Mais au lieu de monter à bord avec elle, il l'empoigna par sa queue-de-cheval, la sortit du canot et la traîna par les cheveux jusqu'à la maison pendant qu'elle hurlait de douleur. Une fois arrivé sur le perron, il lui plongea la tête dans l'un des deux seaux et la maintint ainsi alors qu'elle suffoquait, battait des bras en vain. Quand elle cessa de s'agiter, j'ai cru qu'elle était morte. À voir son expression quand il la sortit de l'eau – les cheveux dégoulinants, les yeux écarquillés, toute hoquetant – elle avait cru aussi y passer.

Mon père la jeta par terre et s'en alla. Au bout d'un moment, elle se mit à genoux et rentra en rampant dans la cabane. Je m'assis sur le gros rocher et contemplai la traînée d'eau qu'elle avait laissée sur les planches du perron jusqu'à ce que le soleil la fasse disparaître. J'avais toujours eu peur de mon père, mais jusqu'à cet épisode, c'était davantage une sorte de respect intimidé. Ma peur n'était pas liée à l'éventualité d'une punition mais à celle de le décevoir. Mais le voir à deux doigts de noyer ma mère, ça m'a terrifiée – d'autant plus que je ne comprenais pas pourquoi il avait failli la tuer ni ce qu'elle avait fait de mal. J'ignorais à l'époque que ma mère était sa prisonnière, et qu'elle aurait pu effectivement tenter de s'échapper ce jour-là. À sa place, cette quasi-noyade m'aurait déterminée encore plus à m'enfuir. Mais j'ai appris, depuis que j'ai quitté le marais, que personne n'est fait du même moule. Il y a ce qu'on doit faire et ce qu'on peut faire.

Bref, c'est pour cela que la noyade me fait particulièrement horreur.

Avant que mon père tente de noyer ma mère, j'aimais beaucoup chasser les castors. Ils avaient dressé un barrage à un kilomètre en amont du Tahquamenon. Mon père les attrapait en décembre et janvier quand les peaux étaient de bonne qualité. Il arpentait la rive pour repérer les trous où les castors sortaient pour respirer et prendre le soleil, et posait des pièges et des collets. Je suppose que l'étang est toujours là, mais allez savoir ? Parfois le ministère des Ressources naturelles fait sauter un barrage de castors s'il dérange le cours d'une rivière, ou cause des désagréments à la population. Les dégâts causés par ces rongeurs s'élèvent à des millions de dollars par an, et le ministère se montre très zélé dans sa lutte contre les nuisibles. Des arbres déchiquetés, une récolte perdue, une route endommagée, des égouts et fosses septiques noyés, voire un parterre de fleurs saccagé, c'étaient des raisons nécessaires et suffisantes pour intervenir. À aucun moment n'entraient dans l'équation les besoins vitaux de ces animaux.

Nos castors avaient édifié leur barrage dans un petit affluent du Tahquamenon. Le plus grand barrage castor recensé mesure près de huit cents mètres de longueur. Deux fois la taille du Hoover, son homologue de ciment. Ce qui est impressionnant quand on pense que ces bêtes ne sont pas plus grandes qu'un enfant de deux ans. Notre barrage, bien sûr, n'était pas aussi imposant. Souvent je marchais dessus et jetais des pierres ou des bouts de bois dans la retenue, ou alors j'y pêchais le black-bass, ou encore je m'y installais pour manger une pomme, les jambes pendant du côté à sec. J'aimais bien l'idée d'être sur le toit d'une maison construite par des animaux qui vivaient en dessous. Parfois je détruisais un bout du barrage pour voir en combien de temps les castors auraient fait la réparation.

En plus des castors, l'étang abritait plein d'espèces de poissons, des insectes d'eau, et des oiseaux, dont des colverts, des grands harles, des hérons, des martins-pêcheurs, des pygargues à tête blanche. Il faut voir ce rapace tomber du ciel et crever la surface de l'eau et en ressortir avec dans les serres un brochet ou une perche ! Quel spectacle !

Après que mon père eut voulu noyer ma mère, je cessai d'aller piéger les castors. Tuer des animaux ne me posait aucun problème, tant qu'on le faisait avec respect et par nécessité, mais les pièges à mâchoires entraînaient les castors au fond de l'eau jusqu'à ce qu'ils meurent par noyade. Et dorénavant, cette idée me retournait l'estomac.

Et puis, je ne comprenais pas pourquoi on continuait à les chasser. Notre abri était plein de fourrure. De grandes piles. Des visons, des castors, des loutres, des renards, des coyotes, des loups, des rats musqués, des hermines. Mon père me répétait qu'il fallait respecter les animaux qu'on tuait, qu'on devait réfléchir avant d'appuyer sur la détente, et qu'on ne devait pas gâcher. On ne tuait pas le premier animal qu'on voyait parce que c'était peut-être le seul de son espèce qu'on verrait de toute la journée et que cela signifiait que le cheptel était tout petit et qu'il fallait les laisser tranquilles pendant une saison. Et pourtant, chaque année il rapportait de nouvelles peaux. Quand j'étais petite, je croyais qu'un jour il chargerait toutes ses fourrures dans son canoë et irait les vendre, comme le faisaient les Français et les Indiens autrefois. Et j'espérais que ce jour-là, il m'emmènerait. Mais depuis qu'il avait failli tuer ma mère, je commençai à m'interroger sur son comportement en général. Ce qu'il avait fait à ma mère n'était pas bien, je le savais. Et peut-être cette trappe à outrance n'était pas bien non plus. À quoi bon faire grossir ce tas de peaux qui était déjà plus haut que moi ?

Je songeais à tout ça, assise sur les marches du perron après dîner, alors que l'automne pointait son nez, en feuilletant un *National Geographic* jusqu'à ce que la nuit tombe, avec le secret et vain espoir de dénicher un article que je n'aurais pas lu. J'aimais regarder la brise du soir faire onduler l'herbe, les ombres grandir sur l'eau, et les étoiles s'allumer une à une, mais dernièrement cette agitation du soir me rendait nerveuse. Parfois Rambo, installé à côté de moi, relevait la tête, humait l'air en gémissant, comme s'il sentait aussi ce malaise. Comme un manque, un désir inassouvi. La sensation qu'il y avait autre chose au-delà des limites du marais, un monde plus grand, plus beau, plus vaste en toute chose. Je contemplais la ligne noire des arbres à l'horizon et tentais d'imaginer ce qui se trouvait derrière. Quand un avion traversait le ciel au-dessus de la cabane, je mettais ma main en visière sur mon front et je regardais le ciel longtemps après qu'il eut disparu. Qui étaient ces gens là-haut ? Avaient-ils autant envie de vivre avec moi dans les marais que moi d'être avec eux dans le ciel ?

Mon père s'inquiétait, je le voyais bien. Il ne comprenait pas plus que moi ce qui m'arrivait, ce changement soudain. Parfois je surprenais son regard quand il pensait que je ne le voyais pas. Il se grattait la barbe comme à chaque fois qu'il était perplexe et qu'il réfléchissait. D'ordinaire, c'était le prélude à une histoire. Une légende indienne, un récit de chasse ou de pêche, ou alors d'une chose étrange, amusante, terrible ou surnaturelle qui lui était arrivée. Je m'asseyais alors en tailleur, les mains sagement posées sur mes cuisses comme il me l'avait appris et faisais semblant de l'écouter pendant que mes pensées divaguaient. Ses histoires m'intéressaient toujours. Ce n'était pas ça. Mon père était un conteur hors pair. Mais je voulais découvrir les miennes à présent.

Un jour de pluie cet automne-là, mon père décida qu'il était temps que j'apprenne à faire des confitures. Je ne voyais pas trop l'intérêt. J'aurais préféré prendre le canoë pour aller relever mes pièges. Une famille de renards habitait sur la rive sous le vent de l'île où les cerfs aimaient se retrouver et je voulais en attraper un pour que ma mère puisse me faire une toque avec des rabats pour les oreilles, comme celle que portait mon père. Quelle importance s'il pleuvait ? Je n'allais pas fondre, et tout ce qui était mouillé finissait par sécher. Quand ma mère annonça au petit déjeuner, vu le temps pourri, qu'elle allait faire des confitures et qu'elle voulait que je l'aide, j'ai quand même mis mon manteau, parce que ce n'était pas elle qui commandait. Mais mon père. Alors quand il a décrété qu'aujourd'hui, c'était le jour où il fallait que j'apprenne, j'ai été coincée.

J'aurais préféré aider mon père. Il était assis dans la cuisine, à aiguiser et polir sa collection de couteaux, même si les lames étaient déjà tranchantes et immaculées. Notre lampe à huile était au milieu de la table. D'ordinaire on n'allumait pas la journée parce qu'on arrivait à court de graisse d'ours, mais il faisait vraiment très sombre ce matin-là.

Ma mère remuait un mélange de pulpe de pommes sur le comptoir avec une cuillère en bois pour le faire refroidir pendant qu'une autre marmite cuisait. Les bocaux qu'elle avait lavés et séchés attendaient sur la table, posés sur des torchons. Une casserole de paraffine fondue était maintenue à température sur le coin du poêle. Ma mère versa une couche de paraffine sur le dessus de la confiture pour que la moisissure ne s'installe pas, même s'il y en aurait quand même. Elle disait que ça ne nous tuerait pas. Ça n'empêche qu'elle la grattait avant de manger et jetait toutes les parties contaminées ! La bassine au sol était pleine d'épluchures de pommes. Dès qu'il cesserait de pleuvoir, elle irait verser les peaux sur le tas de compost.

Mes mains étaient toutes rouges à force de presser la marmelade de pommes à travers un linge pour en extraire le jus. La cuisine était chaude et pleine de vapeur. J'avais l'impression d'être dans une mine de charbon à piquer une veine dans les profondeurs de la terre. Je soulevai mon tee-shirt pour m'essuyer le visage.

— Rhabille-toi, ordonna ma mère.

— Non. On étouffe.

Ma mère lança un regard à mon père. Il haussa les épaules. J'achevai d'ôter mon tee-shirt et le jetai dans un coin de la pièce. Je remontai dans ma chambre et me jetai sur le lit, les bras derrière la tête, le nez au plafond, vibrante de colère contre mon père et ma mère.

— Helena ! Redescends ! lança ma mère au pied de l'escalier.

Je ne bougeai pas. J'entendis mes parents discuter.

— Jacob, fais quelque chose !

— Qu'est-ce que tu veux que je fasse ?

— Fais-la descendre. Il faut qu'elle m'aide. Je ne peux pas tout faire toute seule.

Je me levai, fouillai dans ma pile de vêtements par terre à la recherche d'un tee-shirt sec, boutonnai une chemise de laine par-dessus, et descendis l'escalier à pas lourds.

— Pas question que tu sortes, lança ma mère quand elle me vit traverser la cuisine et attraper mon manteau au clou. On n'a pas terminé.

— Toi, tu n'as pas terminé. Moi si !

— Jacob !

— Écoute ta mère, Helena, lança mon père sans quitter des yeux le couteau qu'il aiguisait.

Je voyais son reflet dans la lame. Il souriait.

Je jetai mon manteau par terre, et me laissai tomber sur la fourrure d'ours dans le salon, pour enfouir mon visage dans les poils. Je ne voulais pas apprendre à faire des confitures. Pourquoi mon père ne prenait-il pas ma défense ? Qu'est-ce qu'il leur arrivait à tous ? Qu'est-ce qui m'arrivait à moi ? Pourquoi avais-je envie de pleurer comme ça ? C'était stupide.

Je me rassis, les bras refermés sur les jambes, et me mordis l'avant-bras jusqu'au sang. Si je ne pouvais empêcher mes larmes de venir, alors qu'au moins j'aie une bonne raison !

Mon père me suivit dans le salon et se planta devant moi, les bras croisés. Le couteau qu'il avait affûté scintillait dans sa main.

— Lève-toi.

J'obéis, en m'efforçant de ne pas regarder la lame brillante, et me tins le plus droit possible. Je croisai les bras à mon tour, relevai le menton, et soutins son regard. Ce n'était pas du défi. Pas encore. Je voulais juste lui passer un message : quelle que soit la punition qu'il prévoyait pour mon insolence, il y aurait un coût. Si je pouvais revenir en arrière, et demander à mon double de onze ans ce que je comptais bien faire à mon père en représailles, je serais incapable de répondre. Il y avait juste une évidence : quoi que puisse dire ou faire mon père, rien ne me ferait accepter d'aider ma mère à faire ses confitures !

Mon père me regarda avec la même détermination. Dans un sourire, il leva le couteau. Un petit sourire torve, qui disait en substance que c'était une grosse erreur de ma part de ne pas l'écouter, parce que maintenant, il allait s'amuser un peu. Il prit mes poignets avec fermeté et me souleva les bras. Il observa ma morsure, puis posa la pointe de la lame sur ma peau. Je tressaillis malgré moi. Quelle que soit l'idée qu'il avait en tête, montrer ma peur ne ferait qu'aggraver les choses. Et je n'avais pas peur, en fait. Pas vraiment. Du moins pas de la souffrance. J'avais eu maintes occasions d'endurer la douleur par le passé avec les tatouages. Mon tressaillement, je m'en aperçois avec le recul aujourd'hui, c'était à cause de l'inconnu. Je ne savais pas ce qu'il allait me faire. Pour prendre l'ascendant sur une personne, le facteur psychologique est primordial. C'est bien plus efficace que la souffrance physique qu'on peut lui infliger. Et cet épisode en est le parfait exemple.

Il fit glisser la lame sur ma morsure. L'entaille n'était pas profonde. Juste de quoi faire couler le sang. Lentement, il traça une ligne rejoignant toutes les empreintes de dents, jusqu'à former un « O ».

Il marqua une pause, étudia son œuvre, puis m'entailla à nouveau – trois traits à gauche du « O », et quatre autres à droite.

Quand il eut terminé, il tourna mon bras pour que je puisse voir le résultat. Le sang coulait dans le creux de mon coude et gouttait au sol.

— Maintenant, va aider ta mère, dit-il, en tapotant de la pointe du couteau le mot qu'il avait écrit dans ma chair.

Il eut un nouveau sourire, indéfinissable, comme s'il comptait tenir mon bras levé ainsi sous mon nez jusqu'à ce que j'obéisse. Alors j'obéis.

Avec le temps, la cicatrice s'est estompée, mais si on y regarde bien, on peut encore lire le mot sur mon avant-bras – un ordre : *NOW*. Maintenant !

Bien sûr, les cicatrices qu'a laissées mon père sur ma mère sont bien plus profondes.

15

Je regarde fixement l'agate que mon père a laissée sur la souche. Je ne veux pas y toucher. C'est exactement le genre d'astuce qu'il utilisait quand il m'apprenait à le pister. Juste quand je croyais toucher au but, savourant d'avance le moment où j'allais pouvoir lui tirer une balle entre les deux pieds, il faisait l'un de ses tours qui m'égarait : il effaçait ses empreintes avec un rameau, ou, avec un long bâton, il écrasait l'herbe là où il voulait que je croie qu'il était passé, ou encore il revenait sur ses pas, marchait sur la tranche du pied pour ne plus laisser de traces reconnaissables. À chaque fois que je pensais avoir tout compris dans l'art du pistage, mon père trouvait un subterfuge qui remettait les compteurs à zéro.

Aujourd'hui, c'est une agate. Il me surveille peut-être depuis longtemps, et pendant que je regardais ailleurs, il a laissé cette pierre pour me prouver que malgré treize années passées dans une cellule de deux mètres sur trois, il demeure meilleur traqueur et chasseur que je ne le serai jamais. Non seulement il a pu s'échapper d'un quartier de haute sécurité, faire croire à ses poursuivants qu'il est ailleurs, mais aussi m'attirer ici, en se fondant sur ce qu'on a vécu tous les deux.

Je savais, quand je suis partie à sa recherche ce matin, que je le trouverais.

Ce que je n'avais pas prévu, c'est qu'il me trouverait le premier.

Rambo aboie comme s'il s'attendait à ce que des pattes poussent à la souche et qu'elle file en détalant. Bien sûr, je vais lui donner l'agate à flairer, mais d'abord je veux savoir comment mon père a su que la personne qui irait se soulager dans les buissons ce serait moi. J'ai beaucoup changé depuis. Mes longs cheveux bruns que je portais en queue-de-cheval ou nattés me descendent seulement aux épaules aujourd'hui, et avec les balayages successifs, ils sont presque blonds. Après deux enfants, ma silhouette s'est arrondie. Je n'ai jamais été bien épaisse parce que je n'ai pas la morphologie pour ça, ni le métabolisme, mais je suis bien moins maigrichonne que la dernière fois où il m'a vue. J'ai aussi grandi de quatre ou cinq centimètres. Rambo pourrait être un indice, puisqu'il est de la même espèce que le chien qui a débarqué sur notre îlot, mais un plott tavelé courant les bois à cette époque de l'année n'a rien d'une exception. À moins que mon père m'ait entendue l'appeler par son nom, je ne vois pas comment il a fait le rapprochement. Et où a-t-il trouvé cette agate ? Tout ça sent plus mauvais que la vieille viande qu'on jetait dans notre fosse. Si mon père s'imagine m'entraîner dans notre ancien jeu de piste, dorénavant en version adulte, il devrait se souvenir que les trois dernières fois, je l'ai retrouvé.

Ou alors il n'a pas fait ça pour me montrer qu'il est meilleur que moi. Peut-être n'est-ce pas une raillerie. Mais une invitation? *Je ne t'ai pas oubliée. Je tiens à toi. Je veux te revoir une dernière fois avant de disparaître.*

Je sors le pan de ma chemise et ramasse l'agate. Je la présente à Rambo. Il la renifle puis suit une piste à travers les broussailles jusqu'à un endroit sur le bas-côté de la route, à dix mètres du pick-up. Là, une trace pointe vers l'ouest. Des empreintes qu'auraient pu laisser les chaussures d'un gardien de prison – par exemple celui qui est mort. Je retourne à la voiture, m'attendant à voir mon père surgir des fourrés pour m'attraper comme il le faisait quand je rentrais à la cabane après qu'il m'eut raconté l'une de ses histoires terrifiantes dans la hutte à sudation.

Je jette la pierre sur le siège, puis attache Rambo dans la benne du pick-up en lui faisant signe de rester couché et de se faire tout petit. Je sais que mon père n'apprécie pas les chiens. Je retire la clé de contact et la glisse dans ma poche, et m'assure que mon téléphone est sur silence. D'ordinaire, je laisse mes clés dans la voiture quand je pars en chasse. Les voleurs ne sont pas légion dans la péninsule supérieure, et des clés peuvent toujours tinter dans une poche et révéler votre présence au gibier. Mais je n'ai aucune envie de suivre cette piste qu'a laissée mon père et découvrir après que c'était un leurre pour me subtiliser le pick-up. Je verrouille les portières par sécurité et vérifie que j'ai sur moi mon couteau et le pistolet. La police dit que le fugitif est armé et dangereux. Moi aussi.

Cinq cents mètres plus loin, les traces bifurquent dans une allée menant à l'une des cabanes que je voulais visiter. Je dépasse l'entrée et décris un grand cercle pour approcher la maison par derrière. Les arbres clairsemés n'offrent pas un bon couvert. Je n'aime pas ça. Ce sont surtout des mélèzes et des pins gris, rachitiques et tout secs. Impossible de faire une approche discrète. Mais si mon père m'attend dans la cabane, il sait déjà que je suis ici.

C'est une vieille construction, petite et trapue, plantée tout au bout de la clairière. Elle se fond si bien avec la végétation qu'elle est quasiment invisible. Un tapis de mousse et d'aiguilles de pin recouvre le toit. Des ronces et de hautes vignes piquetées de fleurs jaunes mangent les parois. Elle ressemble à ces maisons de contes de fées qu'il y avait dans mes livres d'images. Ce n'est pas l'antre d'un gentil couple sans enfant, ou d'un pauvre ermite, mais plutôt un nid destiné à accueillir une ribambelle d'enfants insouciants. Je remarque l'abri au bout de l'allée où est garé un vieux pick-up. Je regarde sous les roues, scrute la charpente. Personne n'y est caché.

Je longe la lisière de la clairière et fais le tour de la cabane pour ausculter l'arrière. L'unique fenêtre donne dans une chambrette avec juste de la place pour un lit, une commode et une chaise. Malgré le creux au milieu du matelas, personne ne semble y avoir dormi récemment.

Je passe à la fenêtre sur le côté. Une salle de bains. Les robinets sont rouillés. Les serviettes antédiluviennes. Une seule brosse à dents trône au-dessus du lavabo. L'eau dans les toilettes est brune. Un anneau sombre entoure le fond de la cuvette, signe que la chasse d'eau n'a pas été utilisée depuis longtemps.

L'autre fenêtre donne dans un salon qui ressemble comme deux gouttes d'eau à celui chez mes grands-parents : un vieux canapé aux motifs fleuris, des fauteuils assortis, une table basse en bois, avec une coupe de pommes de pin, de bois flotté et d'agates au milieu, un meuble d'angle avec des portes vitrées, renfermant salières, moulin à poivre, bibelots et une collection de verres à moutarde. Il y a des napperons jaunis sur les accoudoirs et les têtes des sièges, un fauteuil de relaxation défoncé. J'aperçois une tasse de café et un journal posé sur la desserte à côté. Tout semble en ordre. Si mon père m'attend dans la cabane, il n'est pas dans cette pièce.

Je me dirige vers la façade et gravis sans bruit les marches du perron. Rester immobile, tendre l'oreille, humer l'air. Quand on chasse les humains, la lenteur est la meilleure approche.

Après de longues minutes, je tente d'ouvrir la porte. La poignée tourne. J'entre.

J'avais quinze ans la première fois que je suis entrée par effraction dans une cabane. À l'époque, j'avais laissé tomber l'école, et les éducateurs qu'avait nommés l'État étaient aussi démunis que mes grands-parents. J'avais donc beaucoup de temps libre.

J'aimerais pouvoir dire que j'étais entrée par nécessité, parce que j'avais été surprise par une averse, ou le blizzard, quelque chose comme ça – mais c'était juste pour faire une farce, un projet que je comptais réaliser un jour où je m'ennuierais. La cabane appartenait aux parents d'un des garçons qui me cherchaient constamment des noises, et je m'étais dit que ce serait drôle de leur renvoyer l'ascenseur, de leur pourrir à mon tour la vie. Je ne comptais pas casser quoi que ce soit. Seulement laisser une trace de mon passage pour qu'ils sachent que j'avais de la ressource. La cabane avait l'un de ces autocollants « Propriété sous alarme », mais mes grands-parents avaient le même sur leur porte, je savais donc que c'était pour de faux. Cela faisait le même effet qu'un vrai système d'alarme, disaient-ils, et c'était beaucoup moins cher.

Mon plan était simple :

1. Enfiler la paire de gants de ménage en caoutchouc que j'avais prise sous l'évier de ma grand-mère.
2. Avec mon couteau, dégonder la porter d'entrée.
3. Ouvrir une boîte de conserve, allumer un feu dans le poêle pour la faire réchauffer – parce que c'était toujours meilleur chaud.
4. Laisser la boîte au milieu du salon et mettre dedans la souris morte que j'avais attrapée dans le bûcher de mes grands-parents.
5. Remettre la porte sur ses gonds et m'en aller.

La souris était fraîche, mais elle empesterait bientôt toute la maison et quand les propriétaires arriveraient, l'odeur leur sauterait au nez sitôt passé le seuil de la porte. Ils trouveraient la boîte de conserve avec la souris morte à l'intérieur et sauraient que quelqu'un était entré, mais ils ne pourraient pas savoir qui c'était grâce aux gants. Une fois que j'ai eu cette idée de « souris-souvenir », je me suis dit que je pourrais ainsi visiter les cabanes de tous ceux qui me tourmentaient. Ce serait comme ma signature. La police ne verrait pas le lien entre ces effractions, mais mes petits tortionnaires finiraient par comprendre : c'était moi ! Et ils ne pourraient rien dire sans devoir avouer leurs péchés, et c'était ça le meilleur dans mon plan !

Mais il faut croire que tout le monde n'était pas aussi pingre que mes grands-parents : les autocollants n'étaient pas des leurres. J'étais assise tranquillement devant le poêle, à feuilleter leur pile de *National Geographic* pour voir s'ils avaient le numéro sur les Vikings en attendant que chauffe ma boîte de haricots rouges, quand une voiture de police se gara devant la maison, avec ses gyrophares allumés. J'aurais pu filer par l'arrière – aucun flic sur terre n'aurait pu me rattraper dans les bois – mais je reconnus le policier qui sortit de la voiture. C'était le jeune adjoint qui m'avait ramenée les deux dernières fois que je m'étais enfuie. Le courant passait bien entre nous.

— Ne tirez pas ! lançai-je en sortant sur le perron les mains en l'air.

Et on a ri tous les deux.

Le policier m'a fait tout ranger dans la maison, puis m'a ouvert la portière de la voiture comme si j'étais une star de cinéma et lui mon chauffeur. En chemin, on a parlé chasse et pêche. C'était bien agréable. Je lui ai raconté la fois où mon père était tombé dans la tanière d'une ourse, en lui faisant croire que c'était à moi que c'était arrivé. Ça l'a impressionné. Quand je lui ai demandé s'il voulait être mon petit copain puisqu'on s'entendait bien, il m'a dit qu'il était marié et qu'il avait deux enfants. Je ne voyais pas où était le problème, mais il m'a assuré que c'en était un.

Le policier m'a conduite au poste. Apparemment, entrer dans une propriété privée par effraction était un délit plus grave que de fuguer. J'espérais qu'ils allaient me mettre dans la prison de mon père, comme ça, j'aurais une idée de ce qu'il vivait, mais ils se sont contentés de me faire asseoir sur un banc dans le hall pendant qu'ils appelaient mes grands-parents. Quand ils sont arrivés, le flic s'est lancé dans un long sermon, disant qu'on avait beaucoup de chance que les propriétaires de la cabane ne portent pas plainte, alors qu'ils étaient en droit de le faire, sinon j'aurais eu de gros ennuis. Il y avait des lois que je devais suivre, et respecter les biens d'autrui. Jamais, au grand jamais, une telle chose ne devait se reproduire. Je ne lui en voulais pas. Il ne faisait que son boulot. Mais quand il a dit que je devais réfléchir aux conséquences de mon comportement asocial et que si je continuais à agir de façon aussi stupide j'allais finir en prison comme mon père, d'un coup, j'étais bien contente qu'il ne soit pas mon petit ami. À la première occasion, me suis-je promis, je visiterais une autre cabane, juste pour l'énerver. Et ce serait peut-être bien la sienne !

Après ça, mon grand-père m'a fait travailler dans son magasin à temps plein. Jusqu'alors, je n'y travaillais que trois jours par semaine. Mes grands-parents vendaient des vers de pêche et des vélos, dans une vieille boutique en bois sur la grande rue, coincée entre une agence immobilière et une supérette. Les bicyclettes étaient alignées derrière la vitrine, pour que les passants puissent les voir et, au fond, on trouvait les armoires pleines de vers, lombrics et autres asticots. Des vers et des vélos… ça commençait par la même lettre. Voilà pourquoi mon grand-père les vendait dans la même boutique ! Aujourd'hui, je connais beaucoup de magasins dans la péninsule qui vendent ainsi des combinaisons d'articles saugrenues. La vérité, c'est qu'il est difficile ici de survivre si on ne se diversifie pas. Certes, je m'en sors avec mes confitures, mais c'est parce que je réalise le gros de mes ventes sur Internet.

Et puisque je travaillais tous les jours, disait mon grand-père, je devais payer le gîte et le couvert. Après avoir réglé mon dû, si je le voulais, je pouvais économiser l'argent pour acheter un de ses vélos à prix coûtant. Il avait revendu depuis longtemps les bicyclettes et tous les autres cadeaux que les gens m'avaient envoyés, alors j'étais bien contente d'avoir l'occasion d'en avoir une à moi. Il traça trois colonnes sur une feuille de papier : Prix d'achat, Prix de vente, Bénéfice, et mit des chiffres pour me montrer comment marchait son commerce, ce qui me serait bien utile plus tard quand je lancerais le mien.

Mon choix se porta sur un Schwinn Frontier, un VTT bleu ciel. J'aimais l'idée de pouvoir faire du vélo sur la route et dans les bois. Je sais aujourd'hui que mon grand-père aurait pu avoir de meilleures bicyclettes, mais personne ne pouvait vivre dans la péninsule supérieure en vendant des vélos haut de gamme, même si on y associait des boîtes de vers.

À chaque fois qu'un client se présentait pour acheter un vélo, je le conduisais loin du mien. J'ignorais alors que mon grand-père pouvait en commander un autre si on vendait mon Frontier. D'accord, après trois ans dans le monde civilisé j'aurais pu être moins nigaude en ce qui concerne les choses du commerce ! Mais il faut se mettre à ma place. Je partais de zéro. J'aurais bien voulu vous y voir ! Aujourd'hui encore, je fais des découvertes surprenantes. Et donc, quand un garçon de l'école a acheté mon vélo, j'ai cru que tout était fini. J'ai apporté le VTT jusqu'au pick-up de ses parents et l'ai abandonné sur le trottoir sans les aider à le charger, alors que j'étais censée le faire, et j'ai poursuivi mon chemin. Je ne savais pas trop où j'allais. Mon grand-père m'avait flouée, c'est tout ce que je savais ! Il n'était pas près de me revoir !

Il m'a retrouvée plusieurs heures plus tard. Bien après la tombée de la nuit. Il a fallu toute la force de persuasion de ma grand-mère, assise à côté de lui dans la voiture, pour me convaincre de monter avec eux. Mon grand-père m'a alors expliqué la situation et m'a assuré qu'il allait commander un autre

Schwinn Frontier pour moi. Évidemment, je me suis sentie stupide. Une fois de plus.

Je ne raconte pas toutes ces histoires pour m'apitoyer sur mon sort. De la pitié, j'en ai eu plus que mon saoul. Je veux juste que les gens comprennent pourquoi, après quelques années, j'ai eu besoin de prendre un nouveau départ. Parfois on pense vouloir quelque chose, et une fois qu'on l'a, on s'aperçoit que c'est pas du tout ce qu'il nous faut. C'est ce qui m'est arrivé quand j'ai quitté le marais ; je pensais que ce serait une nouvelle vie, être heureuse. J'étais intelligente, jeune, impatiente de tout apprendre, prête à embrasser le vaste monde. Le problème c'est que les habitants dudit monde n'étaient pas dans les mêmes dispositions que moi. Être le fruit des amours infâmes d'un kidnappeur, d'un violeur, doublé d'un meurtrier, est un fardeau dur à porter, un stigmate indélébile. Vous croyez que j'exagère ? Réfléchissez un peu : m'auriez-vous accueillie à bras ouverts chez vous sachant qui était mon père et ce qu'il avait fait à ma mère ? M'auriez-vous laissée approcher vos fils et filles ? M'auriez-vous fait confiance pour que je sois leur baby-sitter ? Et même si quelques-uns d'entre vous disent oui sur le principe, quid de la mise en application ? Aucune hésitation ?

Par chance, les parents de mon père sont morts, tous les deux à quelques mois d'intervalle, peu après ma majorité et m'ont légué la maison où mon père a grandi. Parce que j'avais dix-huit ans, leur avocat a décidé de me transmettre ce legs sans en aviser ni ma mère, ni mes grands-parents maternels. Dès que les papiers ont été prêts, j'ai fait ma valise, leur ai annoncé que je partais, sans leur dire où, et j'ai changé de nom – ce serait Eriksson parce que j'ai toujours aimé les Vikings et que c'était l'occasion d'en devenir une moi-même. J'ai coupé mes cheveux et les ai teints en blond. Et d'un coup de baguette magique, la fille du roi des marais n'était plus.

La porte de la cabane donne directement dans le salon. La pièce est petite, peut-être trois mètres sur quatre, et le plafond est si bas que je pourrais le toucher en me mettant sur la pointe des pieds. Je laisse la porte ouverte derrière moi. J'ai un problème avec les endroits clos qui sentent le renfermé et l'humidité.

La télévision est allumée, le son coupé. À l'écran, le présentateur doit donner les dernières nouvelles de la chasse à l'homme concernant mon père. Dans une vignette au-dessus de l'épaule gauche du journaliste, on voit un hélicoptère survoler un lac sillonné par des bateaux de patrouille. Au bas de l'écran défile sur un bandeau : Les recherches continuent/Le FBI envoie des renforts/Le prisonnier aurait été repéré.

Je me tiens immobile, silencieuse, pour percevoir un éventuel mouvement derrière un rideau, un bruit de respiration, un déplacement de quelques molécules d'air prouvant que je ne suis pas seule dans la pièce. Derrière le moisi, je perçois une odeur de cuisine – œuf, bacon et café –, un reste de fumée indiquant qu'un coup de feu a été tiré récemment, et le relent métallique et âpre du sang frais.

Je tends l'oreille. Aucun bruit. Pas de mouvement. Tout ça date de bien avant mon arrivée. J'attends encore un peu, puis traverse le salon et m'arrête sur le seuil de la cuisine.

Un homme nu gît au sol, entre la table et la cuisinière. Il y a une flaque rouge et des débris de cervelles.

Stephen !

16

La Cabane

Le scalde narra la merveille blonde que l'épouse du Viking apporta à son riche mari, et son ravissement devant la beauté de l'enfant qu'il n'avait vue que sous son plus beau jour. Il admirait sa fougue et son ardeur, disait qu'elle deviendrait une preuse skjaldmö aux cheveux de feu ou une fière Walkyrie, capable de mener toutes les batailles. Elle serait guerrière à ne pas bouger un cil si une main habile, d'un trait de lame, lui tranchait un sourcil par facétie.

D'année en année, l'enfant croissait en beauté comme en sauvagerie, et avant même qu'on y eût songé, elle se trouva une jeune fille de seize ans, merveilleusement belle. L'enveloppe était d'une enchanteresse, mais l'intérieur était dur et sans pitié.

La Fille du roi de la vase
Hans Christian Andersen

— Mets ton manteau, me dit mon père un matin d'hiver. Je veux te montrer quelque chose.

J'avais onze ans. C'était mon dernier hiver dans le marais mais je l'ignorais encore.

Ma mère releva les yeux de la peau qu'elle préparait. Dès qu'elle comprit que mon père ne s'adressait pas à elle, elle s'empressa de baisser la tête. La tension entre mes parents était omniprésente, comme un brouillard qui planait constamment dans la pièce. C'était ainsi depuis que mon père avait tenté de la noyer. « Il va me tuer », m'avait murmuré ma mère peu après, quand elle avait été certaine que mon père n'était pas dans les parages. C'était peut-être la vérité. Elle ne m'avait pas demandé de l'aider, ni de prendre parti contre mon père, ce qui était une bonne chose. Si mon père voulait vraiment la tuer, je ne pourrais rien y faire.

Ma mère travaillait sur la peau du cerf que mon père avait tannée. Hormis la cuisine et le ménage, la couture était sa principale activité en hiver. Le dernier hiver, elle avait confectionné une jolie veste à franges pour mon père. Cette saison, dès qu'elle aurait assez de peaux, elle m'en ferait une pour moi. Mon père m'avait promis de la décorer avec des épines de porc-épic, en prenant pour modèle le motif que j'avais dessiné au charbon de bois sur une écorce de bouleau. (On était à court de crayon et de papier.) Mon père était habile de ses mains, un vrai artiste. Le résultat serait bien plus beau que mon dessin.

Je m'équipai contre le froid et rejoignis mon père sur le perron. Mes moufles en peau de faon étaient devenues trop petites, mais c'était mieux que rien, et je repoussais le moment où je devrais les abandonner sur ma pile de vêtements inutilisables. Ma mère aurait dû m'en fabriquer de plus grandes, mais le faon n'était pas bien gros. Elle avait fait de son mieux, disait-elle. Quand mon père tuerait son cerf ce printemps, j'espérais que ce serait encore une femelle et qu'il y aurait des jumeaux dans son ventre.

Il faisait beau et froid. Le soleil était si éclatant sur la neige que je devais plisser les paupières. C'était la fonte de janvier, disait mon père, sauf que rien ne fondait. On était assis sur les marches du perron, à sangler nos raquettes. On avait eu beaucoup de neige cet hiver, et on ne pouvait aller nulle part sans s'équiper. Il m'en avait confectionné une paire avec des branches d'aulnes et des lanières de cuir l'été de mes neuf ans. Lui, il utilisait les Iversons de son père. Quand il serait devenu trop vieux pour marcher en raquettes, il me les donnerait, m'avait-il promis.

On partit d'un bond pas. Maintenant que j'étais presque aussi grande que lui, je pouvais suivre. Je ne lui demandai pas où on allait. Mon père aimait me faire des surprises ; ce genre d'expédition mystère était souvent prétexte à m'enseigner l'art du pistage. Mais la dernière leçon remontait à longtemps. Pendant qu'on se dirigeait vers la pointe de notre îlot, j'essayais de deviner notre destination. En fait, ce n'était pas si difficile que ça. Dans son sac à dos, il y avait une petite cafetière pour faire fondre de la neige pour le thé, six biscuits durs comme du bois mais qui se ramolliraient une fois trempés, quatre morceaux de viandes séchées et une mixture à base de myrtilles que mon père appelait du pemmican, ainsi qu'un bocal de confiture de mûres. Je savais donc qu'on ne serait pas rentrés pour le déjeuner.

Sa carabine était enfermée dans l'office et Rambo était attaché dans la remise à bois. On n'allait donc pas chasser. On avait nos raquettes. Cela voulait dire qu'on allait loin. Il n'y avait rien entre notre îlot et le Tahquamenon, excepté quelques tertres que j'avais déjà explorés, avec rien dessus, du moins rien qui vaille cette randonnée. Donc, il n'y avait qu'une destination possible : la rivière. Mais pour y faire quoi, c'était là le vrai mystère. J'avais vu ce cours d'eau bien des fois, et en toutes saisons. Je supposais que mon père avait repéré une formation de glace intéressante et qu'il voulait me la montrer. Si c'était ça, c'était quand même beaucoup d'efforts pour pas grand-chose.

Quand on atteignit enfin la rivière, je m'attendais à ce que mon père longe la rive, vers l'amont ou l'aval, pour me montrer sa trouvaille. Mais au lieu de ça, il partit tout droit sur la glace sans même ralentir le pas. Ça c'était une surprise ! Le Tahquamenon était rapide et avait plus de trente mètres de large. Il n'était gelé qu'en partie. Il restait de grandes zones d'eau libre. Et pourtant mon père marchait tout droit vers l'autre berge, sans même jeter un regard derrière lui pour voir si je suivais, comme s'il avançait tranquillement sur la terre ferme ! Moi, j'étais bloquée sur la rive, et le regardais s'éloigner. D'ordinaire, je marchais dans ses traces, où qu'il aille, mais s'aventurer là, sur cette glace ? C'était de la folie ! Depuis que j'étais en âge de me promener seule dans le marais, mon père m'avait mise en garde maintes et maintes fois. Je ne devais jamais m'aventurer sur une rivière gelée en hiver, même si ça paraissait solide. La glace d'eau vive n'avait rien à voir avec celle d'un lac à cause du courant et des turbulences. La couche pouvait être épaisse par endroits et toute fine à d'autres. Et sans un pic pour sonder l'épaisseur, ce que mon père n'avait pas, on ne pouvait connaître sa solidité. Si je passais à travers sur un lac ou un étang, je serais trempée et frigorifiée, mais je ne serais pas en grand danger, parce que d'ordinaire ces retenues d'eau n'étaient pas profondes. Et même si je devais nager pour atteindre une partie solide, je m'en sortirais. Mais si je tombais dans une rivière, le courant m'entraînerait aussitôt sous la glace. Je n'aurais même pas le temps de prendre une goulée d'air, et encore moins d'appeler au secours. Et on ne me retrouverait jamais.

C'était ce que m'avait enseigné mon père. Et pourtant, il faisait aujourd'hui tout l'inverse ! Mon père était une force de la nature, un être indestructible. Bien sûr, je savais qu'il était humain et mortel, mais si la moitié de ses histoires étaient vraies, il était sorti vivant de tant de périls qu'il était à mes yeux un demi-dieu. Cependant, même mon père ne pourrait survivre à une chute dans une rivière gelée. Et mourir par noyade était désormais mon pire cauchemar.

Finalement, c'était peut-être son but. Mon père ne faisait jamais rien au hasard. Il m'avait conduite ici pour me tester. Il savait que j'avais peur de me noyer. Il savait aussi que je brûlais d'explorer l'autre rive. Souvent, je lui avais demandé de m'emmener en canot de l'autre côté. Aurait-il compris que j'étouffais dans le marais, que je voulais voir d'autres paysages ? De toute évidence, il avait associé les deux :

ce que je désirais le plus et ce qui me terrifiait le plus. J'étais ici pour surmonter ma peur au lieu de la garder à l'intérieur de moi et de la laisser me ronger.

Avant de changer d'avis, j'escaladai les blocs de gris encombrant la rive et m'aventurai sur le Tahquamenon. Mon cœur tambourinait dans ma poitrine. Dans mes moufles, mes mains étaient toutes moites. Je posai mes pieds avec précaution, comme me l'avait appris mon père, en m'efforçant de suivre le chemin qu'il avait emprunté, pour être exactement dans ses traces. La glace ondulait sous mes pas, comme si la rivière respirait sous moi, comme si elle était un être vivant et s'agaçait qu'une petite humaine ose marcher sur son ventre gelé. Je voyais déjà l'Esprit de la rivière sortir sa main de glace par l'un des nombreux trous et m'attraper la cheville pour me tirer dans l'eau. Dans l'instant, j'étais sous la glace, mes cheveux flottant dans l'onde, les poumons en feu alors qu'il m'entraînait de plus en plus profond ; et j'avais les yeux écarquillés d'horreur, comme ceux de ma mère dans le seau.

Je continuai quand même à marcher. L'eau brune grondait dans les trous. J'avais la nausée et un goût de bile dans la bouche. Je jetai un coup d'œil pardessus mon épaule pour mesurer ma progression puis reportai mon attention vers mon père devant moi. J'étais au milieu, à égale distance des deux rives et de la sécurité. Je voulais m'arrêter, agiter les bras pour lui montrer comme j'étais brave et courageuse. Mais au lieu de ça, je me suis mise à courir, sprintant sur la glace malgré mes raquettes. Mon père me tendit la main pour m'aider à grimper sur la berge. Une fois rejointe la sécurité du bois, je repris mon souffle, pliée en deux. Ce que j'avais fait dépassait mon entendement. J'étais terrorisée, mais ma peur ne m'avait pas empêchée de faire ce que j'avais décidé. C'était ça la leçon que voulait me donner mon père. Et cet enseignement m'emplissait d'une nouvelle force. J'écartai les bras, levai la tête vers le ciel, et remerciai le Grand Esprit pour la sagesse qu'il avait accordée à mon père.

On obliqua à l'est, vers l'aval. J'étais Erik le Rouge ou son fils, Leif Eriksson, posant le pied sur les rives du Groenland ou de l'Amérique du Nord pour la toute première fois. Chaque arbre, chaque buisson, chaque pierre était une nouveauté pour moi. Même l'air me semblait différent. De notre côté, le marais était une grande plaine humide ponctuée çà et là d'un îlot. Mais de ce côté, c'était la terre ferme, hérissée de grands pins blancs. Leurs troncs étaient si gros que deux personnes n'auraient pu en faire le tour en se tenant les bras. Il y avait là de quoi construire mille cabanes et chauffer leurs habitants pendant des dizaines d'années. Pourquoi ceux qui avaient construit notre maison n'étaient-ils pas venus s'installer ici ?

Tout en suivant les pas de mon père, j'avais l'impression que j'aurais pu marcher ainsi pendant des kilomètres. Et soudain, ça me saisit : c'était vrai ! Je pouvais aller où je voulais parce que la rivière n'était plus la limite du monde. Voilà pourquoi notre marais, jusqu'alors, me paraissait si petit !

Bien sûr, à un moment, il nous faudrait rebrousser chemin, parcourir la même distance en sens inverse, et franchir à nouveau le cours d'eau gelé. Et si nous calculions mal notre coup, on risquait de se faire surprendre par la nuit. Traverser la rivière dans l'obscurité ? C'eût été du suicide. Mais je ne voulais pas y penser. Mon père m'avait fait passer sur l'autre rive. Il réitérerait ce prodige. Une seule chose comptait : enfin – enfin ! – je découvrais, explorais, admirais un territoire inconnu.

La rivière se fit plus large. Au loin, j'entendais un grondement sourd. Au début, le son était si faible que je crus que mes oreilles me jouaient des tours. Mais peu à peu, il s'amplifia. Cela ressemblait au grondement de l'eau quand elle brise et charrie la glace à l'arrivée du printemps, sauf que le printemps était encore loin et le Tahquamenon toujours bien gelé. Les questions me brûlaient les lèvres : c'était quoi ce bruit ? Pourquoi ça devenait plus fort ? Pourquoi le courant forçait ? Mais mon père marchait si vite, j'avais du mal à le suivre.

On arriva à un endroit où un gros câble, fait de multiples brins d'acier torsadés, était tendu en travers de la rivière. De notre côté, le câble était enroulé à un arbre. L'écorce l'avait avalé – preuve qu'il était là depuis longtemps. Sans doute le filin était-il attaché de la même manière sur l'autre berge. Accroché au câble, au milieu du cours d'eau, il y avait un écriteau. Hormis le mot DANGER en grosses lettres rouges, je ne pouvais lire le reste du texte. Je ne comprenais pas pourquoi quelqu'un se donnerait tout ce mal pour aller accrocher un panneau à un endroit où il n'était visible qu'en bateau. DANGER ? Quel danger ?

On continua à marcher. La neige se fit glissante et luisante. Les arbres semblaient couverts de givre, mais quand je touchai une branche, la pellicule blanche ne s'effrita pas dans ma main.

Et d'un coup, la rivière disparut. Je ne sais pas comment le dire autrement. À côté de nous, l'eau coulait, puissante, impétueuse ; cent mètres plus loin, il n'y avait plus que le ciel. Le Tahquamenon s'arrêtait net, comme s'il avait été coupé d'un coup de hache. La rivière qui disparaissait, le givre qui n'en était pas, ce grondement étrange comme un long tonnerre qui n'en finissait pas… j'étais entrée dans un autre monde, dans celui des contes et des légendes que me racontait mon père.

Il me conduisit vers une trouée dans les arbres jusqu'au bord d'une falaise tapissée de glace. L'espace d'un instant – un instant de terreur –, je crus qu'il voulait que je lui prenne la main et que je saute avec lui dans le vide comme ces guerriers et femmes à qui l'on interdisait de se marier. Mais au lieu de ça, il referma ses doigts sur mes épaules et me fit pivoter lentement.

J'eus un hoquet de stupeur. À vingt mètres de moi, la rivière jaillissait du bord de l'à-pic en un grand mur brun et or, un rideau prodigieux dégringolant sur les rochers en dessous. Des blocs de glace gros comme notre cabane encombraient le lit de la rivière tout en bas. Une épaisse couche de gel enveloppait les arbres et les rochers alentour. Les bords de la cataracte étaient figés en d'immenses colonnes blanches, comme des piliers de cathédrale. Juste en face de nous, une plateforme de bois surplombait l'abîme.

Un escalier montait de la passerelle à flanc de paroi et disparaissait dans les bois. J'avais vu des photos des chutes du Niagara dans le *National Geographic*, mais ça – ici ? Comment aurais-je pu imaginer qu'il y avait cette cataracte dans notre marais ? Et dire qu'elle était à moins d'un jour de marche de la maison !

On resta là un long moment, à contempler le spectacle. La bruine collait mes cheveux. Mon visage, mes cils étaient tout perlés d'eau. À la fin, mon père me tapota le bras. Je ne voulais pas m'en aller, mais je le suivis sous le couvert des bois et on s'assit derrière un arbre couché. Comme tout dans cette forêt magique, son tronc était énorme. Il était bien trois fois plus gros que les autres arbres renversés sur notre territoire.

Avec un grand sourire, mon père tendit le bras vers les chutes.

— Alors ? Qu'est-ce que tu en penses ?

— C'est magnifique.

C'est tout ce que je trouvais à dire. J'espérais que cela suffirait. Le fracas, les embruns, le grondement incessant de l'eau… je n'avais pas de mots pour décrire l'ampleur de ce que je ressentais.

— C'est à nous, tout ça, *Bangii-Agawaateyaa*. La rivière, la terre, cette cascade, tout nous appartient. Bien avant que l'homme blanc arrive, nos ancêtres pêchaient et chassaient ici.

— Et la plateforme ? C'est nous qui l'avons construite aussi ?

Son visage s'assombrit. Dans l'instant, je regrettai d'avoir posé la question, mais il était trop tard pour faire marche arrière.

— De l'autre côté des chutes, c'est le « parc national », comme ils disent. Les hommes blancs ont construit l'escalier et la plateforme pour que les gens payent pour regarder notre cataracte.

— Je croyais que cette plateforme était pour pêcher.

Mon père tapa dans ses mains et partit d'un grand rire. D'ordinaire, sa réaction m'aurait fait plaisir mais, cette fois, je n'essayais pas d'être drôle. Il ne pouvait y avoir de poissons dans ces eaux, bien sûr ! Mon père m'avait expliqué que notre rivière se déversait dans un grand lac, le *Gitche Gumee*, dans un endroit ojibwé appelé le *Ne-adikamegwaning*, la Whitefish Bay pour les Blancs. Je savais aussi, grâce aux *National Geographic*, que les saumons remontaient des chutes pour frayer dans les rivières, mais aucun poisson n'aurait pu franchir un tel mur.

Son rire résonna sur l'autre paroi, aigu comme celui d'une femme ou d'un enfant. Mon père se tut, mais le rire continua. Mon cœur tressauta dans ma poitrine. Ce devait être *Nanabozho*, l'esprit farceur, caché de l'autre côté des chutes, qui renvoyait le rire de mon père en écho pour se moquer de moi aussi. Je me levai d'un bond, impatiente de voir quelle forme il avait prise aujourd'hui. Mon père me rattrapa par la main et me fit me rasseoir, mais je tendis le cou quand même. Si *Nanabozho* était ici, je voulais le voir !

Il y eut un autre bruit. Un tintement de métal. Deux personnes dévalaient l'escalier. Ça, c'était une surprise ! D'ordinaire, *Nanabozho* apparaissait en renard ou en lapin. Comme il était le fruit d'un esprit et d'une femme, il était possible qu'il puisse prendre une forme humaine. Mais à moins qu'il se soit coupé en deux, les deux êtres sur la passerelle devaient être de vraies personnes.

Des gens ! Les premiers humains que je voyais en dehors de mon père et de ma mère. Ils étaient emmitouflés dans des bonnets, des écharpes et des manteaux. C'était donc difficile à dire, mais j'avais bien l'impression qu'il s'agissait d'une petite fille et d'un garçon.

Des enfants !

Il y eut d'autres voix, plus graves, et deux autres personnes se mirent à descendre l'escalier. Des adultes. Un homme et une femme. Les parents !

Une famille !

Je retins mon souffle. Je n'osais respirer, de crainte que le bruit traverse le ravin et les fasse fuir. Mon père me serra le bras, pour m'inciter à ne pas faire de bruit. Mais c'était inutile. Je ne risquais pas d'attirer leur attention. Je voulais juste regarder. Dommage que je n'eusse pas la carabine avec moi, j'aurais pu les observer avec la lunette.

Ils parlaient, riaient, jouaient. Je ne parvenais pas à comprendre ce qu'ils disaient, mais ils s'amusaient bien, c'était visible. Quand le père, enfin, souleva de terre le plus petit pour le jucher sur ses épaules et remonter l'escalier, j'avais les jambes toutes raides de froid et mon ventre criait famine. La mère suivit le mouvement avec l'autre enfant. Longtemps j'entendis leurs rires après qu'ils eurent disparu.

Je restai de longues minutes, avec mon père, accroupie derrière notre tronc. Enfin, il se releva, s'étira et ouvrit son sac à dos pour sortir notre déjeuner. D'ordinaire, il faisait un feu pour préparer le thé, mais pas cette fois. Je fis donc passer les biscuits rassis de ma mère avec des morceaux de neige.

Quand on eut terminé de manger, il rangea toutes les affaires et, sans un mot, tourna les talons pour s'en aller. Sur le chemin du retour vers notre cabane, je ne cessai de penser à cette famille. Ils étaient si proches. À un jet de pierre ! J'aurais pu attirer leur attention si j'en avais lancé une au-dessus de leurs têtes. Que se serait-il passé alors ?

Je suis retournée de nombreuses fois aux chutes du Tahquamenon. Le spectacle est toujours saisissant : soixante mètres de large, un saut de près de vingt mètres. Au printemps, la rivière déverse près de deux cent mille litres à la seconde. C'est la troisième chute la plus importante à l'est du Mississippi. Chaque année, plus de cinq mille personnes viennent des quatre coins du monde pour les admirer. J'ignore pourquoi, mais c'est une destination très populaire chez les Japonais. Le parc possède un office du tourisme avec un restaurant, une brasserie artisanale, des toilettes avec de vraies chasses d'eau et une boutique de souvenirs où je vends mes confitures. Le chemin qui mène aux chutes est bitumé pour faciliter l'accès et les autorités ont installé des rambardes tout le long de la falaise pour que les gens ne tombent pas. Il y a déjà eu des morts. Comme ce type qui avait sauté dans le tourbillon pour récupérer la basket de sa petite copine. Mais ce n'était pas la faute de l'administration du parc.

Stephen et moi y avons emmené les filles en mars dernier. C'était la première fois que j'y revenais en hiver. Avec le recul, j'aurais dû prévoir ce qui allait arriver. Mais à l'époque, je ne pensais qu'à leur joie de découvrir la cataracte sous le gel. Depuis un moment, Stephen poussait à la roue pour qu'on fasse cette sortie, mais je voulais attendre que Sou soit assez grande pour apprécier le spectacle. En plus, quatre-vingt-quatorze marches à descendre pour rejoindre la plateforme et quatre-vingt-quatorze à remonter, cela n'a rien d'une sinécure si on doit porter un enfant.

Je me tenais contre le garde-fou, et je regardais Stephen et les filles se lancer des boules de neige en riant, je savourais l'instant quand mon attention s'est portée sur l'endroit où je me tenais avec mon père des années plus tôt. Dans la seconde, j'eus de nouveau onze ans, j'étais accroupie derrière le tronc, à scruter la plateforme où je me tenais aujourd'hui avec Stephen et les filles. Et c'est là que ça m'a saisie.

On était cette famille.

J'ai été submergée de regret pour cette fillette de onze ans que j'étais alors. D'ordinaire, quand je songe au passé, à mon enfance, je parviens à rester objective. Oui, j'étais l'enfant d'une jeune fille kidnappée et de son ravisseur. Pendant douze ans, j'ai vécu sans voir ni parler à d'autres êtres humains que mes parents. À m'entendre, cela paraît assez sinistre. Mais c'était ma main ; même si la pioche était mauvaise, je devais l'accepter et « jouer mon jeu », comme disait ma psy – comme si cette métaphore des cartes était parlante à une enfant de douze ans !

Mais quand j'ai contemplé sur l'autre rive le fantôme de mon passé, j'ai eu le cœur serré pour cette petite sauvageonne. J'étais si ignorante du monde malgré ma précieuse collection de *National Geographic*. Je n'avais jamais vu un ballon de ma vie, je ne savais pas que lorsque les gens se rencontraient, ils se serraient la main. Je ne savais pas non plus que les voix des gens pouvaient être si différentes parce que je n'avais entendu que celles de mon père et de ma mère. Rien non plus de la culture moderne, de la musique actuelle, rien de la technologie. J'étais celle qui se cachait au premier contact avec le monde extérieur parce que c'est ce que mon père m'avait appris.

J'étais emplie de regret pour mon père aussi. Il savait que j'étouffais. Je suis persuadée qu'en me montrant ces chutes il pensait me prouver la richesse de notre marais – sa « merveille » – et me convaincre de rester. Mais après avoir vu cette famille, tout ce que je voulais c'était partir.

Je me suis éloignée de la rambarde sans expliquer la raison de mes larmes sinon que j'avais le vertige et que je voulais rentrer à la maison. Évidemment, les filles ont été très déçues. Stephen a juché Sou sur ses épaules et a remonté les escaliers sans poser de questions. Mais pendant que je suivais derrière, avec Iris, je voyais bien que la petite n'avait pas gobé mon mensonge.

17

L'homme qui gît nu sur le sol de la cuisine n'est pas mon mari. C'était juste une pensée qui m'a traversée, ce genre de certitude irrationnelle qui s'impose juste après un choc ou une frayeur – fugace, aussitôt disparue.

Pourquoi est-il nu ? De toute évidence, quand mon père est arrivé, l'homme ne préparait pas son petit déjeuner en tenue d'Adam. S'il n'a pas ses vêtements, c'est parce que mon père l'a fait se déshabiller avant de le tuer. Non seulement le malheureux savait qu'il allait mourir, mais il a dû supporter une ultime humiliation avant de quitter cette terre. Mon père a toujours eu un côté sadique. Et treize années en quartier de haute sécurité n'ont, visiblement, en rien atténué cette inclination.

Mon père n'avait aucune raison de tuer cet homme. C'était ça le plus inquiétant, bien plus que le modus operandi. Il aurait pu l'attacher sur une chaise, le bâillonner s'il ne voulait pas l'entendre se plaindre, se faire quelque chose à manger, piquer un somme, taper le carton, écouter de la musique, ou traîner simplement dans la cabane pendant que ses poursuivants battaient les bois au mauvais endroit, et reprendre sa route à la nuit tombée. Quelqu'un aurait découvert le prisonnier, sans doute dans un ou deux jours quand les flics auraient compris qu'ils avaient été bernés et qu'ils auraient reporté les recherches vers le nord. À moins d'être un Houdini, le pauvre bougre n'aurait eu aucun moyen de se libérer. Mais mon père l'a fait se dévêtir, lui a ordonné de s'agenouiller, l'a contraint à le supplier pour qu'il lui laisse la vie sauve, puis l'a abattu d'une balle dans la nuque.

Je sors mon portable. Pas de réseau. Je compose quand même le numéro des urgences. Parfois un appel ou un SMS passe. Mais pas cette fois. En revanche, une alerte apparaît sur mon écran. Quatre messages de Stephen.

Où es-tu?

Ça va?

Tel moi

Reviens. STP. Il faut qu'on parle.

Je relis le premier message, puis contemple le corps de l'homme. Où suis-je? me demande-t-il. Stephen n'apprécierait pas…

Je quitte la cuisine pour tenter ma chance avec le téléphone fixe. Pas de tonalité. Soit le gars n'a pas payé sa facture, soit mon père a coupé la ligne. Peu importe. Je sors, remonte l'allée, en tenant mon mobile à bout de bras à la recherche d'un signal. Je ne prends pas la peine de chercher des empreintes ou quelque trace du passage de mon père. J'en ai assez de son petit jeu. Je vais remonter en voiture, rouler jusqu'à avoir du réseau, ou filer tout droit au poste de police, rapporter le meurtre, et puis rentrer chez moi, auprès de mon mari. Les flics ne vont pas être contents d'apprendre que j'ai tenté de retrouver mon père, et Stephen non plus. Tant pis. Stephen croit peut-être qu'il suffit qu'on se dise « Je suis désolé. Je t'aime » pour tout effacer, mais je sais que c'est plus compliqué que ça. Au fond de lui demeurera une pierre noire : le père de son épouse est un homme très mauvais. Stephen fera comme si de rien n'était. Il pourra même se convaincre que rien n'a changé. Mais en réalité, il ne pourra jamais oublier que la moitié de mon matériel génétique provient de mon père. Il doit être sur Internet en ce moment, à lire tout ce qui s'est écrit sur le Roi des marais et sa fille.

Et cette fois, quand les vautours des médias vont fondre sur moi pour me mettre en pièces, ce sera pire à cause de mes petites. Inutile d'espérer passer sous les radars. Autant arrêter une cataracte ! Sou pourra sans doute supporter cette notoriété. Mais pas Iris. De toute façon, un jour, Iris et Sou connaîtront mon passé, sauront qui étaient leurs grands-parents maternels, et les horreurs qu'a faites leur grand-père à leur grand-mère. Tout est en ligne, jusqu'au numéro de *People* où on me voit sur cette couverture ridicule. Il leur suffit d'aller sur Google.

Quand cette heure viendra, j'espère qu'elles se rendront compte que j'ai essayé avec elles d'être une meilleure mère que ma mère ne l'a été avec moi. Bien sûr, cela a été difficile pour elle après notre départ du marais. Elle est revenue dans un monde qui avait continué à grandir sans elle. Ses camarades d'école étaient devenues adultes, s'étaient mariées, avaient des enfants et avaient déménagé. Sans cette notoriété de malheureuse kidnappée, comment savoir quelle aurait été sa vie. Je l'imagine bien se marier dès sa sortie du lycée, avoir deux enfants dans la foulée et vivre dans une caravane au fond du jardin de ses parents ou dans la cabane vide de quelqu'un, à faire la vaisselle, le ménage, la lessive, et préparer à manger pendant que son mari livre des pizzas ou fait le bûcheron. Cela n'aurait pas été si différent de sa vie dans le marais, au fond. Je peux paraître sévère, mais il faut se souvenir que ma mère n'avait que vingt-huit ans quand elle a quitté le marais. Elle aurait pu reprendre ses études, faire quelque chose de sa vie. Je sais que mon père l'a prise à un âge où elle était vulnérable. Les dégâts sont terribles quand un enfant grandit en captivité. Le confinement bloque son développement psychique et émotionnel. Souvent je me suis demandé si la poupée que ma mère m'avait fabriquée pour mes cinq ans n'était pas pour elle en fait.

Mais pour moi non plus, cela n'a pas été facile. Je n'avais pas d'amis. J'avais quitté l'école. Mes grands-parents me détestaient, du moins c'est ce qu'ils me montraient, et moi je les détestais en retour. Je n'aimais pas voir ma mère passer ses journées dans sa chambre. Je honnissais mon père pour ce qu'il lui avait fait. À cause de lui, elle avait peur de sortir, restait cloîtrée. Pas un jour ne passait, en fait, sans que je pense à mon père. Il me manquait, je l'aimais. Plus que tout, je voulais que les choses redeviennent comme avant, quand on était ensemble dans le marais – à l'exclusion, bien sûr, des derniers jours pénibles qui avaient précédé notre fuite. Je regrettais ces temps anciens, celui de mon enfance, la seule époque de mon existence où j'avais été réellement heureuse.

J'ai compris que ma mère ne serait jamais la mère dont j'avais besoin, si cruellement besoin, le jour où j'ai trouvé un homme dans son lit. J'ignore depuis combien de temps elle le voyait. Cela pouvait être leur première nuit comme la centième. Peut-être qu'il l'aimait. Peut-être l'aimait-elle aussi ? Peut-être était-elle prête enfin à laisser le passé derrière elle. Je ne sais pas. En tout cas, je ne lui en ai pas laissé l'occasion.

Je m'étais habillée et étais montée à l'étage pour utiliser la salle de bains. Il y avait deux lits jumeaux dans la chambre de ma mère, mais après avoir partagé sa chambre d'enfant pendant des semaines, je n'en pouvais plus de cette proximité et j'avais décidé de coucher au sous-sol où il y avait un canapé.

La porte de la salle de bains était fermée. J'en ai déduit que ma mère y était et suis allée dans sa chambre pour prendre quelque chose à lire. Ma mère passait beaucoup de temps aux toilettes quand j'étais petite. Je savais donc que j'en avais pour un moment à attendre. Je croyais à l'époque qu'elle avait des soucis d'intestins mais, avec le recul, je me dis que le cabanon des WC était le seul endroit où elle était sûre d'être tranquille.

Je me suis figée sur le seuil quand j'ai vu le type couché sur le lit de ma mère. Les draps étaient repoussés. Il était nu, couché sur le dos, un bras sous la tête. Je savais ce qu'ils faisaient. Comme n'importe quelle gamine de quatorze ans. Quand on habite avec ses parents dans une petite cabane et qu'on va avec eux dans la hutte à sudation nus comme des vers, et qu'on a à sa disposition les photos des *National Geographic* de peuplades primitives, il faut être stupide pour ne pas comprendre ce qui se passe quand on entend le lit couiner.

Le sourire de l'homme s'est effacé dans l'instant quand il s'est aperçu que c'était moi et non ma mère. Il s'est redressé, a tiré par réflexe les couvertures sur lui. J'ai mis un doigt en travers de ma bouche et j'ai sorti mon couteau. Je me suis assise sur le lit jumeau en face de lui et ai pointé ma lame vers ses parties intimes. L'homme s'est levé d'un bond et a mis aussitôt les mains en l'air. C'en était comique. J'ai désigné son tas de vêtements par terre. Il a enfilé en hâte sa chemise, son slip, ses chaussettes, son pantalon, a ramassé ses chaussures et a quitté la pièce sur la pointe des pieds, sans dire un mot. En une minute, c'était fait. Ma mère s'est mise à pleurer quand elle a vu qu'il était parti. Autant que je le sache, il n'est jamais revenu.

Après cet épisode, j'ai commencé à fuguer. Depuis que j'avais quitté le marais, je passais la nuit dans les bois à la moindre occasion, mais cette fois c'était différent : c'était un plan de bataille. Un départ sans retour. J'ai fourré dans un sac de toile tout le nécessaire pour passer l'été dans la cabane, voire plus que l'été. Je suis sortie en catimini – direction le Tahquamenon – et ai volé un canoë. Je comptais pêcher, chasser un peu, peut-être chercher mon père, mais surtout savourer d'être enfin seule et libre. L'adjoint du shérif m'a retrouvée le lendemain avec un bateau de patrouille. J'aurais dû me douter que le vol d'un canoë et la disparition simultanée d'une enfant sauvage mèneraient tout droit la police sur la piste de notre cabane.

Ce fut ma première tentative, la première d'une longue série. On peut même dire que, depuis ce jour-là, je n'ai jamais cessé de fuir.

Un éclair qui zèbre le ciel, un coup de tonnerre… et la pluie se met à tomber. Des trombes d'eau. Jc range mon téléphone dans ma poche et cours vers le pick-up. Rambo est curieusement silencieux. D'ordinaire, il aurait aboyé pour me faire comprendre qu'il voulait rentrer dans la cabine pour se mettre à l'abri – même si je lui avais dit de rester couché dans la benne et de se tenir tranquille. Rambo est bien dressé pour un plott, mais chaque espèce a ses limites.

Je quitte aussitôt la route pour me cacher derrière un gros pin – pas si gros que ça, en fait. Vingt-cinq centimètres de diamètre, pas plus. Je me tiens absolument immobile. Un chasseur en tenue de camouflage, le dos collé à un tronc, est quasiment invisible s'il ne bouge pas. Je ne porte pas de veste camo, mais quand il s'agit de se fondre dans la forêt, j'ai plus de pratique que le quidam moyen. Et j'ai l'ouïe fine, meilleure que tous ceux avec qui j'ai chassé, hormis peut-être mon père – un don qui m'a paru une exception à mon retour à la civilisation. Mais c'était le simple effet, une fois encore, du milieu où j'ai grandi. Sans radio, sans télévision, ni bruits de voitures et autres nuisances sonores auxquelles les gens sont soumis tous les jours, j'avais appris à distinguer les sons les plus ténus : un mulot fourrageant dans les aiguilles de pin ; une feuille solitaire tombant au sol ; le bruissement quasi inaudible d'un harfang des neiges fendant l'air.

J'attends. Toujours pas de gémissements montant de l'arrière du pick-up, pas de grattements de pattes contre le métal. Je pousse une longue note suivie de trois courtes. La première plutôt grave, les trois autres plus aiguës. Ce sifflement avec lequel j'ai dressé mon chien au rappel ne duperait pas une vraie mésange à tête noire, mais si mon père est dans les parages, l'astuce pourrait passer, puisque cela fait treize ans qu'il n'en a pas entendu une chanter.

Toujours rien. Je sors le Magnum de ma ceinture et rampe dans les fourrés. Le pick-up semble bas sur pattes. Je m'approche. Les deux pneus côté conducteur ont été lacérés.

Je me redresse, un nœud au ventre, et fais le tour du véhicule. La benne est vide. Rambo n'est plus là.

Je pousse un soupir. La laisse a été tranchée – évidemment avec le même couteau que mon père a pris dans la cabane pour crever les pneus. Je maudis mon manque de clairvoyance. J'aurais dû me douter qu'il ne m'avait pas attirée ici juste pour me revoir. C'est une épreuve. Il veut me lancer un dernier défi, prouver une fois pour toutes qu'il est meilleur chasseur et traqueur que moi. *Je t'ai appris tout ce que je sais. Maintenant voyons si tu as retenu la leçon.*

Il a pris Rambo pour que je sois obligée de jouer. Il l'a déjà fait. Quand j'avais neuf ou dix ans, et que je devenais plutôt bonne en pistage, mon père avait trouvé le moyen de faire monter l'enjeu d'un cran. Je devais le trouver et lui tirer dessus avant la fin de la partie – d'ordinaire, le signal était le coucher de soleil, mais pas toujours. Sinon, mon père me prenait quelque chose auquel je tenais : ma collection d'aiguilles de quenouilles, ma chemise de rechange, le troisième arc que j'avais fabriqué – celui qui fonctionnait. Les trois dernières fois que l'on a joué à ce jeu – comme par hasard, j'ai gagné –, la mise avait été, tour à tour, mes moufles en peau de faon, mon couteau, et mon chien.

Je contourne le pick-up. Les deux pneus côté passager sont crevés aussi. Il y a deux séries d'empreintes qui s'éloignent du véhicule et s'enfoncent dans les bois, un homme et un chien. Les traces sont faciles à suivre, comme des flèches peintes couleur fluo. Et si on les regarde d'en haut, elles forment une ligne pointillée qui, j'en suis sûre, mène à ma maison.

Autrement dit, l'enjeu, cette fois, ce n'est pas mon chien. Mais ma famille.

18

La Cabane

Souvent Helga, lorsque sa mère se tenait au balcon et la regardait, par méchanceté et pour lui faire peur, se plaçait sur le rebord du puits profond, faisant aller ses bras et ses jambes au-dessus de l'ouverture béante, et tout à coup se laissait glisser dans le trou noir.

Avec ses instincts de grenouille, elle plongeait et replongeait dans l'eau, puis elle remontait, grimpant avec une force et une agilité merveilleuses. Les vêtements dégouttant d'eau, elle se précipitait dans la salle jonchée de feuillages verts, selon l'usage de ce temps. Les feuilles se ranimaient, pour ainsi dire, sous la pluie fraîche qui les arrosait.

La Fille du roi de la vase,
Hans Christian Andersen

Durant des semaines, après que mon père m'a emmenée voir les chutes, je n'ai cessé de penser à cette famille. Je revoyais les enfants courir dans l'escalier, les parents enlacés et souriants tandis que le garçon et la fillette se jetaient des boules de neige et chahutaient. Je ne sais pas trop s'il s'agissait réellement d'un garçon et d'une fille, parce qu'ils avaient des écharpes, des bonnets et des manteaux, mais c'est ce que je me suis dit. J'avais appelé le garçon Cousteau parce qu'il portait un bonnet rouge comme le commandant Cousteau dans le *National Geographic*. Et j'avais appelé sa sœur Calypso, comme le nom de son bateau. Avant que je ne découvre l'article sur Cousteau, mes explorateurs préférés étaient Erik le Rouge et Leif Eriksson. Mais ils naviguaient sur l'océan, juste dessus, alors que Cousteau explorait ses profondeurs. À chaque fois que je tentais de raconter à mon père les exploits du commandant, il disait que les dieux allaient le punir parce qu'il osait s'aventurer dans des lieux que l'homme ne devait pas voir. Je ne comprenais pas bien pourquoi cela pouvait fâcher les dieux. Moi, j'aurais bien aimé savoir ce qu'il y avait au fond de notre marais.

Cousteau, Calypso et moi, on faisait tout ensemble. Je les avais faits plus vieux que les bambins sur la passerelle pour qu'ils puissent me tenir compagnie et m'aider dans mes corvées quotidiennes. Parfois, j'inventais des histoires : « Cousteau, Calypso et Helena vont nager dans l'étang des castors. » « Cousteau et Calypso vont pêcher sur la glace avec Helena. » « Cousteau et Calypso aident Helena à attraper une tortue serpentine. » Je ne pouvais écrire ces histoires parce qu'on n'avait ni papier ni crayons, alors, les meilleures, je les répétais dans ma tête encore et encore pour ne pas les oublier. Je savais que les vrais Cousteau et Calypso vivaient avec leurs parents dans une vraie maison avec une cuisine comme celles qu'on voyait dans le *National Geographic*. J'aurais pu inventer des histoires qui se seraient passées là-bas : « Cousteau, Calypso et Helena mangent du pop corn Jiffy Pop en regardant la télévision en couleur sur leur tout nouveau poste RCA », mais il était bien plus facile de les faire venir dans mon monde que d'imaginer le leur.

Ma mère appelait Cousteau et Calypso mes amis imaginaires. Elle se demandait pourquoi je ne jouais pas avec la poupée qu'elle m'avait fabriquée plutôt qu'avec eux. Même si je l'avais voulu – ce qui n'était pas le cas –, il était trop tard : il ne restait plus grand-chose de la poupée abandonnée dans la remise, toujours suspendue par les bras à la paire de menottes. Les souris avaient emporté la plupart du rembourrage et elle était trouée comme une passoire par mes flèches.

Mon père n'a jamais parlé de cette famille qu'on avait vue, pas même sur le chemin du retour, pas une seule fois non plus dans les semaines qui suivirent. Au début son silence m'inquiétait. Les questions se bousculaient dans ma tête. D'où venaient ces gens ? Comment étaient-ils arrivés jusqu'aux chutes ? Étaient-ils venus en voiture ? À pied ? Auquel cas, ils devaient habiter tout près parce que leurs enfants étaient trop petits pour marcher longtemps ; ils n'avaient même pas de raquettes ! Et comment s'appelaient ces enfants en vrai ? Quel âge avaient-ils ?

Quel était leur plat préféré ? Est-ce qu'ils allaient à l'école ? Avaient-ils une télévision ? Est-ce qu'ils nous avaient vus, mon père et moi, de l'autre côté de la cataracte ? Et eux, se posaient-ils les mêmes questions sur nous ?

J'aurais bien aimé avoir quelques réponses, pas toutes, mais quelques-unes. Je songeais à remplir un sac avec des vivres pour deux ou trois jours et traverser le marais pendant qu'il était encore gelé pour trouver leur maison. Et si je ne pouvais rejoindre cette famille, peut-être en rencontrerais-je une autre tout aussi intéressante ? J'avais toujours su que le monde était plein de gens. Aujourd'hui, je savais qu'ils n'étaient pas si loin.

Un point était clair : je ne resterais pas toute ma vie dans le marais. Et pas seulement parce qu'on arrivait à court de vivres. Mon père était beaucoup plus vieux que ma mère. Un jour, il mourrait. Ma mère et moi, on pourrait se débrouiller tant qu'on avait des balles pour la carabine, mais un jour, ma mère mourrait aussi. Qu'est-ce que je ferais alors ? Je ne voulais pas vivre toute seule. Je voulais un compagnon. Dans un article sur les Yanomamis, il y avait un garçon qui me plaisait bien. Il portait un singe mort sur les épaules, comme une cape, et rien d'autre. Je savais qu'il habitait une autre partie du monde et qu'on ne se rencontrerait sans doute jamais. Mais il existait d'autres garçons comme lui qui vivaient plus près et on pourrait faire un couple. Si j'en trouvais un, je le ramènerais avec moi à la cabane pour fonder ma propre famille. On aurait un garçon et une fille, ce serait bien.

Avant que je voie cette famille, je ne savais pas trop comment procéder. Mais maintenant, les idées me venaient.

Mon père sortit à trois reprises pendant ces semaines pour aller chasser les cerfs de printemps, mais chaque fois, il revenait bredouille. Il disait que le territoire était maudit, que les dieux nous punissaient. Mais il ne disait pas pourquoi.

Pour la quatrième tentative, il m'emmena. Il pensait que si c'était moi qui avais le fusil, cela lèverait la malédiction. J'ignorais si c'était vrai, mais si ça me donnait l'occasion de tirer mon deuxième cerf, je n'allais pas rater ça. Tous les ans depuis que j'avais tué la biche, je demandais à mon père d'aller à la chasse avec lui, et à chaque fois il refusait. Pourquoi alors s'était-il donné tout ce mal à m'apprendre à tirer si on ne pouvait pas se partager la tâche de rapporter du gibier ?

Cousteau et Calypso restèrent à la maison. Mon père n'aimait pas m'entendre prononcer leurs noms ou me voir jouer avec eux. Parfois, je le faisais exprès pour l'agacer, mais c'eût été une mauvaise idée aujourd'hui. Cette histoire de mauvais sort le contrariait beaucoup et j'ai préféré les envoyer ailleurs. (« Cousteau et Calypso rendent visite aux Yanomamis dans la forêt amazonienne, sans Helena. ») Rambo était attaché dans la remise à bois. Le chien n'avait pas son pareil pour faire sortir un ours de sa tanière ou forcer un raton laveur à se réfugier dans un arbre, disait mon père, mais les cerfs étaient bien trop farouches. Je ne voyais pas où était le problème. S'il en faisait fuir un, il saurait le poursuivre sans encombre, puisqu'il pouvait courir sur la neige sans s'y enfoncer, ce qui n'était pas le cas des cervidés. Il nous aurait alors suffi de suivre les traces et de le tirer. Parfois, je me demandais si mon père n'inventait pas toutes ces règles et ces restrictions, juste par malin plaisir.

J'ouvrais la marche puisque j'avais la carabine. J'aimais l'idée que mon père soit obligé de me suivre. Je songeai au petit nom qu'il m'avait donné : *Bangii-Agawaateyaa*, et cela me fit sourire. Je n'étais plus sa Petite Ombre.

Je me dirigeai vers l'îlot où j'avais abattu ma biche, parce que l'endroit m'avait porté chance. Et aussi parce que j'espérais tirer une femelle ayant des jumeaux.

Quand on approcha de l'ancienne hutte de castors où mon père tendait ses pièges, je lui fis signe de se baisser, puis ôtai mes moufles et m'accroupis à côté de lui. J'humectai mon doigt pour sentir le vent et comptai jusqu'à cent pour laisser le temps à un éventuel cerf de se calmer. Puis, lentement, je relevai la tête.

De l'autre côté de la hutte, entre nous et l'îlot où le gibier était censé se trouver, se tenait une bête fière et téméraire, plantée à découvert : un loup. C'était un mâle, deux fois plus gros qu'un coyote, trois fois plus gros que mon chien, avec une tête massive, un front large, un poitrail puissant souligné d'une épaisse collerette sombre. Je n'avais jamais vu de loup en chair et en os, juste des peaux dans l'abri, mais c'était bel et bien un loup, j'en étais certaine. Voilà pourquoi mon père n'avait pu abattre un seul cerf. Il n'y avait pas de malédiction, juste un autre chasseur dans le secteur.

Mon père tira sur ma manche et désigna la carabine. *Tue-le*, articula-t-il juste avec la bouche. Il tapota sa poitrine pour me montrer l'endroit où je devais mettre la balle pour ne pas gâcher la peau. Je levai l'arme le plus doucement possible, comme il me l'avait appris, et mis le fauve dans la mire de ma lunette. Le loup regardait dans ma direction, impassible, avec intelligence, comme s'il savait que nous étions là et qu'il s'en fichait. Je posai mon doigt sur la détente. Il ne bougea pas. Les histoires de mon père me revenaient en mémoire. *Gitche Manitou* avait envoyé le loup pour tenir compagnie à l'Homme des origines pendant qu'il arpentait la terre, en donnant des noms aux plantes et aux animaux. Et quand ils eurent terminé leur périple, *Gitche Manitou* décréta que le chemin de Mai'iigan et de l'homme devait se séparer, mais ils avaient passé tant de temps ensemble qu'ils étaient proches comme des frères. Pour les Anishinaabes, tuer un loup, c'est comme tuer un être humain.

Mon père me serra le bras. Je sentais son excitation, sa colère, son impatience. *Tire !* aurait-il crié s'il avait pu le faire. Mon estomac se noua. Je pensai à la pile de fourrures dans la remise. À cause de la trappe de mon père, les castors qui habitaient la hutte derrière laquelle nous nous cachions étaient tous morts. Et ce loup si confiant. Tirer sur Mai'iigan, c'était comme tirer sur mon chien.

Je baissai l'arme. Me levai et tapai dans mes mains. Le loup m'observa un temps, puis, en deux bonds majestueux, il disparut.

Je savais qu'en ne tirant pas, j'allais finir dans le puits. Ce à quoi je ne m'attendais pas, c'est qu'il m'arrache l'arme des mains et m'assène un grand coup de crosse au visage. Le choc fut si violent que je me retrouvai couchée à plat dos dans la neige. Autre surprise : je fis tout le chemin retour avec le canon de la carabine plaqué dans mon dos comme si j'étais sa prisonnière. Eh oui, c'était humiliant. En même temps, je n'aurais pu agir autrement. Je n'aimais pas m'opposer à mon père ; je savais à quel point il voulait cette fourrure. Mais le loup y tenait aussi.

Je pensais à toutes ces choses alors que j'étais accroupie dans le noir. Je ne pouvais pas m'asseoir parce que mon père avait rempli le fond du puits avec des bois de cerfs, des débris de côtes, des morceaux de verre et de la vaisselle cassée. Quand j'étais petite, je parvenais à me pelotonner sur le côté et à m'étendre. Parfois, je m'endormais. C'est pour cette raison que mon père s'est mis à joncher le sol de débris coupants. Le temps de la réflexion n'était pas censé être confortable.

Le puits était profond et étroit. Je ne pouvais écarter les bras, juste les lever au-dessus de ma tête. C'est ce que je faisais dès que mes mains commençaient à s'ankyloser. Il aurait fallu que je grandisse de deux mètres encore pour atteindre le couvercle.

Je ne savais pas l'heure qu'il était ni depuis combien de temps j'étais dans le puits parce que le capot ne laissait passer aucune lumière. Mon père disait que ceux qui avaient construit la cabane avaient posé ce couvercle pour que les enfants ne tombent pas dans le trou. Il m'y laisserait le temps qu'il lui plairait. Voilà tout ce qui importait. Et ma délivrance dépendait uniquement de son bon vouloir. Si Nikita Khrouchtchev lâchait la bombe sur les États-Unis comme l'envisageait l'article du *National Geographic* et que mes parents étaient tués dans l'explosion? Qu'adviendrait-il alors de moi si j'étais encore dans ce trou? J'essayais de ne pas trop y penser. Sinon, d'un coup, j'avais du mal à respirer.

J'étais très fatiguée. J'avais les mains et les pieds tout engourdis, je claquais des dents, mais je n'avais plus de frissons, ce qui était déjà ça. Mon père m'avait laissé mes vêtements cette fois. Mes dents de devant bougeaient et tout le côté de mon visage était en feu à cause du coup de crosse, mais c'était surtout ma jambe qui m'inquiétait. Je m'étais coupée sur quelque chose quand mon père m'avait jetée dans le puits. J'épongeais le sang avec le pan de ma chemise et, avec mon écharpe, j'avais fait un garrot sur ma cuisse, mais je n'étais pas certaine que ça marchait. Et il pouvait venir un rat. C'était déjà arrivé.

— Ça va?

J'ouvris les yeux. Calypso était assise à l'avant dans le canoë de mon père. Le bateau roulait doucement dans l'onde. Il faisait beau et chaud. La tête des quenouilles ondulait sous la brise. Dans le ciel, un rapace plongea en piqué dans l'eau. Au loin, un carouge à épaulettes lançait son appel. Le canot avait le nez dans les roseaux. Cousteau était assis à l'arrière.

— Viens avec nous, annonça Calypso. On s'en va en exploration.

Elle souriait, me tendait la main.

Quand je me levai, mes jambes se mirent à trembler, comme si elles allaient se dérober sous moi. Je pris la main de Calypso et montai à bord avec précaution. Comme il n'y avait que deux places, je m'assis au milieu entre les deux bancs. Le canot était en métal. Le fond était glacé.

Cousteau planta sa pagaie contre la berge et nous poussa. Le courant était fort. Il suffisait à Cousteau et Calypso de veiller au cap, et le bateau avançait tout seul. Alors qu'on descendait la rivière, je songeais au jour où on s'était rencontrés. J'étais heureuse qu'on soit amis tous les trois.

— Tu as quelque chose à manger ? demandai-je.

Parce que j'avais très faim.

— Bien sûr.

Calypso se tourna vers moi avec un grand sourire. Ses dents étaient toutes blanches et bien droites. Ses yeux étaient du même bleu que ceux de ma mère. Ses cheveux épais et bruns comme les miens, coiffés en nattes. Elle plongea la main dans le sac entre ses pieds et me tendit une pomme. Elle était énorme, grosse comme mes deux poings, une Wolf River, comme les appelait mon père, l'une des trois variétés qui poussaient autour de notre cabane. Je croquai dedans et le jus sucré dégoulina sur mon menton.

Je mangeai toute la pomme, y compris les pépins. Calypso sourit et m'en donna une autre. Cette fois, je la dévorai seulement jusqu'au trognon que je jetai dans la rivière pour les poissons et plongeai mes doigts dans l'eau pour ôter le jus poisseux. L'eau était glacée. Comme les gouttes que m'envoyait Cousteau quand il changeait sa pagaie de côté. On passa devant des soucis des marais et des iris versicolores, des castillejas et des lis rouges, des millepertuis, des potamots et des impatientes. Jamais je n'avais vu autant de couleurs. Ces fleurs, d'ordinaire, ne poussaient pas en même temps. C'était comme si le marais se parait de ses plus beaux atours pour moi.

Le courant forcit. Quand on arriva devant le panneau suspendu à son câble au milieu de la rivière, je pus enfin lire tout le texte : DANGER. CHUTE D'EAU. ZONE INTERDITE AUX BATEAUX À RAMES. Je baissai la tête quand on passa dessous.

Le grondement se fit plus fort. Je savais qu'on allait tomber dans la cataracte. Je voyais le canoë basculer, plonger dans l'écume et les embruns et disparaître dans les tourbillons tout en bas. J'allais me noyer. Mais je n'avais pas peur.

— Ton père ne t'aime pas, déclara Cousteau derrière moi.

Je l'entendais parfaitement. C'était curieux ; la dernière fois où j'avais été aussi proche des chutes, mon père et moi nous devions hurler pour nous entendre.

— Il n'aime que lui, insista-t-il.

— C'est la vérité, renchérit Calypso. Notre père à nous nous aime. Jamais, il ne nous aurait mis dans ce puits.

Je songeais à nouveau au jour où je les avais vus. Je revoyais leur père jouer avec eux. Son sourire quand il avait juché la petite Calypso sur ses épaules, leurs éclats de rire tout le temps qu'ils remontaient l'escalier. Oui, c'était la vérité. Mon père ne m'aimait pas.

Je passai le revers de ma manche sur mon visage. Je ne savais pas que j'avais les yeux mouillés. Je ne pleurais jamais.

— Ce n'est pas grave, murmura Calypso en se penchant vers moi. N'aie pas peur. Nous, on t'aime.

— Je suis si fatiguée.

— On sait, répondit Cousteau. Ce n'est rien. Allonge-toi. Ferme les yeux. On va prendre soin de toi.

Ça aussi, c'était vrai. Et je fermai les yeux.

Ma mère me raconta que j'étais restée dans le puits pendant trois jours. Je ne pensais pas qu'on pouvait survivre aussi longtemps sans eau ni nourriture, mais apparemment c'était possible, j'en étais la preuve. Quand mon père finalement a soulevé le couvercle et baissé l'échelle, j'étais trop faible pour grimper. Il a été obligé de me porter sur ses épaules comme une bête morte pour me sortir de là. Ma mère disait qu'elle avait tenté à plusieurs reprises de tirer le capot pour me glisser des vivres, mais mon père la faisait asseoir dans la cuisine, avec la carabine pointée sur elle. Alors elle ne pouvait pas bouger.

Une fois dans la cabane, me raconta-t-elle, mon père m'avait lâchée par terre à côté du poêle comme un sac de farine et s'en était allé. Elle avait cru que j'étais morte. Elle avait alors retiré le matelas de leur lit, l'avait traîné jusque dans la cuisine et m'avait installée dessus. Puis elle m'avait emmitouflée dans les couvertures, avait retiré ses vêtements et s'était collée à moi pour me réchauffer. Peut-être l'a-t-elle fait. Je n'en ai aucun souvenir. Tout ce que je me rappelle c'est que je me suis réveillée frissonnante sur le matelas, même si mon visage, mes mains et mes pieds étaient des tisons ardents. Je me suis levée, j'ai enfilé mes habits, et suis partie aux toilettes. Quand j'ai tenté d'uriner, presque rien n'est sorti.

Le lendemain, mon père m'a demandé si j'avais retenu la leçon. Je lui ai dit oui. Mais je ne crois pas que la leçon que j'ai apprise soit celle qu'il escomptait.

19

Les empreintes écrivent un message évident pour moi : *Je vais chez toi. Attrape-moi – arrête-moi – sauve-les, si tu peux !*

J'ouvre le pick-up, remplis mes poches de munitions et décroche la Ruger au-dessus de la lunette arrière. Je vérifie mon Magnum, glisse le couteau sous ma ceinture. Mon père a deux pistolets et le couteau qu'il a volé dans la cabane. J'ai mon pistolet, ma carabine et le Bowie qui ne me quitte pas depuis que je suis enfant. En un sens, on est à armes égales.

J'ignore si mon père sait que j'ai une famille et que je vis là où il a grandi. Mais c'est possible. Il vaut mieux partir du principe qu'il sait. Il avait plein de moyens de le savoir. Les prisonniers n'ont pas accès à Internet, mais mon père a un avocat. Et les avocats ont accès aux archives du fisc, aux titres de propriétés, aux registres de naissance, de mariage, de décès. Il a pu demander à son avocat de se renseigner sur les gens qui habitaient sur la propriété de ses parents sans que celui-ci ne se rende compte qu'il le manipulait. Peut-être l'avait-il envoyé rôder autour de la maison pour quelque prétexte anodin. Si l'avocat m'avait vue et avait parlé de mes tatouages dans son rapport, alors mon père avait compris qu'il s'agissait de moi. Une fois de plus, je me dis que j'aurais dû faire retirer ces tatouages, malgré le prix que ça coûte, et le temps que ça prend. Et évidemment, j'aurais dû changer aussi de prénom. Mais comment aurais-je pu me douter que neuf ans plus tard, ces négligences allaient mettre ma famille en danger ? Je n'étais pas une hors-la-loi en cavale, je n'avais pas la mafia à mes trousses, et ne me cachais pas comme ces gens pris en charge par le programme de protection des témoins. J'avais dix-huit ans ; je voulais simplement prendre un nouveau départ.

Il y a une autre façon d'expliquer pourquoi mon père sait où je vis, une hypothèse bien plus sinistre. Peut-être habitais-je sur la propriété de ses parents parce que mon père s'est arrangé pour que ce soit le cas. Peut-être ses parents lui ont-ils légué le bien, et qu'il a laissé l'héritage me revenir pour pouvoir mieux me retrouver ? Peut-être est-ce donner à mon père trop de crédit. N'empêche qu'il semble avoir organisé son évasion de telle sorte que je sois contrainte de le chercher selon ses termes. C'est la preuve que je l'ai sous-estimé. Je ne veux pas commettre à nouveau cette erreur.

Je vérifie mon téléphone. Toujours pas de réseau. J'envoie à Stephen un message pour lui dire de mettre les voiles, en priant pour que le SMS passe, et je pars cap à l'ouest. Le plus loin du chemin que mon père s'attend à ce que j'emprunte. Bien sûr que je pourrais suivre sa piste. Une personne se déplaçant dans les bois laisse toujours des traces, même s'il s'agit d'un expert en furtivité. Une brindille cassée. De la terre déplacée. Des herbes couchées. De la mousse écrasée par un pied. Un caillou enfoncé dans l'humus. Ou de la matière arrachée par les crampons d'une semelle et déposée quelques pas plus loin, telle que des grains de sable sur une souche, des brins de lichens sur un rocher qui aurait dû être nu. En plus, mon père voyage avec mon chien. À moins de le porter dans les bras ou sur son épaule, mon Rambo tripède va laisser des empreintes immanquables.

Peu importe que la pluie efface ou non la piste. Je ne vais pas le traquer. Si je me contente d'être à ses trousses, je vais perdre la partie. Je dois passer devant, prendre l'initiative. Mon père ignore que les filles ne sont pas à la maison, mais mon mari, lui, est là-bas. Nous sommes à moins de dix kilomètres de chez moi. J'ai souvent chassé dans ce secteur et je le connais comme ma poche. Entre cette route et ma maison il y a deux petites rivières, un étang à castors, et un goulet où coule un ru déjà conséquent et mon père va devoir traverser tout ça. Le terrain en hauteur est en majorité couvert de jeunes trembles et de pins rachitiques qui n'offrent guère de couvert ; autrement dit, il va devoir rester au fond de la vallée. Au rythme où la pluie tombe, les cours d'eau vont devenir des torrents. S'il veut pouvoir traverser le goulet avant qu'il ne soit infranchissable, il faut qu'il se presse.

Il le sait aussi bien que moi. Lui aussi a écumé ces bois quand il était enfant. Ce qu'il ignore – à moins d'avoir eu accès à des images satellites récentes, ce qui est peu probable – c'est qu'entre ici et la maison, une partie de la forêt a été rasée il y a trois ou quatre ans. Comme il ignore l'existence de la route forestière que les bûcherons ont laissée et qui mène au marécage derrière chez moi.

C'est sa première erreur.

Je me mets en route alors qu'un éclair déchire le ciel. Mon père a environ un quart d'heure d'avance sur moi. Si je progresse à huit kilomètres à l'heure et lui à cinq, je peux le doubler. Je l'imagine se frayer un chemin dans les fourrés, monter et descendre les collines, patauger dans les cours d'eau tandis que moi, j'aurai une route ouverte. Et il va perdre beaucoup de temps à masquer une piste que je ne vais même pas me donner la peine de suivre. Il ne sait pas que je vais le devancer. Il ne peut concevoir une autre issue que celle qu'il a prévue parce que dans son monde, c'est lui le soleil, et tout le reste orbite autour de lui, les événements ne peuvent se produire autrement que dans l'ordre qu'il a conçu.

Mais je ne suis plus l'enfant pétrie d'admiration qu'il manipulait et influençait à sa guise. Croire cela est sa seconde erreur.

Je vais le retrouver, et l'arrêter. Je l'ai fait mettre en prison une fois. Je vais recommencer.

Je sors mon téléphone de ma poche sans ralentir l'allure pour vérifier depuis combien de temps je marche. Trente minutes. J'aurais dit davantage. Je dois être à mi-chemin. Peut-être plus, peut-être moins. J'ai du mal à me repérer parce que les arbres qui me servaient de jalons ont disparu. Les pins gris sur la crête à ma droite n'ont rien de remarquable, en tout cas rien pour mesurer ma progression, juste des arbrisseaux négligés par les bûcherons.

Sur ma gauche la terre est complètement à nu. Comparés à cette étendue stérile, les taillis sur ma droite paraissent luxuriants. Il n'y a rien de plus hideux que les restes d'une forêt défrichée. Une succession de tas de branches, d'ornières boueuses, de moignons mutilés. Les touristes s'imaginent que la péninsule supérieure n'est que beauté et forêts virginales, mais ils ne peuvent savoir que derrière le rideau d'arbres qui bordent les nationales, des milliers d'hectares de forêts ont été réduits en pulpe à papier.

Dans les années 1800, l'État était couvert de magnifiques pins rouges, de pins blancs, jusqu'à ce que les magnats du bois déclarent que cette forêt primitive était la leur et dravent ses troncs jusqu'au lac Michigan pour construire Chicago. Les arbres que coupent aujourd'hui les bûcherons sont de la deuxième génération : des bouleaux, des trembles, des chênes, des pins gris. Une fois débités, la terre est si meurtrie que plus rien n'y pousse sinon de la mousse et des myrtilles.

Quand mon père et moi coupions du bois de chauffe, on ne prélevait que les arbres les plus gros, et juste ce dont on avait besoin. En fait c'était bon pour la forêt, parce que cela laissait de la place pour les plus petits. « Quand le dernier arbre sera mort, la dernière rivière empoisonnée, le dernier poisson pêché, l'homme blanc enfin s'apercevra qu'il ne peut pas manger son argent. » C'était l'un des dictons favoris de mon père. « Nous n'héritons pas de la terre de nos ancêtres, nous l'empruntons à nos enfants. » C'en était un autre. Je croyais qu'il en était l'auteur. Aujourd'hui, je sais que ce sont des maximes indiennes très célèbres. Ce qui est sûr, c'est que les Premières Nations comprenaient le concept de développement durable bien avant qu'on ne lui donne un nom.

Je continue à courir. Rien ne me permet de dire que choisir la route la plus longue mais potentiellement la plus rapide va me permettre de devancer mon père. Je sais que cela va être serré. Et courir n'est pas aussi aisé que je l'espérais. La route forestière n'a de route que le nom. Défoncée, torve, parfois si pentue que j'ai l'impression de courir sur le flanc d'une falaise. Et il y a du sable mou, des pierres, des racines traîtresses, des trous béants. J'ai le souffle court, les poumons en feu. Mes cheveux, ma veste dégoulinent d'eau, et je suis trempée jusqu'aux genoux à force de traverser des flaques. La carabine en bandoulière me cogne le dos à chaque foulée. J'ai si mal aux mollets ! Tout mon corps m'implore grâce. J'ai besoin d'air, de repos, de faire pipi. La seule chose qui me tient, c'est l'idée de ce qui va arriver à Stephen si je m'arrête.

C'est à ce moment que sur ma droite, j'entends un aboiement. Un jappement court, unique. Seul un plott aboie comme ça. Je m'arrête enfin. Courbée, les mains sur les genoux, je reprends mon souffle. Et je souris.

20

La Cabane

La Viking jeta un regard affligé sur la sauvage jeune fille qui se plaisait dans la méchanceté. Lorsque la nuit vint et que Helga fut transformée de corps et d'esprit, sa mère adoptive lui fit connaître par des paroles touchantes la profonde tristesse de son âme. L'affreuse et monstrueuse grenouille se tenait debout devant elle et la contemplait de ses yeux bruns mélancoliques. Elle écoutait ce que disait sa mère et paraissait tout comprendre comme si elle était, à défaut de la parole, douée pleinement de la pensée.

« Les jours douloureux, reprit la femme du Viking, viendront aussi pour toi qui te réjouis du malheur des autres. Mon cœur alors saignera, et je serai désolée. Ah ! il eût mieux valu qu'on t'eût exposée sur la grande route, et que le froid de la nuit t'eût pour toujours endormie, quand tu venais de naître. » Et la Viking pleura amèrement. Dans son chagrin et dans sa colère elle se retira.

La Fille du roi de la vase,
Hans Christian Andersen

Tous ces jours et ces nuits passés dans le puits m'apprirent trois leçons : mon père ne m'aimait pas; il n'avait aucune considération pour ma santé ou ma souffrance; ma mère était moins indifférente que je ne le pensais. C'étaient là de grands enseignements, qui méritaient grandes réflexions. Après trois jours, Cousteau, Calypso et moi on méditait encore sur ces questions.

En attendant, je savais quelques petites choses quand on manque de mourir par hypothermie, des choses rassurantes – grâce à un article du *National Geographic* sur l'expédition ratée de Scott en 1912 au pôle Sud : tant qu'on ne perd ni doigts ni orteils par le gel, pour peu qu'on se réchauffe, il n'y aura aucune séquelle. Mais se réchauffer n'était pas une partie de plaisir – c'était encore plus douloureux que de se donner un coup de marteau sur le pouce, ou de prendre le recul d'une carabine dans l'épaule, ou de se faire tatouer. Et sincèrement, j'espérais ne plus jamais avoir à endurer ça. D'un autre côté, je me savais désormais plus robuste que je ne le croyais, ce qui était plutôt une bonne nouvelle.

Pourquoi mon père m'avait-il sortie du puits? Parce que j'avais atteint la limite de ce que je pouvais endurer? Ou parce qu'il me croyait morte et qu'il était simplement venu me chercher trop tôt? Cousteau et Calypso étaient partisans de la deuxième option. Ils avaient peut-être raison.

En attendant, depuis que j'avais rouvert les yeux, tout le monde était en colère. Cousteau et Calypso l'étaient contre mon père pour ce qu'il m'avait fait subir. Ma mère l'était pour la même raison. Et elle l'était aussi contre moi parce que j'avais rendu furieux mon père au point qu'il avait essayé de me tuer. Mon père était en colère contre moi parce que j'avais refusé de tuer ce loup, et aussi contre ma mère parce qu'elle avait pris soin de moi quand il m'avait sortie du trou. Je ne me souviens pas de ma mère se glissant sous les couvertures pour me réchauffer, mais elle avait reçu un coup sur la figure, preuve qu'elle l'avait fait. L'ambiance ne faisait qu'empirer de jour en jour. Il y avait tant de rancœur dans la cabane que l'air était devenu irrespirable. Mon père passait le plus clair de son temps dans le marais, et c'était déjà ça. Espérait-il tirer notre cerf de printemps, ou abattre le loup ? Je m'en fichais un peu. Mais chaque soir, il rentrait plus furieux qu'à son départ. Il disait que le simple fait de nous voir, ma mère et moi, le rendait malade, et que c'est pour cela qu'il s'en allait. Je ne lui disais pas que Cousteau et Calypso ressentaient la même chose vis-à-vis de lui.

En plus, on n'avait plus de sel ! Quand ma mère découvrit qu'on était à court, elle lança la boîte vide contre le mur, en criant que c'était la goutte de trop. Pourquoi mon père n'avait-il pas anticipé ? Comment allait-elle pouvoir faire la cuisine ? Je m'attendais à ce qu'il la gifle d'avoir osé lui crier dessus, mais il se contenta de lui répondre que les Ojibwés n'avaient pas de sel avant l'arrivée de l'homme blanc et qu'elle devrait apprendre à s'en passer. Moi, ça allait me manquer. Tout ce qu'on mangeait n'avait pas bon goût, même en changeant plusieurs fois l'eau de cuisson. Les racines de bardane par exemple. Et je n'avais jamais aimé les graines de moutarde. Le sel, ça aidait à les faire passer.

Le lendemain matin, toutefois, tout était calme dans la maison. Ma mère garda la tête baissée sur son bol de bouillie d'avoine, sans dire un mot sur l'absence de sel. Sans sel, ce n'était pas très bon. Et je voyais bien que cela ne plaisait pas beaucoup à mon père, à la façon qu'il avait de tripoter la mixture avec sa cuillère. Quand il se leva de table, il en restait la moitié dans son bol. Ma mère mangea tout le sien comme si de rien n'était. Je suppose qu'elle devait avoir caché du sel quelque part, une réserve qu'elle gardait pour elle. Après que mon père eut chaussé ses raquettes et pris la carabine pour partir à la chasse, je passai la matinée et une partie de l'après-midi à chercher cette réserve secrète. Je fouillai l'office, le salon, la cuisine. Il n'était guère probable que ma mère ait caché son trésor dans sa chambre, qu'elle partageait avec mon père, et encore moins dans ma propre chambre. Même si ça aurait été une bonne idée – moi, c'est ce que j'aurais fait à sa place –, elle n'était pas aussi futée que ça.

Le seul endroit que je n'avais pas exploré, c'était le placard sous l'escalier. J'aurais dû y jeter un coup d'œil avant qu'il ne se mette à neiger et que la cabane ne soit plongée dans la pénombre. Quand j'étais petite, j'aimais bien m'enfermer dans ce placard ; je me racontais que c'était un sous-marin, ou la tanière d'un ours, ou une tombe viking. Mais désormais, j'avais une phobie des endroits sombres et exigus.

Mais je voulais trouver ce sel. Alors quand ma mère partit aux toilettes, j'ouvris en grand les rideaux, et coinçai une chaise contre la porte du placard pour qu'elle ne se referme pas. J'aurais bien aimé utiliser une lampe à pétrole pour fouiller le recoin, mais on n'avait pas droit d'allumer la lumière quand mon père n'était pas à la maison.

Le placard était très petit. Je ne sais pas ce que les anciens propriétaires y rangeaient, mais je l'avais toujours connu vide. Quand j'étais enfant, je pouvais m'y tenir sans être à l'étroit, mais aujourd'hui, j'étais si grande qu'en m'asseyant contre la paroi, j'avais les genoux relevés jusqu'au menton. Je fermai les yeux pour que l'obscurité me paraisse plus naturelle et tâtai rapidement les parois et le dessous de l'escalier. J'avais des toiles d'araignées plein les doigts. La poussière me chatouillait les narines. Je cherchais une planche disjointe, ou un trou dans un nœud du bois, ou un clou saillant qui m'aurait servi de poignée – un quelconque endroit où cacher une boîte ou un sachet de sel.

Dans un interstice entre une contremarche et le mur, mes doigts touchèrent un rouleau de papier. Les gens qui avaient construit cette cabane inséraient des journaux entre les rondins des parois pour empêcher le froid d'entrer, mais au toucher, cela ne ressemblait pas à du papier journal. Et de toute façon on les avait tous utilisés comme allume-feu. Je sortis ma trouvaille de sa cachette et m'installai à la table près de la fenêtre. La liasse était retenue par un ruban. Je défis le nœud.

C'était un magazine. Pas un numéro du *National Geographic*. La couverture n'était pas jaune, et le papier bien trop fin. Il faisait trop sombre pour que je puisse voir les détails. J'ouvris donc la porte du poêle et plongeai une baguette de cèdre dans les braises jusqu'à ce qu'elle s'enflamme. J'allumai la lampe, éteignis mon allumette de fortune et la jetai dans l'évier pour ne pas risquer de mettre le feu à toute la cabane, et rabaissai le verre de la lampe.

En grandes lettres jaunes sur un fond rose, il était écrit *Teen*. Ce devait être le nom du magazine. Il y avait une fille sur la couverture. Elle semblait avoir à peu près mon âge. Elle avait de longs cheveux bruns comme moi, mais laissés libres, sans nattes. Elle portait un pull-over orange, violet, bleu et jaune, avec un motif en zigzag, comme le tatouage à ma jambe. JOUE LES PREMIÈRES DE LA CLASSE. SUCCÈS GARANTI, était écrit sur un côté de l'image. Et de l'autre : CHANGEMENT DE LOOK : SOIS IRRÉSISTIBLE. À l'intérieur du magazine, il y avait des photos de la même fille. Une légende donnait son nom : Shannen Doherty. Elle était la star d'une série appelée *Beverly Hills*.

Je portai mon attention sur la table des matières : *Sauver la planète : qu'est-ce que tu peux faire? / La mode des régimes : danger? / En bonus collector : l'agenda de la mode. / Les plus beaux mecs du moment! / Le bon gars peut-il être le mauvais pour toi? / Les ados et le Sida : dix histoires déchirantes*. Je ne comprenais rien à ces titres de rubriques, ni à quoi cela se rapportait. Je feuilletai les pages. *Le bon look pour l'école!* c'était une légende sous une photo d'un groupe d'enfants posant devant un bus jaune. Ils avaient l'air heureux. Contrairement aux *National Geographic*, il n'y avait pas de publicités pour de l'électroménager, mais des réclames en pagaille pour des trucs aux noms exotiques : du « rouge à lèvres », du « mascara », du « blush ». Apparemment, cela servait à se colorer les lèvres, les joues, les paupières. Cela ne me faisait pas très envie.

Je me laissai aller contre le dossier de la chaise, tapotai la table en me mordillant le pouce, perplexe. D'où venait cette revue ? Comment était-elle arrivée là ? Depuis combien de temps était-elle cachée dans le placard ? Pourquoi faire un magazine uniquement sur des jeunes garçons et filles ?

J'approchai la lampe. Et tournai à nouveau une à une les pages. Tout était « super », « cool », « extra ». Les enfants dansaient, jouaient de la musique, faisaient la fête. Les images étaient pleines de couleurs chatoyantes. Les voitures ne ressemblaient pas à celles qu'on voyait dans le *National Geographic*. Elles étaient effilées, au ras du sol, comme des belettes, pas grosses et rondes comme des castors. Et elles avaient des noms. Une jaune en particulier me plaisait, parce qu'elle avait le nom d'un cheval : une Mustang. Sans doute parce qu'elle devait être très rapide.

Dehors, sur le perron, ma mère tapait des pieds pour chasser la neige de ses chaussures. Je m'apprêtai à glisser le magazine sous la table, mais me ravisai. Peu importe si elle me voyait.

— Tu es folle ou quoi ? s'écria-t-elle en fermant la porte derrière elle. (Elle secoua ses cheveux pour faire tomber les flocons.) Tu sais pourtant qu'il ne faut pas allumer quand Jacob n'est pas là !

Elle accrocha son manteau au clou, s'approcha pour éteindre la lampe et se figea.

— Où as-tu eu ça ? C'est à moi ! Rends-moi ça !

Elle tendit la main vers le magazine. Je repoussai son bras, me levai d'un bond et sortis mon couteau. Ce machin lui appartenait ? C'était absurde ! Ma mère n'avait rien à elle ici.

Elle recula d'un pas et leva les mains.

— S'il te plaît, Helena. Rends-le-moi. Et je te laisserai le lire quand tu voudras.

Comme si elle pouvait m'en empêcher ! De la pointe du couteau, je désignai la chaise.

— Assis.

Elle obéit. Je m'installai en face d'elle. Je posai le couteau sur la table, laissant le magazine entre nous deux.

— C'est quoi ? D'où ça vient ?

— Je peux le prendre ?

J'acquiesçai. Elle tira la revue et tourna lentement les pages. Elle s'arrêta devant la photo d'un blondinet aux yeux bleus.

— C'est Neil Patrick Harris, soupira-t-elle. Je craquais complètement pour lui quand j'avais ton âge. C'était dingue ! Et je le trouve toujours aussi beau. *Docteur Doogie*, c'était ma série préférée. J'adorais aussi *La Fête à la maison* et *Sauvés par le gong*.

Je n'aimais pas que ma mère sache des choses que j'ignorais. Je ne savais pas de quoi elle parlait, ni qui étaient ces gens et encore moins pourquoi elle faisait comme si elle les connaissait bien. Qu'est-ce qu'ils avaient de spécial, ces garçons et filles dans ce magazine ? Elle semblait les aimer autant que j'aimais Calypso et Cousteau.

— Ne le dis pas à Jacob, je t'en prie.

Je savais bien sûr où finirait ce magazine si mon père découvrait son existence, d'autant plus s'il apprenait que ma mère y tenait. C'est précisément pour cette raison que je gardais mes *National Geographic* préférés sous mon lit. Je lui en fis la promesse – pas pour la protéger de mon père, mais parce que j'avais envie de lire ce truc plus en détail.

Ma mère le feuilleta une seconde fois, puis le tourna vers moi.

— Tu vois ce pull rose ? J'avais exactement le même. Je le portais tout le temps. Ma mère se moquait de moi. Si elle m'avait laissée faire, j'aurais dormi avec ! Et celui-là… (Elle me montra la couverture.) Ma mère allait m'en acheter un pareil pour la rentrée scolaire.

J'avais du mal à imaginer ma mère comme ces filles du magazine, avec ce genre de vêtements, faisant du shopping, allant à l'école.

— Comment tu as eu ce magazine ? lui demandai-je à nouveau.

— C'est une longue histoire.

Elle pinça la bouche, comme quand mon père lui posait une question à laquelle elle ne voulait pas répondre. Pourquoi avait-elle laissé le feu s'éteindre ? Pourquoi sa chemise était-elle toujours sale alors qu'elle prétendait l'avoir lavée ? Pourquoi n'avait-elle pas reprisé ses chaussettes, ou apporté de l'eau, ou du bois ? Quand allait-elle apprendre à faire des biscuits mangeables ? Ce genre de questions…

— Alors dépêche-toi ! répliquai-je en la foudroyant du regard, comme le faisait mon père pour lui faire savoir qu'il n'accepterait pas un silence comme réponse.

Cela risquait d'être intéressant. Ma mère ne m'avait jamais raconté d'histoires.

Elle détourna les yeux, se mordit encore les lèvres. Puis lâcha un soupir.

— J'avais seize ans quand ton père m'a dit que j'allais avoir un enfant. Il voulait que je fabrique des couches et des layettes avec les rideaux et les couvertures qu'il y avait dans la maison. Mais je ne savais pas coudre.

Elle esquissa un sourire, comme si elle trouvait ça drôle. Ou alors parce que tout était invention.

— Avec l'un de ses couteaux, je suis parvenue à découper une couverture pour confectionner des couches. Mais sans ciseaux, ni fil, ni aiguilles, je ne pouvais te faire de vêtements. Impossible. Sans compter qu'il me fallait quand même des épingles à nourrice pour pouvoir attacher les couches sur toi. Il a quitté la maison furieux quand je lui ai annoncé ça. Tu le connais. Je ne l'ai plus revu pendant un bout de temps. Quand il est revenu, il m'a dit qu'on allait faire des courses. C'était la première fois que je quittais le marais, depuis qu'il m'avait... amenée ici, alors j'étais excitée comme une puce. On est allés dans un grand magasin, un Kmart, et on a acheté tout ce qu'il nous fallait. Pendant qu'on faisait la queue aux caisses, j'ai vu ce magazine. Je savais que ton père ne m'aurait pas laissée le prendre, alors quand il a regardé ailleurs, je l'ai glissé sous ma chemise. Quand on est rentrés à la cabane, je l'ai caché dans le placard pendant qu'il déchargeait nos emplettes. Et depuis, il y est resté.

Elle secoua la tête comme si elle n'en revenait pas de son courage. S'il n'y avait pas eu cette revue entre nous deux, je n'aurais pas cru non plus à son histoire. Je l'imaginais se faufiler dans le placard à chaque fois que mon père et moi n'étions pas là, sortir le magazine de sa cachette, l'emporter à la table de la cuisine ou sur le perron quand il faisait beau, pour lire les articles, regarder les photos, alors qu'elle était censée cuisiner ou faire le ménage. J'avais du mal à croire qu'elle ait pu faire ça depuis que j'étais née sans jamais se faire prendre. Plus étonnant encore : ce magazine avait le même âge que moi.

Une pensée me vint. Je regardai le mois et l'année de parution sur la couverture. Si ma mère avait pris ce magazine alors qu'elle était enceinte et qu'aujourd'hui j'avais douze ans, alors ce numéro datait aussi de douze ans. Cela signifiait que cette fille sur la couverture n'était plus adolescente, mais une adulte comme ma mère. Comme les autres jeunes dans la revue.

À vrai dire, j'étais déçue. J'aimais l'idée que ces garçons et filles aient le même âge que moi. Le concept des dates ne m'était pas étranger, bien sûr, et je savais pourquoi les événements importants avaient tous un numéro d'année, pour que les gens sachent dans quel ordre tout cela s'était produit. Mais je ne m'étais jamais souciée de savoir précisément mon année de naissance, ni en quelle année on était aujourd'hui. Ma mère gardait le fil des jours et des mois sur un calendrier qu'elle avait dessiné au charbon de bois sur le mur de la cuisine, mais j'avais toujours été plus intéressée par le vrai temps, celui qu'il faisait dehors, et par les saisons.

Aujourd'hui, je mesurais l'importance du chiffre des années. Je fis le calcul entre les dates de parution de mes *National Géographic* et la date de ce jour, et ce fut comme si mon père m'avait donné un coup de poing dans le ventre. Les *National Geographic* dataient de cinquante ans ! Ils étaient bien plus vieux que le magazine *Teen*. Plus vieux que ma mère. Plus encore que mon père. Mes frères et sœurs yanomamis n'étaient pas des enfants ; c'étaient de vieilles personnes. Le garçon avec la double rangée de points sur la joue qu'on voyait sur la photo que j'avais montrée à mon père pour qu'il me fasse les mêmes tatouages n'était plus un jeune garçon du tout. C'était un vieil homme comme mon père. Cousteau – je parle du vrai, le commandant Cousteau – était déjà âgé sur les photos du *National Geographic*, ce qui signifiait qu'aujourd'hui, c'était un très vieil homme. Peut-être même était-il mort ?

J'ai regardé ma mère assise en face de moi. Elle souriait, comme si elle était contente que j'aie trouvé son magazine. Elle se disait qu'on allait le lire ensemble, qu'on allait bien s'amuser, mais moi, tout ce que je me suis dit c'est : menteuse ! J'avais fait confiance au *National Geographic*. J'avais fait confiance à ma mère. Elle savait que mes *National Geographic* dataient de cinquante ans, et elle m'a laissée croire que tout ce qu'ils racontaient c'était le présent. La télévision couleur, les attaches Velcro, le vaccin contre la polio n'étaient pas des inventions modernes ! Les Soviétiques ne venaient pas d'envoyer la chienne Laïka en orbite avec Spoutnik 2, le premier être vivant dans l'espace ! Les découvertes étonnantes de Cousteau dataient d'un demi-siècle ! Pourquoi m'avait-elle fait ça ? Pourquoi m'avoir menti ? Que m'avait-elle caché encore ?

J'attrapai le magazine, le roulai et le glissai dans la poche arrière de mon pantalon. Après ce qu'elle m'avait fait, elle n'était pas près de le revoir, son magazine !

Il y eut un bruit au dehors. On eût dit le son d'une tronçonneuse, mais mon père n'aurait jamais coupé du bois en pleine nuit. Je courus à la fenêtre. Une petite lumière jaune venait dans notre direction, filtrant à travers les arbres. On eût dit une étoile sauf que ça se déplaçait et que c'était au ras du sol.

Ma mère s'approcha de la vitre et se tint à côté de moi. Le bruit grandit. Elle mit ses mains en visière contre le verre pour occulter les reflets.

— C'est une motoneige, articula-t-elle, la voix émerveillée. Quelqu'un vient.

21

Rambo n'a aboyé qu'une fois, mais cela m'a suffi. Mon astuce a fonctionné. Non seulement j'ai doublé mon père, mais cet aboiement m'apprend qu'il n'est pas très loin. La route qu'emprunte mon père et l'allée forestière où je suis forment deux lignes qui convergent vers ma maison, comme deux côtés d'un triangle isocèle. Plus on se rapproche de chez moi, plus nous sommes près l'un de l'autre.

Je pourrais repérer plus précisément sa position si Rambo aboyait une seconde fois, mais c'est déjà miraculeux qu'il ait révélé sa présence. De toute évidence, le pantalon que mon père a volé au garde qu'il a tué n'avait pas de ceinture. Quand on habitait la cabane, mon père se servait de sa ceinture pour museler mon chien quand on chassait et qu'il ne voulait pas qu'il fasse du bruit, ou quand Rambo était attaché dans la remise et que mon père en avait assez de l'entendre aboyer pour qu'on le détache. Parfois il lui mettait la ceinture sur le museau pour aucune raison, du moins aucune évidente, et la lui laissait bien plus longtemps que nécessaire. J'ai lu que souvent les terroristes ou les tueurs en série étaient cruels avec les animaux durant leur enfance. Que dire de ceux qui étaient encore cruels avec eux une fois adultes ?

Je mets ma main en visière pour me protéger de la pluie et scrute la crête, m'attendant à voir apparaître la tête de mon père au sommet. Je quitte la route pour gagner le couvert des bois. Le tapis d'aiguilles gorgé d'eau étouffe le bruit de mes pas. Je secoue la pluie de mes cheveux et prends la Ruger que j'ai en bandoulière. Je la tiens devant moi, canon vers le bas, prête à faire feu rapidement en cas de besoin. Le versant est abrupt. Je grimpe le plus vite possible, et le plus silencieusement. D'ordinaire je me serais servie des branches pour me hisser, mais les pins sont cassants et je ne veux pas qu'un craquement me trahisse.

À l'approche du sommet, je franchis les derniers mètres en rampant sur les coudes comme me l'a enseigné mon père. J'ouvre le bipied de la Ruger et colle mon œil dans la lunette.

Rien.

Je balaye lentement les bois du nord au sud, puis observe l'autre versant à la recherche du moindre mouvement suspect. Quand on fuit quelqu'un dans la forêt, la meilleure chose à faire est de s'allonger et de ne plus bouger. Je scrute toutes les cachettes possibles une seconde fois au cas où mon père ait fait aboyer sciemment Rambo pour me faire sortir à découvert, puis reprends ma carabine, descends le versant, et escalade l'autre colline.

Je répète l'exercice deux fois encore. Et enfin, au faîte de la quatrième crête, mes efforts sont récompensés. En contrebas, à moins de vingt mètres sous moi, et à cinquante mètres au sud, mon père marche avec détermination au milieu d'un torrent, d'ordinaire un ruisseau avec dix centimètres d'eau et qui, aujourd'hui, lui monte jusqu'aux genoux.

Mon père !

Je l'ai trouvé. Dépassé. Sur tous les plans. J'ai été plus futée que lui.

J'installe ma carabine une fois encore et l'observe dans la lunette. Bien sûr, il paraît beaucoup plus vieux que dans mon souvenir. Plus maigre aussi. Les habits du mort pendent sur ses épaules. Ses cheveux comme sa barbe sont gris, et sa peau toute jaune et fripée. Sur la photo que la police fait circuler, mon père a l'air hirsute, avec des orbites creusées à la Charles Manson. Ils ont dû choisir le cliché où il fait le plus peur pour que tout le monde soit bien convaincu qu'il est dangereux. En vrai, il fait encore plus peur. Il a les joues creuses d'un cadavre, les yeux si enfoncés qu'il ressemble au *wendigo* des histoires qu'il me racontait dans notre hutte à sudation. Maintenant que je le vois avec des yeux d'adulte, je m'aperçois à quel point il a l'air d'un déséquilibré. Et ma mère a dû se dire la même chose toute sa vie.

Mon père tient mon chien en laisse, l'extrémité enroulée à sa main gauche. Il a un Glock dans la droite. Je suppose que l'arme de l'autre garde est dans son dos, glissée sous le pantalon. Rambo trotte sur la berge. À nouveau, je m'émerveille de l'aisance avec laquelle mon chien se déplace sur trois pattes. La vétérinaire qui l'a soigné après l'accident avec l'ours m'a annoncé que bon nombre de chasseurs feraient piquer un chien ainsi blessé. En sous-texte, cela signifiait qu'elle comprendrait que je n'aie pas l'argent pour le faire opérer. La plupart des gens dans la péninsule supérieure ont déjà du mal à subvenir aux besoins de leurs familles… alors dépenser une fortune pour une bête, même s'ils l'aiment beaucoup. À l'évidence, elle a été contente quand je lui ai dit que je préférais me priver de chasse à l'ours que de mon chien.

Je suis la progression de mon père dans la lunette. Il avance, sans savoir qu'il est observé. Souvent, je m'imaginais tuer mon père quand j'étais petite – pas parce que je le voulais vraiment, mais parce qu'il avait semé cette idée en moi quand il avait changé les règles de notre jeu de piste. Je le scrutais longtemps après l'avoir repéré. Et si je tirais sur lui et non sur l'arbre à côté ? Quel effet ça me ferait ? Et que dirait ma mère quand elle découvrirait que désormais, c'était moi le chef de la famille ?

Plus je le regardais s'approcher, plus cette idée prenait corps en moi. Le tuer, pour de vrai cette fois. À cette distance, sous cet angle, je pouvais faire mouche à coup sûr. Une balle dans le cœur ou dans la tête, et la traque serait finie sans même qu'il sache que j'avais gagné la partie. Ou alors une balle dans le ventre. Pour qu'il saigne lentement, qu'il souffre, histoire de lui faire payer ce qu'il a fait endurer à ma mère. Je pourrais aussi lui tirer dans l'épaule ou le genou. Le blesser pour être sûre qu'il ne puisse aller nulle part autrement que sur une civière. Et rentrer chez moi, appeler la police dès que j'aurais du réseau et leur dire où le trouver.

Tant de choix !

Quand on habitait le marais, mon père et moi on avait un jeu. Il cachait dans son dos un objet auquel je tenais – mon cristal de quartz blanc, mon œuf de rouge-gorge intact – et je devais choisir dans quelle main était mon trésor. Si je devinais juste, il me rendait mon bien, sinon, il le jetait dans notre trou à ordures. Je me souviens des dilemmes qui m'étreignaient à chaque fois que je devais répondre. Puisque c'était la main droite la dernière fois qu'on avait joué, allait-il changer cette fois ? Ou allait-il garder le côté droit pour me tromper ? Et combien de fois allait-il utiliser cette même ruse ? À l'époque, je ne me rendais pas compte qu'aucun raisonnement ni logique ne prévalait. Peu importe quelle main je choisissais, les probabilités de tomber juste restaient les mêmes.

Mais cette fois, c'est différent. Cette fois, il n'y a pas de mauvais choix. Je retire la sécurité. Pose mon doigt sur la détente, retiens mon souffle, compte jusqu'à dix.

Et fais feu.

J'étais terrifiée la première fois que j'ai dû tirer sur mon père. Je n'en reviens toujours pas qu'il m'ait demandé ça. Je m'imagine, moi, mettre un pistolet dans les mains d'Iris, lui dire de me viser et d'appuyer sur la détente – et, ah ! oui, tâche de me rater ! Inconcevable ! Et je ne le ferai pas non plus avec Sou, même si elle devient bonne tireuse. C'est quasiment suicidaire. Et pourtant, c'est exactement ce qu'il a fait.

C'est arrivé l'été de mes dix ans. L'hiver, on ne jouait pas à notre jeu de pistage parce que, avec la neige, ç'aurait été trop simple de suivre mon père, et pas non plus à la fin de l'automne ni au début du printemps, pour les mêmes raisons ; dans un cas, il y avait trop de feuilles mortes par terre, dans l'autre, les arbres étaient encore en bourgeons. Ce n'est que lorsque le feuillage est dense que traquer quelqu'un est un vrai challenge, disait mon père. Malheureusement, l'été c'était aussi la période des moustiques ; et ils étaient particulièrement affamés. On ne peut qu'admirer la maîtrise dont il faisait preuve pour rester sans bouger pendant des heures en attendant que je le trouve, avec un essaim de mouches et de taons qui le harcelait, ne pouvant les tuer d'une tape, ni même les chasser de la main.

Mon père m'expliqua les nouvelles règles au petit déjeuner. Après l'avoir trouvé, j'aurais deux options : soit je tirais dans l'arbre derrière lequel il se cachait, soit à côté de lui – au-dessus de sa tête ou dans la terre devant ses pieds.

Si je ne le trouvais pas, ou pire, si j'avais trop peur de tirer quand j'en aurais l'occasion, alors je devrais abandonner quelque chose auquel je tenais. On commencerait par le numéro du *National Geographic* avec les images de Vikings, celui que je cachais sous mon lit. J'ignorais que mon père connaissait son existence.

Il m'emmena en canoë sur un îlot que je n'avais jamais exploré. Il m'avait mis un bandeau sur les yeux pour que je ne sache pas où nous allions et surtout que je ne voie pas dans quelle direction il partirait. J'étais très tendue. Je ne voulais pas tirer sur mon père, mais je tenais à mon numéro sur les Vikings. Et quelle option de tir choisir ? Le sol, c'était plus facile et plus sûr que l'arbre, parce que la balle s'enfoncerait dans la terre et risquait moins de ricocher et de me blesser moi ou mon père. Et si d'aventure je ratais mon coup, le toucher à la jambe ou au pied serait moins grave que de lui mettre une balle dans la poitrine ou la tête.

Mais tirer dans la terre serait de la lâcheté, or j'avais du courage.

— Reste ici, annonça mon père quand le nez du canoë toucha la berge. Compte jusqu'à mille et retire le bandeau.

Le canot roula quand il s'en extirpa. Je l'entendis patauger dans l'eau pour rejoindre la rive, puis le bruissement des herbes – au son, sans doute des quenouilles et des sagittaires –, puis plus rien. Il ne restait plus que le vent dans les pins, dont j'avais déjà senti l'odeur, et le frémissement des trembles sous la brise. L'eau était tranquille, le soleil chaud sur ma tête. La chaleur semblait un peu plus forte sur mon côté droit, ce qui signifiait que le canoë était face au nord. J'ignorais si cela me serait utile, mais tout indice était bon à prendre. La Remington était lourde sur mes genoux. Sous mon bandeau, je suais à grosses gouttes.

D'un coup, je m'aperçus que j'avais oublié de compter tellement j'étais concentrée sur mon environnement. Je décidai de commencer à cinq cents pour rattraper le temps perdu. Une question demeurait : mon père pensait-il que j'allais compter jusqu'à mille comme il me l'avait ordonné, ou s'attendait-il à ce que je retire le bandeau avant la fin et que je parte à sa recherche plus tôt ? Difficile à savoir. La plupart du temps, je suivais à la lettre ses instructions parce qu'il y avait toujours une punition en cas de désobéissance. Mais cette fois, c'était différent. Tout l'objet de ce jeu de piste était d'apprendre à être plus futée que mon père. La supercherie, la ruse faisaient partie des armes autorisées.

J'ôtai le bandeau et le nouai sur mon front pour empêcher la sueur de couler dans les yeux, et descendis du bateau. La piste était facile à suivre. Je voyais distinctement sa trace dans les laîches – ce n'étaient ni des quenouilles ni des sagittaires, je m'étais trompée. Et grimpai sur la terre ferme. Dans la clairière, les légers creux dans le tapis d'aiguilles étaient aussi visibles. Il l'avait traversé avant de s'enfoncer dans les fougères de l'autre côté. Pour lire aussi bien sa trace, je pensais être devenue une experte en pistage ! Aujourd'hui, avec le recul, je sais qu'il avait laissé sciemment ces empreintes parce qu'il voulait que la partie se termine comme il l'avait décidé – et pour cela il fallait que je le retrouve.

Je faillis perdre sa trace au sommet de la crête quand les empreintes s'arrêtèrent sur une étendue de roche nue. Puis j'aperçus des grains de sable à un endroit où ils n'auraient pas dû se trouver. Je récupérai alors la piste qui me mena au bord d'une petite falaise. Des fougères couchées, des cailloux déplacés montraient le chemin que mon père avait emprunté pour descendre le versant. Je suivis la sente à la lunette et repérai mon père accroupi derrière un hêtre à trente mètres de là. L'arbre était gros mais pas à ce point-là. Je distinguai ses épaules qui dépassaient de chaque côté.

J'eus un sourire. Les dieux étaient décidément avec moi aujourd'hui. Non seulement j'avais trouvé mon père, mais les conditions de tir étaient parfaites. J'étais en hauteur. Il n'y avait pas de vent. Le soleil était dans mon dos. S'il sortait de sa cachette et regardait dans ma direction, il pourrait distinguer ma silhouette en contre-jour, mais moi, je le verrais distinctement quand je tirerais, et je risquerais moins ainsi de le toucher par accident.

Je me cachai derrière un pin rouge, la Remington plaquée contre moi, et réfléchis à mon prochain mouvement. La carabine était presque aussi grande que moi. Je me couchai à plat ventre et rampai jusqu'à trouver une bonne position de tir sous un buisson. J'épaulai l'arme, collai mon œil dans la lunette. Mon père n'avait pas bougé. Je posai mon doigt sur la détente. Mon estomac se serra. J'imaginais la détonation, le sursaut de surprise de mon père. Il allait alors sortir de sa cachette, grimper le versant pour me tapoter la tête et me féliciter d'avoir fait feu. Ou bien il allait, incrédule, regarder son épaule se couvrir de rouge, et me charger comme un rhinocéros en furie. Je ne comprenais pas pourquoi je devais tirer sur lui. Pourquoi avait-il changé les règles ? Pourquoi avait-il transformé quelque chose d'amusant en un jeu de la mort ? C'était mieux avant.

Et avec cette pensée, je compris. Les choses changeaient parce que moi je changeais. Je grandissais. C'était mon initiation, l'occasion pour moi de prouver que j'étais digne de notre tribu. Pour un Yanomami, le courage était la première vertu. Voilà pourquoi ils se faisaient la guerre entre tribus et qu'ils se volaient leurs femmes, pourquoi ils se battaient jusqu'à la fin même s'ils étaient criblés de flèches – la mort plutôt que de se rendre et de passer pour un lâche ! Selon le *National Geographic*, la moitié des Yanomamis avaient déjà tué l'un de leurs congénères.

Je plaquai la Remington contre mon épaule. Mes mains ne tremblaient plus. Il est impossible de décrire le mélange de joie et de terreur que j'ai ressenti en pressant la détente. Ce doit être proche de ce qu'on éprouve quand on saute d'un avion ou qu'on plonge d'une falaise, ou quand un chirurgien fait la première entaille pour opérer un cœur. Je n'étais plus la petite fille qui aimait son père, qui l'admirait, qui espérait un jour devenir comme lui. J'étais son égale.

Après ce jour-là, je brûlais de recommencer, d'avoir à nouveau l'occasion de lui tirer dessus.

La déflagration et le craquement de la branche au-dessus de la tête de mon père sont presque simultanés. La branche tombe dans le torrent, juste devant lui. Pile là où je le voulais. C'est exactement comme ça que s'était terminée notre dernière traque.

Mon père se fige. Il relève les yeux, en direction du coup de feu, bouche bée, comme s'il n'en revenait pas que je l'aie battu encore une fois, et de la même manière qui plus est. Il secoue la tête, baisse les bras en signe de reddition. La laisse de Rambo est toujours enroulée à sa main gauche, le Glock toujours dans la droite.

Je garde mon index sur la détente. Ce n'est pas parce qu'un homme semble vaincu qu'il est prêt à cesser le combat. En particulier, quand il s'agit d'un individu aussi manipulateur et pervers que mon père.

— Jacob !

Ce nom me semble étranger dans ma bouche.

— *Bangii-Agawaateyaa* !

Je frissonne – pas à cause de la pluie. *Bangii-Agawaateyaa.* Petite Ombre. Le nom qu'il me donnait quand j'étais enfant. Personne ne m'a plus jamais appelée comme ça. Entendre ce nom dans la bouche de mon père après toutes ces années… c'est indescriptible. Toute la colère, toute la haine, tout ce que je gardais de rancœur depuis quinze ans se dissout comme de la glace sur un poêle. Une part de moi qui s'était brisée sans même que je le sache revient soudain à la vie. Les souvenirs déferlent : mon père m'apprenant à pister, à chasser, à marcher avec des raquettes, à nager. Comment aiguiser mon couteau, dépecer un lapin, boutonner ma chemise, lacer mes chaussures. Et les noms des oiseaux, des insectes, des plantes, de tous les animaux. Et les secrets innombrables du marais : une grappe d'œufs de grenouille flottant à la surface de l'eau, accrochée à une branche, un terrier de renard enfoui profond dans le sable d'une berge.

Tout ce que je savais, c'est cet homme qui me l'avait enseigné.

J'assure ma prise sur la crosse.

— Jette tes armes !

Il me regarde un long moment puis lance le Glock dans les buissons. Il tire le Bowie de sa botte droite et s'en débarrasse aussi.

— Doucement ! lancé-je quand il va chercher dans son dos le deuxième pistolet.

Si j'étais à sa place, ce serait le moment de passer à l'action. Je plaquerais l'arme sur la tête de Rambo, je profiterais du point faible de mon adversaire – son chien.

Il sort lentement le second Glock, suivant mes consignes. Puis fait un mouvement de bras pour jeter l'arme dans les fourrés, mais au lieu de la lâcher à la fin de l'arc de cercle, il se baisse et tire.

Pas sur Rambo.

Sur moi.

La balle m'atteint à l'épaule. Pendant un bref instant, c'est juste la surprise, le choc, que je ressens. Il m'a tiré dessus ! Délibérément. Me mettre hors d'état de nuire, quel qu'en soit le prix !

Je ne l'ai pas battu. Je n'ai pas sauvé ma famille. Je n'ai pas gagné, parce que, encore une fois, mon père a changé les règles.

Puis mon épaule explose. Comme un bâton de dynamite qui vient de sauter à l'intérieur ! Comme un coup de batte de baseball et un tison ardent qui me transperce la chair ! Comme un bus qui me percute ! Je plaque ma main sur ma blessure, tombe au sol, et me tords de douleur – ça me traverse par vagues furieuses. Le sang coule entre mes doigts. *Attrape la Ruger !* me crie mon cerveau. *Tire-lui dessus comme il a tiré sur toi !* Mais mes mains ne me répondent pas.

Mon père grimpe la pente et se plante devant moi, le Glock pointé sur ma poitrine.

Comment peut-on être aussi stupide ? Je me suis cru une grande stratège en tirant sur cette branche et non sur lui ! Les conséquences de mon erreur vont être tragiques. La vérité, c'est que je ne voulais pas tuer mon père. Je l'aime, même si lui ne m'aime pas. Et il a utilisé cet amour contre moi.

Je retiens mon souffle, j'attends que mon père en finisse. Il me contemple un long moment, puis range le Glock dans son dos et, d'un coup de pied, balance ma carabine au bas du versant. Faisant fi de ma blessure, il me fait rouler sur le dos, récupère mon Magnum. Comment sait-il que j'ai cette arme ? Il sort une paire de menottes de sa poche arrière – sans doute celles qui l'entravaient quand il a quitté la prison –, me joint les bras sur le ventre et referme les mâchoires sur mes poignets. Il me faut faire tant d'efforts pour ne pas crier de douleur que tout mon corps en tremble.

Il recule d'un pas, pousse un soupir.

— Tu as perdu la main, lance-t-il avec un sourire triomphant.

22

La Cabane

Cet automne-là, le Viking revint dans ses foyers plus tôt que de coutume. Son bateau était rempli de butin et de prisonniers. Parmi eux, il y avait un jeune prêtre de ces chrétiens qui jetaient la dérision sur les anciens dieux scandinaves. Le jeune prêtre prisonnier fut jeté dans la profonde cave du château ; on lui lia pieds et mains.

La femme du Viking était touchée du malheur de ce captif, qui lui parut beau comme Baldour, le fils aîné de la déesse Frigga. Helga, au contraire, proposa de lui passer des cordes en travers des chevilles et de l'attacher à la queue d'un auroch :

« Je le poursuivrai avec mes chiens, dit-elle, à travers la bruyère et les marécages. Quelle chasse et quel spectacle agréable pour nos dieux !

— Je sais ce qui leur sera plus agréable encore, dit le Viking ; puisque ce chrétien se raille de nos dieux puissants, il sera demain immolé sur leur autel dans le bois sacré. »

Pour la première fois on allait donc y accomplir un sacrifice humain. Helga demanda comme une grâce que ce fût elle qui aspergerait avec le sang de la victime les idoles et le peuple assemblé. Elle aiguisa son grand coutelas ; elle en donna un coup à l'un des chiens féroces qui couraient autour de la maison du Viking, et l'animal tomba comme foudroyé : « Ce n'était que pour essayer mon couteau », dit-elle.

La Fille du roi de la vase
Hans Christian Andersen

— Quelqu'un vient, répéta ma mère, alors qu'on se tenait le nez plaqué contre la fenêtre de la cuisine, comme si elle-même ne pouvait croire ses propres mots sans les répéter.

J'étais aussi surprise qu'elle. Mon père avait toujours été si prudent : couper du bois en contrebas de notre îlot pour que le bruit de la tronçonneuse ne porte pas ; tirer un coup de feu uniquement quand il nous fallait du gros gibier ; ne jamais quitter le marais pour refaire nos réserves, même quand on venait à manquer de tous ces produits qui rendent la vie agréable ; nous cacher de cette famille pour ne pas les mener par hasard jusque chez nous ; répéter et répéter encore nos exercices d'alerte pour que ma mère et moi sachions quoi faire si quelqu'un arrivait. Cela paraissait incroyable qu'après tout ça quelqu'un trouve le chemin de la maison.

Je collai mon nez à la vitre et regardai le phare du skidoo tressauter et grossir. Il faisait trop sombre pour distinguer les détails, mais je savais à quoi ressemblait une motoneige. Du moins une datant de cinquante ans. J'avais encore du mal à admettre l'amplitude de la tromperie de ma mère.

Elle secoua lentement la tête, comme si elle sortait d'un long sommeil. Elle tira les rideaux et attrapa ma main.

— Vite ! Il faut se cacher.

Se cacher où? voulais-je lui demander. Bien sûr, c'est ce que mon père voulait. Et je savais ce qu'il nous en coûterait si on ne suivait pas ses instructions. Mais il était trop tard pour se sauver et se rouler dans la vase afin de se rendre invisible, même si le marais n'était pas gelé. Le conducteur du skidoo, quel qu'il soit, avait déjà vu notre cabane. Il venait droit vers nous. Il y avait un feu dans notre poêle, de la fumée dans la cheminée, du bois dans la remise, des empreintes dans la neige. À l'intérieur, nos manteaux étaient accrochés à la porte, le ragoût de lapin mijotait. Et il y avait Rambo.

Rambo !

J'attrapai mon manteau et courus dans la remise. Rambo gémissait et tirait si fort sur sa chaîne qu'il allait s'étouffer. Je le détachai, puis m'agenouillai derrière un rang de bûches, juste contre la paroi, et regardai dehors entre les lattes. Le régime du moteur changea quand le skidoo attaqua le versant. Quelques instants plus tard, il déboucha sur la crête dans un nuage de neige et de fumée. Je courus vers l'autre paroi, grimpai sur une haute pile de bois et m'accroupis, avec mon couteau dans la main comme mon père me l'avait appris. Le skidoo s'arrêta juste sous moi. Le bruit était si fort que mes oreilles tintèrent après qu'il eut coupé le moteur.

— Viens ici mon chien ! lança le conducteur en se tapotant la cuisse tandis que Rambo tournait autour de lui.

Je ne pouvais voir son visage à cause de son casque. On aurait dit un plongeur – du moins ceux d'il y a cinquante ans – mais c'était bien une voix d'homme.

— Viens. N'aie pas peur. Gentil chien. Je ne vais pas te faire de mal.

Rambo cessa d'aboyer, accourut en battant la queue et posa son museau sur les genoux de l'inconnu. L'homme retira son gant et gratta le chien entre les oreilles. Comment savait-il que mon chien aimait ça ?

— Bon chien. Tu es un bon chien. Oh oui. C'est un bon chien ça.

Jamais, on n'avait parlé autant à un chien.

L'homme repoussa gentiment Rambo et descendit du skidoo. Il portait un gros pantalon et une veste noire avec une bande de couleur le long des manches, d'un vert bizarre. Il y avait la même bande verte sur les flancs avec écrit ARCTIC CAT en lettres blanches. Il retira son casque et le posa sur la selle. Il avait les cheveux jaunes comme ma mère et une grosse barbe de Viking. Il était plus grand que mon père, et plus jeune. Ses vêtements crissaient à chacun de ses pas. Une catastrophe pour la chasse, mais ils semblaient bien chauds.

L'homme monta les marches du perron et toqua à la porte.

— Il y a quelqu'un ?

Il attendit, puis toqua à nouveau. Je ne sais pas trop ce qu'il attendait pour entrer ?

— Il y a quelqu'un ?

La porte s'ouvrit et ma mère sortit sur le seuil. Je ne pouvais distinguer son expression à cause de la lumière qui se trouvait derrière elle, mais je voyais que ses mains tremblaient.

— Je suis désolé de vous déranger, dit l'homme, mais puis-je utiliser votre téléphone ? J'ai perdu mon groupe et je me suis égaré.

— Notre téléphone ? répéta doucement ma mère.

— Si cela ne vous dérange pas. La batterie de mon portable est morte.

— Un téléphone portable ? gloussa ma mère.

Je ne sais pas pourquoi cela lui faisait cet effet.

— Heu oui, un portable. Et donc si je pouvais utiliser votre téléphone pour dire à mes amis que je vais bien, ce serait très gentil de votre part. Je m'appelle John, au fait. John Laukkanen.

L'homme sourit et lui tendit la main.

Ma mère eut une sorte de hoquet, puis prit la main du gars comme si c'était une bouée de sauvetage. Elle la garda serrée longtemps.

— Je sais qui vous êtes, dit-elle en jetant un regard dans la cour.

Et elle fit entrer l'homme.

Je fixais la cabane des yeux. Encore des mensonges. Encore de la duperie. Ma mère connaissait cet homme ! Il venait la voir quand mon père n'était pas là. J'ignorais ce qu'ils faisaient tous les deux dans notre cabane, mais j'étais sûre que c'était mal. Je rangeai mon couteau et descendis du tas de bois. La motoneige ressemblait à un ours endormi devant la maison. J'étais à deux doigts de lui taper sur l'arrière-train pour le faire fuir. Ou d'appeler mon père pour qu'il vienne le tuer avec sa carabine. Sur la pointe des pieds, je m'approchai de la fenêtre pour scruter la pièce à travers la fente des rideaux. Ma mère et l'homme se tenaient au milieu de la cuisine. Elle lui parlait, agitait les mains. Je n'entendais pas ce qu'elle lui disait. Elle avait l'air terrifiée et excitée à la fois. Elle ne cessait de jeter des regards vers la porte, comme si elle avait peur que mon père débarque. J'aurais bien voulu.

L'homme paraissait aussi terrifié. Ma mère ne cessait de parler et de gesticuler jusqu'à ce qu'enfin il acquiesce – lentement, comme s'il n'avait aucune envie de faire ce que ma mère lui demandait, mais ne pouvait refuser. Ça me rappelait quand mon père m'ordonnait d'aider ma mère à faire ses confitures. Dans un cri de joie, elle se hissa sur la pointe des pieds et s'accrocha au cou de l'homme pour l'embrasser sur la joue. Le gars devint rouge pivoine. Ma mère laissa sa tête contre sa poitrine. Ses épaules tremblaient. Je ne savais pas si elle pleurait ou riait. Au bout d'un moment, l'homme referma les bras autour d'elle et lui tapota le dos en la gardant serrée contre lui.

Je m'accroupis dans la neige. J'avais les joues en feu. Je savais ce que signifiait un baiser. Qu'on aimait cette personne ! C'était pour cela que ma mère n'embrassait jamais mon père. Je n'en revenais pas qu'elle ait fait ça à cet homme, à cet étranger, et qu'elle l'ait laissé entrer chez nous pendant l'absence de mon père. S'il était là, je savais ce qu'il leur ferait.

Je sortis mon couteau. Traversai le perron sans bruit et ouvris la porte d'un coup.

— Helena ! s'écria ma mère.

Ils s'écartèrent l'un de l'autre alors qu'une bouffée d'air froid s'engouffrait dans la pièce. À son tour, elle rougit.

— Je pensais que tu étais… Peu importe. Entre vite et ferme la porte !

Je la laissai évidemment ouverte.

— Toi, tu t'en vas, lançai-je à l'homme de mon ton le plus convaincant. Maintenant.

J'agitai mon couteau pour qu'il sache que j'étais sérieuse. Au besoin, je m'en servirais.

L'homme recula, en mettant les mains devant lui.

— Houla. Tout doux. Range ce couteau. N'aie pas peur. Je ne vais pas te faire de mal.

Il me parlait comme à mon chien !

Je le regardai d'un air mauvais, tentant d'imiter mon père, et fis un pas vers lui.

— J'ai dit : dehors. Maintenant. Avant que mon père n'arrive.

Ma mère pâlit. Elle avait bien raison d'avoir peur. Quelle mouche l'avait donc piquée ? Faire entrer un homme chez nous ! Comment croyait-elle que ça allait finir ?

Elle s'assit et se pencha vers moi.

— Helena, s'il te plaît. Tu ne comprends pas. Ce monsieur est notre ami.

— Notre ami ? Je t'ai vue l'embrasser. Je t'ai vue !

— Tu m'as vue ?… Oh Helena. Non, non, je ne faisais que remercier John d'accepter de nous emmener. Range ton couteau. Il faut se dépêcher.

Je regardai ma mère ; elle était fébrile, pleine d'espoir, rayonnante, comme si c'était le plus beau jour de sa vie, tout ça parce qu'un type avait débarqué sur notre îlot. Elle était tombée sur la tête ! Elle n'aimait pas vivre ici, d'accord, mais elle comptait vraiment s'en aller ? Comme ça ? Dans le froid et l'obscurité ? Monter sur ce skidoo, derrière cet inconnu, partir avec lui sans la permission de mon père ? Comment pouvais-je accepter ça ?

— Je t'en prie Helena. Je sais que ça te fait peur, que…

Je n'avais pas peur du tout.

— … que tu ne comprends pas ce qui se passe.

Au contraire, c'était parfaitement clair.

— Mais il faut que tu me fasses confiance.

Confiance ? Le magazine roulé dans ma poche me brûlait comme un tison. Après ce qu'elle avait fait, plus jamais je ne lui ferais confiance.

— Helena, s'il te plaît. Je t'expliquerai tout. C'est promis. Mais on doit se…

Elle s'interrompit net en entendant les pas de mon père sur le perron.

— Qu'est-ce qui se passe ici ? rugit-il en entrant dans la pièce.

Il comprit la situation dans la seconde et brandit son fusil, visant tour à tour ma mère et l'homme, comme s'il ne savait sur lequel tirer en premier.

L'homme leva les mains.

— Je vous en prie. Je ne veux pas de problème.

— Silence ! Assis !

L'homme s'exécuta aussitôt, comme si une main invisible lui avait appuyé sur la tête.

— Je vous en prie. Posez ce fusil. Je veux juste passer un coup de fil. Je me suis perdu. Et votre… votre femme… m'a fait entrer pour que…

— J'ai dit : silence !

Mon père pivota et frappa l'homme, un coup de crosse dans le ventre. L'homme tomba de sa chaise et se tordit de douleur.

— Non ! cria ma mère en se couvrant le visage d'horreur.

Mon père me donna la carabine.

— S'il bouge, tue-le.

Il se tourna vers ma mère et leva son poing. L'homme se redressa à quatre pattes, rampa vers mon père, lui agrippa la cheville. J'aurais dû tirer. Mais je ne pouvais pas presser la détente.

— Laissez-la tranquille ! cria l'homme. Je sais qui vous êtes. Je sais ce que vous avez fait.

Mon père blêmit et fit volte-face. Dans un article du *National Geographic*, on disait qu'on pouvait réellement devenir vert de rage. C'est exactement ce qu'il lui arrivait. Une bête furieuse. Il aurait pu tous nous tuer sur-le-champ !

Il poussa un rugissement d'ours noir blessé, et lui donna un coup de pied dans les reins. L'homme s'écroula face contre terre. Il lui saisit aussitôt le poignet gauche, planta son pied sur le coude et tira le bras de plus en plus haut dans le dos jusqu'à ce que l'articulation cède. L'homme hurla et son cri se mêla à celui de ma mère, et au mien.

Mon père l'attrapa par son bras cassé et le fit se lever. L'homme criait : « Je vous en prie ! non ! non ! Arrêtez ! non. Par pitié ! » tandis que mon père le faisait traverser la cour en direction de la remise à bois. Ma mère sanglotait. Mes mains tremblaient. En baissant les yeux, je m'aperçus que je tenais toujours la carabine, le canon pointé sur ma mère. Ma mère me regardait comme si j'allais lui tirer dessus. Elle ignorait que la sécurité était toujours engagée.

Mon père revint dans la cabane. Sa veste était pleine de sang et les jointures de ses doigts toutes rouges. Il me reprit la Remington et partit la ranger dans l'office. Je restai dans la cuisine avec ma mère. Je ne savais pas trop ce qu'il attendait de moi.

Quand il revint, il semblait calme, comme si rien ne s'était passé, comme si c'était un jour ordinaire, et qu'il n'avait pas cassé le bras d'un homme parce qu'il avait eu le malheur d'accoster sur notre îlot. Cela pouvait signifier deux choses : soit sa colère était réellement passée, soit cela ne faisait que commencer.

— Va dans la chambre, Helena.

Je montai l'escalier quatre à quatre. Derrière moi, j'entendis l'impact d'un poing dans une chair molle. Ma mère hurla. Je fermai la porte.

Longtemps après que le silence fut retombé dans la cabane, je restai allongée sur mon lit, les bras derrière la tête, à regarder le plafond. J'étais avec mes souvenirs…

Quand on se baignait mon père et moi dans l'étang des castors et qu'il avait voulu m'apprendre à flotter sur le dos… Le soleil était chaud, l'eau glacée. J'étais étendue sur la surface, les bras en croix. Mon père se tenait à côté de moi. L'eau lui arrivait à la taille. Ses mains étaient sous mon dos et me soutenaient, mais je les sentais à peine. « Lève les jambes ! avait-il ordonné quand mes pieds s'étaient mis à s'enfoncer sous la surface. Sors le ventre, creuse les reins. » Je poussais sur mon estomac, tirais sur mes omoplates, le plus loin possible. Bien sûr, mon visage était allé sous l'eau. Je crachotais, coulais inexorablement. Mon père m'avait rattrapée, m'avait fait remonter. Mais j'avais essayé encore. Plus tard, après que j'eus appris à faire la planche, cela paraissait si facile, au point de ne plus me souvenir qu'un jour je ne savais pas comment faire.

Quand mon père m'avait aidée à fixer l'appât sur mon hameçon... L'ardillon était très pointu. La première fois que j'avais pris un hameçon, je me l'étais planté dans le pouce. Cela avait fait mal, mais ce n'était rien comparé à la douleur quand il avait fallu l'enlever. Après ça, je veillais bien à le saisir par l'anneau au sommet. Notre boîte d'appâts était pleine de vers. On allait les chercher dans la terre humide au bas de notre îlot. J'avais plongé mes doigts dans la sciure au fond de la boîte et en avais sorti un. Le ver était humide et visqueux. Mon père m'avait montré comment passer la hampe à travers le corps, l'enrouler sur la tige, puis empaler la tête et la queue. « Cela ne lui fait pas mal, m'avait-il assuré quand je lui avais posé la question. Les vers ne ressentent rien. » Si c'était vrai, pourquoi se tortillait-il autant ? Mon père avait esquissé un sourire. Il appréciait que j'apprenne à penser par moi-même. Et m'avait tapoté la tête.

Quand mon père et moi étions assis dans la hutte à sudation et qu'il me racontait à nouveau sa mésaventure dans la tanière de l'ours... Bien sûr, j'avais remarqué qu'à chaque fois il changeait des détails pour rendre son récit plus palpitant : le trou était plus profond, la chute plus longue, la sortie plus périlleuse ou l'ourse commençait à se réveiller quand mon père avait atterri sur son dos, le cou de l'ourson avait été coupé net... Certes, il était important de toujours dire la vérité, mais quand il s'agissait de raconter une histoire, on pouvait enjoliver les faits. L'intérêt de l'auditoire prévalait. Ce jour-là, j'avais espéré très fort qu'en grandissant, je deviendrais une bonne conteuse, aussi bonne que mon père.

Je sortis de mes rêveries, me levai, et m'approchai de la vitre. La cour était baignée par le clair de lune. Rambo tournait en rond dans l'abri. Le skidoo était garé sous ma fenêtre. L'homme dans la remise à bois était silencieux.

J'avais aimé mon père quand j'étais petite. Je l'aimais encore. Cousteau et Calypso disaient qu'il était méchant. Ils s'inquiétaient pour moi, bien sûr. Mais je ne parvenais pas à penser la même chose.

Au matin, mon père prépara le petit déjeuner. Ma mère était restée couchée. La bouillie d'avoine était insipide et pas cuite. Quand on pense que la veille mon plus gros souci était la pénurie de sel ! Et aujourd'hui, je n'avais qu'une chose en tête : la trahison de ma mère. Il y avait non seulement son mensonge à propos des *National Geographic*, mais aussi sa fourberie à l'égard de mon père. Je savais qu'il l'avait battue parce qu'elle avait fait entrer un homme chez nous ; c'est pour cette raison qu'elle était encore au lit. Je n'aimais pas que mon père frappe ma mère, mais parfois elle le méritait. D'après mon père, puisque ma mère avait été seule dans notre cabane avec un autre homme, elle avait commis quelque chose de très grave qui s'appelait « l'adultère », et quand une femme ojibwé commettait l'adultère, son mari avait le droit de la mutiler, ou même de la tuer. Ma mère n'était pas indienne, mais comme elle était l'épouse de mon père, elle devait vivre selon sa loi. Elle méritait d'être punie mais, malgré tout, je me félicitais de ne pas avoir dit à mon père que je l'avais vue l'embrasser.

Je récurai nos bols et la casserole avec de l'eau froide et une poignée de sable et, sur ordre de mon père, portai une tasse de chicorée chaude à l'homme dans la remise à bois. Il faisait beau ce matin-là. Le skidoo paraissait plus gros en plein jour, noir et luisant, étincelant comme de la poudreuse fraîche, magnifique avec son pare-brise couleur fumée de bois et ces incroyables bandes vertes ! L'engin ne ressemblait en rien à ceux du *National Geographic*. Je posai la tasse sur les marches du perron et soulevai le casque. Il était plus lourd que ce à quoi je m'attendais, avec un morceau de verre noir devant, recourbé comme un bouclier. À l'intérieur, il y avait un capitonnage doux et épais. J'enfilai le casque, m'installai sur le siège, une jambe de chaque côté comme j'avais vu faire l'homme, et fis semblant de conduire. Au marais, j'aurais bien aimé qu'on ait un skidoo. Si on avait eu une telle machine, on aurait pu relever nos lignes dans les trous de glace deux fois plus vite qu'à pied. J'avais proposé une fois à mon père qu'on revende quelques peaux pour en acheter un. J'avais eu droit à un long sermon : les méthodes indiennes étaient meilleures que les inventions de l'homme blanc, et la rapidité était parfois un leurre. Mais je me disais que si notre peuple avait eu des motoneiges, il s'en serait servi.

Je descendis de l'engin, ramassai la tasse, et m'approchai de la remise. La chicorée n'était plus fumante. L'homme était attaché au poteau du coin. Ses cheveux étaient incrustés de sang, son visage tuméfié. Il n'avait plus sa veste ni son pantalon. Il ne lui restait plus que ses sous-vêtements thermiques, les mêmes que mon père et moi portions en hiver. Il avait glissé ses pieds dans la sciure et les copeaux de bois pour les tenir au chaud, même si le bout de ses orteils restait à l'air libre. Ses bras étaient menottés au-dessus de sa tête. Il avait les yeux clos, et sa barbe reposait sur sa poitrine. Il n'avait plus rien d'un fier Viking.

Je m'arrêtai sur le seuil. Je ne sais pas trop pourquoi. C'était ma remise, ma cabane, mon îlot. J'avais tous les droits. Lui, c'était l'étranger. Celui qui n'avait rien à faire ici. Je crois que j'avais peur d'entrer parce que je ne voulais pas être seule avec cet homme et commettre peut-être l'adultère. C'est mon père qui m'avait demandé d'apporter à cet homme une tasse de chicorée, mais l'adultère était un nouveau concept. Je ne savais pas trop comment ça marchait.

— Tu as soif ?

Question évidente ; mais que dire d'autre ?

L'homme ouvrit un œil. L'autre, trop enflé, resta fermé. Mon père m'avait expliqué que si je devais un jour avoir un captif, même si j'étais obligée de le frapper très fort, il fallait lui garder un œil ouvert, pour qu'il puisse me voir m'approcher de lui, pour qu'il comprenne ce que j'allais lui faire. Une histoire d'ascendant psychologique ! Quand l'homme me vit debout sur le seuil, il se recroquevilla aussitôt, malgré ses menottes. Mon père disait vrai.

— Je t'ai apporté quelque chose à boire.

Je m'agenouillai dans la sciure, tendis la tasse à ses lèvres, puis sortis le biscuit que j'avais caché dans ma poche et le coupai en morceaux pour lui donner la becquée. Le contact de sa moustache sur mes doigts et son souffle sur ma peau me firent frissonner. Je n'avais jamais été aussi proche d'un homme autre que mon père. Je pensais encore à l'adultère et époussetai vite les miettes qui étaient tombées sur sa poitrine.

L'homme parut aller mieux quand il eut terminé de manger, enfin un peu. L'entaille au-dessus de son œil saignait, et le côté de son visage était pourpre et enflé, suite aux coups de mon père. Son bras cassé était étiré au-dessus de sa tête ; ça c'était un problème. J'ai vu bien des animaux mourir pour moins que ça.

— Comment va ta mère ? demanda-t-il.

— Bien.

Je ne lui dis pas que mon père lui avait aussi cassé le bras. « Comme cela, ça fera la paire ! » avait lancé mon père ce matin après m'avoir raconté comment il avait rompu l'articulation de ma mère.

— Ton père est fou.

D'un mouvement du menton, il indiqua la remise, les menottes, son absence de vêtements.

Je n'aimais pas qu'il parle comme ça. Il ne savait rien de mon père. Il n'avait pas le droit de dire du mal de lui.

— Tu n'aurais pas dû venir, répondis-je d'un ton glacial. Il fallait nous laisser tranquilles. (Mais soudain je voulais savoir :) Comment tu nous as retrouvés ?

Je n'aimais pas la façon dont j'avais formulé la question. Comme si on était des naufragés !

— On faisait une virée avec deux amis et j'ai pris du mauvais côté à un embranchement. On avait pas mal bu, précisa-t-il comme si c'était une explication. Whisky, bière. Peu importe. J'ai roulé longtemps à la recherche du chemin. Puis j'ai vu la fumée de votre cabane. Je ne savais pas que c'était là… là que ta mère…

— Quoi, ma mère ?

Peu importait que ce type soit salement amoché. S'il me disait qu'il était venu ici parce qu'il était amoureux de ma mère, j'allais lui cogner son bras cassé !

— Je ne savais pas que ta mère était là. Après toutes ces années, quelqu'un l'avait enfin trouvée, depuis que ton père… (Il s'interrompit et me regarda d'un drôle d'air :) Mon Dieu, tu ne sais pas…

— Qu'est-ce que je sais pas ?

— Pour ta mère… que ton père l'a…

— Qu'il l'a quoi ?

L'homme se recroquevilla d'un coup : la silhouette de mon père emplissait l'encadrement de la porte. L'homme ferma son œil et poussa un gémissement.

— Rentre à la maison, Helena. Ta mère a besoin de toi.

Je récupérai la tasse vide, me levai d'un bond et courus vers la cabane. Je rinçai la tasse, la posai dans la bassine, puis restai un long moment à la fenêtre de la cuisine, à regarder mon père frapper l'homme. Je le voyais s'échiner à travers les lattes de la remise, à coups de pied, à coups de poing. Je me demandais bien ce que cet homme s'apprêtait à me dire.

23

Mon épaule tremble. Je ne sais si ma blessure est grave. Peut-être la balle ne m'a-t-elle qu'effleurée. Quelques points de suture et il n'y paraîtra rien. Ou alors c'est vilain. Si la balle a touché une artère, je vais me vider de mon sang. Si elle a sectionné un nerf important, je pourrais perdre l'usage de mon bras. Pour l'instant, il y a une certitude : ça fait mal. Très mal.

Si c'était un simple accident de chasse, je serais dans une ambulance, en chemin vers l'hôpital, pendant qu'une brigade d'infirmiers serait à mes petits soins. Je ne serais pas assise par terre, adossée à un arbre. Les portes s'ouvriraient à mon arrivée, des brancardiers m'emporteraient sur un chariot aux urgences. Des médecins me soigneraient, me donneraient des antalgiques.

Mais ce n'est pas un accident de chasse.

Après m'avoir tiré dessus et passé les menottes, mon père m'a traînée jusqu'à un grand pin rouge pour m'adosser contre le tronc. Je ne veux pas décrire ce que je ressens.

Rambo n'est pas là. Je crois lui avoir crié « va à la maison ! » quand mon père a gravi la colline pour me désarmer, mais peut-être n'ai-je donné cet ordre qu'en pensée ? Les secondes qui ont suivi l'impact restent un peu floues.

Je bats des paupières, essaie de faire fonctionner mon cerveau malgré la douleur. Concentre-toi. Quelle idiote ! Comment ai-je pu croire que mon père allait se rendre ? J'aurais dû le tuer quand j'en avais l'occasion. Je ne commettrai pas deux fois cette erreur.

Mon père est assis par terre, contre une souche. Il a mon Magnum dans la main. Mon couteau est accroché à sa ceinture. Mon téléphone est HS et cela n'a rien à voir avec la batterie. Quand mon père a trouvé l'iPhone que m'a offert Stephen, il l'a lancé en l'air et tiré en vol, comme au ball-trap.

Mon père est détendu, parfaitement tranquille. Pourquoi s'en ferait-il d'ailleurs ? Il a pris l'avantage. À tout point de vue.

— Je ne voulais pas te faire mal, déclare-t-il. Tu m'y as contraint.

Discours typique du pervers narcissique. Quoi qu'il se passe, c'est toujours la faute des autres.

— Tu n'aurais pas dû t'en aller, poursuit-il voyant que je ne réponds pas. Tu as tout gâché.

J'ai envie de lui répondre que ce n'est pas de mon fait si notre existence s'est écroulée. S'il avait deux sous de logique, je lui expliquerais que la vie qu'il avait imaginée avait toujours été une chimère, que son rêve de créer une existence dans le marais selon son bon vouloir était voué à disparaître sitôt conçu.

J'étais la faille dans son armure, son talon d'Achille. Il a voulu faire de moi un double de lui-même, mais par cette seule démarche, il avait signé sa chute. Jamais, je ne serai sa chose.

— Elle est morte, dis-je. Maman.

J'ignore pourquoi je lui dis ça. Je ne sais même pas comment elle est morte. Tout ce que je sais, c'est par les journaux : elle est morte subitement, à l'âge de quarante et un ans, chez elle. Cela me semblait un bon endroit pour mourir. Quand j'habitais chez mes grands-parents, les quatre murs roses de sa chambre, avec leurs motifs de papillons arc-en-ciel et de licornes, m'étouffaient. Chaque fois que les bruits et la fureur du monde me submergeaient, il fallait que je sorte. Tant que je pouvais lever les yeux et voir les arbres bouger, ça allait. Ma mère, c'était l'inverse. Si elle passait autant de temps dans sa chambre à coucher après notre retour du marais, c'est parce que c'était le dernier endroit où elle s'était sentie en sécurité.

Mon père eut un reniflement dédaigneux.

— Ta mère a été une déception. J'aurais dû prendre l'autre.

— L'autre ?

L'autre fille qui jouait avec ma mère, ce jour-là ? Cela me tordait le ventre de l'entendre parler du kidnapping de ma mère avec un tel détachement. Je songeai au jour où il l'avait enlevée, à cette histoire de chien perdu qu'il lui avait racontée. À sa terreur quand elle avait compris que mon père allait lui faire du mal. Elle avait forcément compris à un moment, quand il cherchait ce chien qui n'existait pas, que mon père ne lui disait pas la vérité. *Il faut que je rentre à la maison*, avait-elle dit. Sans doute à plusieurs reprises. *Mes parents vont s'inquiéter*. Elle avait dit ça d'un ton timide, comme si elle lui demandait la permission, parce qu'à cette époque les petites filles n'étaient pas pleines de morgue et d'arrogance comme aujourd'hui. Peut-être mon père lui avait-il promis une glace si elle l'aidait un peu plus longtemps à chercher ? Peut-être l'avait-il tentée avec un tour en canoë ? Mon père pouvait se montrer très convaincant s'il le voulait.

Quels que soient son appréhension, ses doutes, sitôt qu'elle était montée dans le bateau elle fut prise au piège. Les premiers kilomètres à l'est de Newberry, le Tahquamenon traverse des bois et est plutôt étroit. Peut-être ma mère a-t-elle songé à sauter par-dessus bord et nager jusqu'au rivage quand elle a saisi qu'elle était en danger ? Peut-être a-t-elle retenu son souffle à chaque méandre, espérant croiser un pêcheur, ou une famille en promenade, et appeler à l'aide ? Mais dès que la rivière avait rejoint la grande zone humide, elle avait compris que c'était fini. Je trouve le marais magnifique, mais pour ma mère, ces étendues d'herbes ondulant au vent étaient un territoire aussi désolé que la surface de la Lune. Il n'y avait pas de chien. Mon père l'avait trompée. Elle ne reverrait pas son amie, ni sa maison, ni sa chambre, ses vêtements, ses jouets, ses livres, ses films, ni ses parents. Jamais. Avait-elle fondu en larmes ? Crié ? S'était-elle battue ? Où s'était-elle recluse en elle-même, son refuge pendant les quatorze années suivantes ? Ma mère ne m'a jamais parlé en détail de ce jour-là, alors j'en suis réduite aux conjectures.

— Tu as tout prévu. Depuis le début, tout est planifié, réponds-je alors que la vérité se fait jour en moi. Tu as attaqué les gardes sur la Seney Stretch parce que tu savais que je partirais à ta recherche si tu t'évadais aussi près de chez moi. Et maintenant tu me prends en otage pour que je t'emmène au Canada et que je te laisse là-bas.

Certes, reste le problème des quatre pneus crevés, mais je suis sûre qu'il a prévu ça aussi.

Il esquisse un sourire. Le sourire qu'il avait quand il m'apprenait l'art de la traque. Pas celui quand je trouvais la piste. Mais quand je me trompais.

— Presque ! Mais tu ne vas pas me laisser à la frontière, *Bangii-Agawaateyaa*. Tu viens avec moi. On va être une famille. Toi. Moi. Et tes filles.

Le temps sembla se figer. Comment osait-il imaginer que j'accepterais de prendre mes filles et de partir avec lui, même si la douleur m'empêchait d'articuler un mot. Plutôt mourir ! Quand je pense que je voulais le revoir ! Que j'ai aimé cet homme ! Un homme qui tue comme il respire, qui prend ses désirs pour des réalités, qui pense que tout lui est dû – ma mère, notre cabane, mes filles.

— Oui, tes filles, répondit-il comme s'il lisait dans mes pensées. Tu n'imagines pas que nous allons partir sans elles !

Nous ? Mais il n'y a pas de « nous » ! C'est juste lui, lui tout seul. Cela n'a jamais été que lui, et seulement lui. Ma mère et moi on a tout fait selon ses ordres et ses préférences, et cela nous paraissait naturel : que manger, que porter, quand se lever, quand se coucher. Tout selon ses ordres. Je n'ai jamais soumis Sou et Iris à ce genre de pression. Et Stephen ? Il va rester les bras ballants ? Qu'est-ce qu'il s'imagine ? Mon mari va retourner ciel et terre pour retrouver ses filles. Comme n'importe quel parent. Ce projet est voué à l'échec – à l'échec et à la souffrance.

Et comment est-il au courant de l'existence de mes deux filles ? Il est en prison depuis treize ans, et nous n'avons eu aucun contact pendant tout ce temps. Et je ne suis pas le genre de mère à publier sur Facebook la vie de mes enfants, et quand bien même l'aurais-je fait, les détenus n'ont pas accès à Internet ! J'ai été discrète, me suis efforcée de passer sous les radars pour des raisons évidentes pour qui connaît mon histoire. Je gagne ma vie en vendant des confitures et des gelées ! Et pourtant mon père connaît l'existence de ma famille.

Comment ?

— Qu'est-ce qui te fait croire que j'ai des enfants ?

D'une poche de la veste du mort, il sort un exemplaire de *Traverse*. Je reconnais la couverture. Mon cœur se serre. Il lance le magazine à mes pieds. Il tombe ouvert à la page où il y a une photographie de moi, Stephen et les filles, posant devant notre vieil érable frappé par la foudre. L'arbre se trouve dans notre allée et il est facilement reconnaissable. En particulier pour mon père, puisqu'il était déjà là quand il était enfant. L'article ne cite pas le nom des filles, mais cela ne change rien. La photo donne tous les renseignements dont mon père avait besoin.

Stephen était si fier quand l'article est sorti ! Il avait donné cette interview deux ans plus tôt, quand la crise économique est arrivée et, avec elle, la flambée du prix du pétrole, la chute du tourisme et des ventes de confitures artisanales. Avoir mon nom et ma photo dans un magazine était bien la dernière chose que je voulais, mais comment le dire à Stephen sans être obligée de tout lui révéler ? La publicité allait doper mes ventes en ligne, et il avait raison – après cet article, j'ai commencé à recevoir des commandes d'anciens du Michigan qui habitaient désormais la Floride ou la Californie.

En toute honnêteté, je pensais avoir couvert suffisamment mes arrières pour que cette photo ne soit pas un problème. Cela peut paraître naïf, mais il est assez facile de se forger une nouvelle identité dans la péninsule supérieure. Les villes ne sont distantes que d'une cinquantaine de kilomètres, mais ce ne sont que des petits mondes isolés. Les gens restent entre eux, parce que les habitants de la péninsule sont indépendants et autonomes non seulement par nature, mais aussi par obligation. Quand on doit faire soixante-dix kilomètres pour trouver un hypermarché ou un cinéma, on apprend à se contenter de ce qu'on a à proximité.

Tout le monde connaissait l'histoire du Roi des marais et de sa fille. Mais lorsque j'ai déménagé de Newberry à Grand Marais, je ne ressemblais plus à la sauvageonne de douze ans qui avait fait la une des journaux. J'avais grandi, coupé mes cheveux, m'étais teinte en blonde, et j'avais changé mon nom de famille. Je portais même du maquillage pour dissimuler mes tatouages quand j'étais en public. Pour tout le monde, je n'étais que la femme qui avait acheté la vieille maison des Holbrook, et cela m'allait très bien.

Si j'avais su qu'un exemplaire de ce magazine finirait dans la bibliothèque de la prison, et finalement dans la cellule de mon père, jamais je n'aurais donné mon accord. Sur la photo, les visages de mes filles étaient tout salis. Combien de fois mon père avait-il passé ses doigts sur leurs images, en forgeant son plan, et rêvant d'une nouvelle vie ? Il s'imaginait dans le rôle du papy gâteau ? Jouer avec elles, les chatouiller, leur raconter des histoires… c'était du délire.

— Dis-moi… tes filles t'aident à faire les confitures ? me demande-t-il en plaquant le canon du Magnum sur ma poitrine.

Je sens sur son haleine l'odeur du bacon que l'homme se préparait pour le petit déjeuner.

— Tu pensais pouvoir te cacher ? Changer de nom ? Renier ton père ? Tu vis sur ma terre, Helena. Tu imaginais vraiment que je n'allais pas te retrouver ?

— Ne leur fais pas de mal. Je ferai tout ce que tu veux, tant que tu laisses ma famille tranquille.

— Tu n'es pas en position de négocier, Petite Ombre.

Il n'y avait aucune chaleur quand il a prononcé mon surnom, pas de lueur dans son œil. Peut-être le charme dont je me souviens a-t-il été détruit par les années de prison ? Peut-être n'a-t-il jamais existé ? La mémoire est trompeuse, en particulier quand elle vient de l'enfance. Iris peut me raconter une histoire avec une conviction d'airain, persuadée que cela lui est arrivé, alors que je sais que ce n'est pas vrai. Peut-être que l'homme de mes souvenirs n'a jamais été réel. Ni lui, ni rien de ce qu'on a vécu.

— Tu ne t'en sortiras pas cette fois.

Ça m'a échappé.

Il rit, un rire déplaisant.

— On peut se sortir de tout. Tu es bien placée pour le savoir.

Je me souviens de mon dernier jour dans le marais. Il dit vrai.

Il agite le Magnum dans la direction de ma maison et se met debout.

— Allons-y.

Je me lève, en prenant appui contre le tronc. Je commence à marcher. Le père et la fille, à nouveau réunis.

24

La Cabane

Il y avait toutefois un moment dans la journée où Helga devenait traitable et acceptait le frein. C'était vers le crépuscule. Elle se montrait alors tranquille et songeuse ; elle se laissait conduire et conseiller. Un pressentiment l'attirait vers sa mère adoptive.

La Viking la prenait alors sur ses genoux, oubliant l'affreuse laideur du monstre. Plongeant son regard au fond des yeux de l'infortunée, elle disait : « Je souhaiterais presque que tu fusses toujours ainsi. Je ne t'en aimerais pas moins et j'aurais bien soin de toi. Tu me fais peur quand ta beauté te revient. Jamais encore, je n'ai laissé entendre à qui que ce soit, pas même à mon seigneur et mari, ce que j'ai à souffrir à cause de toi. »

L'infortuné monstre se mit à trembler. On aurait dit que ces paroles de reproche avaient touché un lien invisible entre son corps et son âme. Ses yeux se remplirent de grosses larmes.

La Fille du roi de la vase
Hans Christian Andersen

Je songeai à l'homme dans la remise à bois toute la journée. Que s'apprêtait-il à me dire sur mes parents ? Ce devait être important, parce qu'à cause de ça mon père l'avait battu. Je brûlais de retourner dans la remise, mais mon père était toujours dans les parages, à puiser de l'eau, à couper du bois, à aiguiser sa chaîne de tronçonneuse.

Ce fut la journée la plus longue, la plus ennuyeuse et frustrante de toute ma vie. Pis encore que le jour où mon père m'avait ordonné d'aider ma mère à faire des confitures. Je ne voulais pas m'occuper d'elle, même si ça m'embêtait pour son bras cassé. Je voulais vérifier nos collets, relever nos lignes dans les trous, aller avec mon père tirer notre cerf du printemps même si je lui en voulais de lui avoir fait du mal – tout sauf rester enfermée. C'est comme si j'étais punie, alors que je n'avais rien fait de mal.

Néanmoins, je faisais tout ce qu'ils me demandaient l'un et l'autre, et avec empressement, sans jamais me plaindre, pour leur faire plaisir, pour que tout revienne à la normale. Je fis la vaisselle, balayai, coupai un morceau de viande congelée à la hachette pour le mettre à bouillir. J'apportai à ma mère une tisane de millefeuille à chaque fois qu'elle en voulait et à midi un bol de ragoût de lapin. Je l'aidais à boire et manger, j'allais chercher un pot pour qu'elle puisse uriner et le vidais dans le cabanon quand elle avait fini. Mon père disait que le millefeuille arrêterait l'hémorragie, mais cela n'avait pas l'air de marcher. L'écharpe qu'il lui avait confectionnée pour son bras cassé avec un torchon de cuisine était toute maculée de sang, comme les draps. J'étais prête à les laver s'il avait fallu.

Pour tout dire, je n'avais pas mesuré tout le travail qu'elle faisait jusqu'à ce que je doive la remplacer aux corvées. J'étais juchée sur un tabouret, penchée au-dessus de la marmite, à tenter de savoir si la viande que je préparais pour le dîner était cuite («Plante une fourchette dedans, et imagine que c'est le prolongement de tes dents», avait répondu ma mère quand je lui avais demandé comment on savait si c'était prêt ou pas) quand mon père ouvrit la porte de derrière et passa la tête à l'intérieur.

— Viens, lança-t-il.

Je poussai la marmite sur le coin du poêle et enfilai, toute contente, mon manteau. Il faisait presque nuit. Il avait fait grand beau, mais maintenant des nuages roulaient dans le ciel et la température chutait. Le vent se levait comme s'il allait neiger. Je respirais à grandes goulées cet air froid. J'avais l'impression d'être un prisonnier qui sortait de cellule, ou un animal de zoo soudain relâché dans la nature après avoir passé toute son existence dans sa cage. Alors que je suivais mon père dans la cour, j'avais envie de faire des sauts de cabri tellement j'étais contente.

Mon père avait à la main son couteau favori, un Ka-Bar de dix-huit centimètres, avec une lame d'acier noir et une poignée de cuir, comme ceux qu'avaient les Marines pendant la Seconde Guerre mondiale. Le sien, il l'avait eu pendant qu'il était à l'armée. Le Ka-Bar est un excellent couteau de combat, parfait pour ouvrir des boîtes de conserve, creuser des tranchées, couper du bois, du fil de fer, du câble, comme pour le combat rapproché. Mais moi, je préférais mon Bowie.

Quand je vis qu'on se dirigeait vers la remise à bois, la cicatrice à mon avant-bras se mit à me chatouiller. Mon père ne m'avait pas dit son projet, mais j'avais ma petite idée.

À notre arrivée, l'homme se recroquevilla en tirant sur ses menottes. Mon père s'accroupit devant lui et passa son couteau d'une main à l'autre, lui laissant tout le temps de voir son manège. Mon père souriait, comme s'il savait ce qu'il allait faire mais n'avait pas encore décidé par où commencer. Il regarda un long moment le visage du prisonnier, puis baissa lentement les yeux vers son entrejambe. L'homme parut sur le point de vomir. Moi aussi, je ne me sentais pas bien.

Soudain, mon père l'attrapa par la chemise et planta le couteau dans le tissu. D'un grand coup, il la coupa de bas en haut, du col jusqu'à la taille, puis posa la pointe sur son poitrail. L'homme frémit de terreur. Mon père appuya plus fort. La lame perça la peau. L'homme hoqueta. Quand mon père commença à ciseler des lettres dans la chair, l'homme hurla.

Mon père travailla longtemps sur le tatouage. C'était comme ça qu'il appelait ça, mais je ne trouvais pas que cela ressemblait à un tatouage. Pas du tout.

Mon père s'arrêta quand l'homme perdit connaissance. Il se leva et sortit essuyer ses mains et son couteau dans la neige. On retourna vers la cabane.

J'avais la tête qui tournait et les jambes flageolantes.

Quand je parlai à ma mère des lettres taillées dans le poitrail de l'homme, elle releva sa chemise et me montra les mots que mon père avait écrits sur elle : *Salope. Pute.* Je ne savais pas ce que ça signifiait, mais elle m'assura que c'était très méchant.

Le lendemain matin, mon père alla dans le marais tirer notre cerf de printemps sans torturer l'homme dans la remise. Il disait qu'on avait besoin de davantage de viande maintenant qu'on avait une bouche de plus à nourrir. Mais mon père ne lui donnait rien à manger. Et puis on avait assez de légumes dans le cellier pour tenir jusqu'au retour des canards et des oies, sans compter les boîtes de conserve et autres denrées dans l'office.

À mon avis, partir à la chasse était un leurre. En réalité, il allait se cacher quelque part pour me surveiller, voir si je suivais ses instructions quand il était absent. J'étais censée donner au prisonnier une tasse de chicorée le matin, une le soir, et rien d'autre. Personne ne pouvait survivre en ne buvant que de la chicorée. C'était justement le but recherché, disait mon père.

Mon père l'appelait « Le chasseur », mais moi je savais qu'il s'appelait John. John Laukkanen. Ma mère m'expliqua que ça s'écrivait comme ça se prononçait – Lauk-ka-nen – en accentuant toutes les syllabes. J'ai dû m'y reprendre à deux fois avant de le dire correctement. Les noms finlandais semblaient difficiles à prononcer à cause de toutes ces voyelles et ces doubles consonnes, mais ce n'était pas si compliqué que ça, m'assura-t-elle. À l'inverse de notre langue, il n'y avait pas de lettres muettes en finnois.

Le chasseur avait grandi dans la même ville qu'elle, un endroit nommé Newberry, m'apprit-elle. Elle était en classe avec son frère cadet, quand mon père l'avait emmenée dans le marais. Elle craquait pour le petit frère du chasseur, mais elle ne le lui avait jamais dit. Je songeais au garçon dans *Teen* avec ses trois prénoms, Neil Patrick Harris. Ma mère disait aussi « craquer » pour lui. C'était bizarre comme expression. Qui voudrait « craquer » pour qui que ce soit ?

Elle me révéla aussi son propre nom de famille : Harju, c'était aussi finlandais. Ses grands-parents étaient arrivés de Finlande peu après leur mariage pour travailler dans les mines de cuivre du Michigan. À en croire les cartes du *National Geographic*, la Finlande appartenait à la Scandinavie, avec le Danemark, la Suède et la Norvège, or les Scandinaves étaient les descendants des Vikings. Ma mère était donc une Viking, et moi aussi. Une nouvelle qui m'emplit de joie.

Jamais, autant que je me souvienne, ma mère ne m'avait autant parlé. Désormais, je savais son nom de famille (même si je ne connaissais pas le mien. Peut-être n'en avais-je pas ? Auquel cas, je serai « Helena la Brave » !). Je savais le nom de la ville où ma mère avait grandi. Je savais qu'elle et moi étions des Vikings. J'aurais bien voulu en savoir davantage encore, mais ma mère me dit qu'elle était fatiguée et ferma les yeux.

J'enfilai ma veste et me rendis dans la remise à bois. J'espérais que le chasseur m'en dirait plus sur la ville où ma mère et lui avaient grandi. D'autres Vikings y habitaient-ils? Et que savait-il sur mon père et ma mère que j'ignorais?

La remise sentait très mauvais. Les coupures sur la poitrine du chasseur étaient rouges et enflées, son torse maculé de marron, comme si mon père avait enduit les tatouages d'excréments et non de suie.

— Aide-moi, murmura-t-il.

Au début, je crus qu'il parlait bas parce qu'il avait peur que mon père l'entende. Puis je vis les traces brunes sur sa gorge. Voilà pourquoi la dernière nuit il avait cessé de crier.

— S'il te plaît. Il faut que je sorte de là. Trouve les clés des menottes. Aide-moi, je t'en prie.

Je secouai la tête. Je n'aimais pas ce que mon père lui faisait, mais j'aimais encore moins ce qu'il me ferait à moi si j'aidais le chasseur à s'enfuir.

— Je ne peux pas. C'est mon père qui a la clé. Il la garde toujours sur son trousseau.

— Alors arrache l'anneau. Ou coupe le poteau avec la tronçonneuse. Il y a forcément une solution. Fais quelque chose. Je t'en prie. J'ai une famille.

Je secouai à nouveau la tête. Le chasseur ne se rendait pas compte de ce qu'il me demandait. Je n'aurais pu retirer l'anneau même si je l'avais voulu. Il était très solide, et bien arrimé au pilier. Les gens qui avaient construit la cabane y attachaient leur taureau, m'avait expliqué mon père, et à l'époque la remise était remplie de paille. Quand je lui avais demandé si c'était une ferme autrefois, il était parti d'un grand rire. Quant à la tronçonneuse, j'avais vu bien des fois mon père s'en servir, mais je ne l'avais jamais utilisée.

— Helena, ton père est un homme très méchant. Il devrait être en prison après ce qu'il a fait.

— Qu'est-ce qu'il a fait ?

Le chasseur regarda vers la porte et frissonna comme s'il craignait que mon père l'entende, ce qui était ridicule parce qu'il y avait de larges fentes entre les lattes. Si mon père écoutait, il aurait déjà débarqué ! L'homme m'observa un long moment.

— Quand ta mère était une petite fille, commença-t-il enfin – elle avait alors environ ton âge –, ton père l'a enlevée. Il l'a arrachée à sa famille pour l'amener ici, contre son gré. Il l'a kidnappée. Tu sais ce que ça veut dire ?

J'acquiesçai. Les Yanomamis kidnappaient souvent les filles et les femmes des autres tribus pour en faire leurs épouses.

— Les gens l'ont cherchée partout. Ils la cherchent encore. Ta mère veut retourner auprès de ses parents. Et ton père mérite la prison pour avoir fait ça. Je t'en prie. Tu dois m'aider. Si tu acceptes, je te promets de t'emmener toi et ta mère sur la motoneige.

Je ne savais que répondre. Je n'appréciais pas que le chasseur dise que la place de mon père était dans une prison, comme Alcatraz, la Bastille, l'île du Diable ou la tour de Londres. Et je ne voyais pas trop en quoi le kidnapping était mal. Comment était-on censé trouver une épouse ?

— Demande à ta mère ! lança-t-il alors que je m'en allais. Tu verras bien que je dis la vérité.

Je préparai à ma mère une nouvelle décoction de millefeuille et la lui apportai dans sa chambre. Pendant qu'elle la buvait, je lui racontai tout ce qu'avait dit le chasseur. Quand j'eus terminé mon récit, elle resta silencieuse. J'ai cru qu'elle s'était endormie. Finalement, elle hocha la tête.

— C'est la vérité. Ton père m'a kidnappée quand j'étais petite. Je jouais avec une amie dans la maison abandonnée du garde-barrière à côté des voies ferrées quand ton père nous a trouvées. Il nous a dit qu'il avait perdu son chien, un petit cockapoo marron. Quand on lui a répondu qu'on ne l'avait pas vu, il nous a demandé si on pouvait l'aider à chercher. Ce n'était qu'une ruse. Ton père m'a conduite à la rivière. Il m'a mise dans son canoë, m'a emmenée jusqu'à la cabane et m'a attachée dans la remise. Quand je me suis mise à pleurer, il m'a frappée. Quand je l'ai supplié qu'il me laisse partir, il a cessé de me donner à manger. Plus je luttais, pire c'était. Si bien qu'au bout d'un moment, j'ai obéi. Je ne voyais pas quoi faire d'autre.

Elle tira la couverture à elle et s'essuya les yeux.

— Ton père est un homme mauvais, Helena. Il a voulu me noyer. Il t'a enfermée dans le puits. Il a cassé le bras de John et le mien. Il m'a enlevée !

— Mais les Yanomamis prennent les femmes des autres tribus pour en faire leurs épouses. Je ne vois pas où est le mal.

— Tu aimerais ça, toi, que quelqu'un vienne dans notre cabane et t'emporte sans te demander si tu veux venir avec lui ? Et si cela signifiait ne plus chasser, ne plus pêcher, ne plus te promener dans le marais ? Si quelqu'un te faisait ça, qu'est-ce que tu ferais ?

— Je le tuerais, répondis-je sans hésitation.

Alors je compris.

Quand mon père rentra cet après-midi-là, j'ai veillé à m'affairer en cuisine pour ne pas le voir battre et torturer le prisonnier. Mais j'entendais ses hurlements.

— Il va me tuer, me confia le chasseur beaucoup plus tard quand je lui apportai sa chicorée du soir.

Son visage n'était qu'une plaie. Il était si enflé et meurtri qu'il pouvait à peine parler.

— Prends la motoneige. Demain, dès que ton père sera parti. Emmène ta mère avec toi. Et envoie quelqu'un me chercher.

— Je ne peux pas. C'est mon père qui a la clé.

— Il y a un double. Dans le coffre à l'arrière. Dans une boîte de métal, collé sous le couvercle. La motoneige est facile à conduire. Je vais t'expliquer. Par pitié. Va chercher des secours. Avant qu'il ne soit trop tard.

— D'accord.

Ce n'était pas parce qu'il voulait que je le fasse, pas parce que je pensais que mon père était un homme mauvais qui méritait la prison comme ils le disaient ma mère et lui… mais parce que le chasseur allait mourir, si je ne le faisais pas.

Je m'assis en tailleur dans la sciure et l'écoutai attentivement. Il me dit tout ce que je devais savoir sur le maniement du skidoo. Cela prit du temps. Il avait très mal quand il parlait. Je crois que mon père lui avait brisé la mâchoire.

Les deux jours suivants, je ne changeai rien. Je préparais le petit déjeuner pour moi et mon père. Passais le reste de la journée à puiser de l'eau, à entretenir le feu, à cuisiner, à faire le ménage pendant que mon père sillonnait le marais. Je faisais mes corvées comme si tout était normal. Comme si ma mère et le chasseur n'étaient pas moribonds, comme si mon père n'était pas un homme mauvais. Il me fallait me concentrer sur les bonnes choses, les souvenirs de mon enfance : quand mon père m'avait donné des planches et des clous pour que je puisse construire un enclos à canards, même s'il savait qu'on ne peut garder des canards sauvages en captivité (ce ne sont pas des poules) ; quand il m'appelait Helga la Téméraire parce que j'avais lu un article sur les Vikings et que je voulais ce surnom ; quand il me portait sur ses épaules et qu'on battait les bois.

Le troisième matin, Cousteau et Calypso convoquèrent un pow-wow. Ma mère était dans sa chambre. Le chasseur était dans la remise. Rambo dans l'abri. Mon père dans le marais. On s'installa tous les trois dans le salon, en cercle, assis à l'indienne sur la peau d'ours.

— Tu dois t'en aller, déclara Cousteau.

— Maintenant ! ajouta Calypso. Avant que ton père revienne.

Je n'étais pas très convaincue. Si je m'en allais sans la permission de mon père, je ne pourrais plus revenir.

— Et ma mère ? (Je pensais à son bras cassé, au fait que je devais l'aider à se redresser pour boire ou manger.) Elle ne peut pas faire le voyage sur la motoneige. Elle va tomber.

— Fais-la s'asseoir devant toi. Elle sera maintenue entre tes bras.

— Et le chasseur ?

Cousteau et Calypso secouèrent la tête.

— Il est trop faible pour tenir derrière toi, répondit Cousteau.

— Et il a le bras cassé, renchérit Calypso.

— Je ne veux pas l'abandonner. Vous savez ce que mon père va lui faire quand il s'apercevra que ma mère et moi sommes parties.

— Le chasseur veut que vous vous sauviez, annonça Calypso. Il te l'a dit. S'il ne voulait pas que tu t'en ailles, il ne t'aurait pas expliqué comment marche le skidoo.

— Et Rambo ?

— Il courra derrière. Mais il faut t'en aller. Aujourd'hui. Tout de suite. Avant que ton père revienne.

Je me mordis les lèvres. Pourquoi était-ce si difficile de prendre une décision ? Ma mère et le chasseur ne pourraient pas tenir plus longtemps. J'avais vu assez d'animaux mourir. Certains signes ne trompaient pas. Si on ne quittait pas le marais aujourd'hui, elle était condamnée.

Cousteau et Calypso disaient connaître une histoire qui achèverait de me décider. Cette histoire s'appelait un conte de fées. Autrement dit, même si l'histoire n'était pas réelle, il y avait une leçon à retenir, comme dans les légendes indiennes. Ils disaient que ma mère adorait les contes de fées quand elle était petite. Elle avait un livre de contes écrit par un certain Andersen, et un autre par deux auteurs, les frères Grimm. Il paraît qu'elle me lisait ces histoires quand j'étais bébé. Sa préférée s'appelait *La Fille du roi de la vase*, parce que cela lui rappelait sa situation.

Cela parlait d'une belle princesse d'Égypte et d'un monstre terrible, appelé le Roi de la vase, et de leur fille, prénommée Helga – mon double. Quand Helga était bébé, une cigogne l'avait trouvée dormant dans une fleur et l'avait emportée au château du Viking parce que la femme du Viking n'avait pas d'enfant et qu'elle en voulait un depuis toujours. L'épouse du Viking adorait la petite Helga, mais durant le jour, elle était une enfant sauvage et rebelle. Helga aimait son père adoptif et aimait sa vie de Viking. Elle savait tirer à l'arc, monter à cheval et, avec un couteau, elle était aussi adroite que son père.

— Comme moi.

— Oui. Comme toi.

Le jour, elle était belle comme sa mère, mais avec le caractère terrible et cruel de son vrai père. La nuit, toutefois, elle était douce et gentille comme sa mère, mais son corps prenait la forme d'une hideuse grenouille.

— Je ne trouve pas que les grenouilles sont hideuses, répondis-je.

— Peu importe, répliqua Cousteau. Écoute plutôt.

Ils m'expliquèrent que la fille du Roi de la vase luttait contre sa double nature. Parfois, elle voulait faire ce qui était bien, parfois pas.

— Mais comment peut-elle savoir quelle est sa véritable nature ? Comment sait-elle si son cœur est bon ou mauvais ?

— Son cœur est bon, déclara Calypso avec conviction. Elle le prouve quand elle sauve le prêtre que son père a fait prisonnier.

— Comment elle s'y prend ?

— Tais-toi et écoute ! réplique Calypso en fermant les yeux.

Cela signifiait que l'histoire allait être longue. Mon père faisait la même chose. Fermer les yeux l'aidait à se souvenir des mots parce qu'ainsi il pouvait voir l'histoire dans sa tête.

— Un jour le Viking rentra d'un long voyage avec un prisonnier, un prêtre chrétien, commença Calypso. Il enferma le prêtre dans le donjon pour qu'il soit immolé aux dieux vikings le lendemain dans la forêt. Cette nuit-là, la pauvre grenouille demeura seule dans un coin. Il régnait un profond silence. Par moments, on entendait des sanglots étouffés monter du tréfonds du monstre. C'était l'âme d'Helga. Elle semblait en grande affliction, comme si un nouvel élan s'agitait dans son cœur.

« La grenouille fit un pas du côté de la porte, puis écouta ; n'entendant aucun bruit, elle s'approcha encore, et, arrivée contre la porte, elle saisit de ses mains maladroites la lourde barre de fer qui la fermait. Sans bruit, et au prix de grands efforts, elle parvint à l'ôter et à se glisser dans la cellule du prisonnier. Il sommeillait. Elle le toucha de sa main froide et humide, il se réveilla et aperçut l'horrible monstre. Il tressaillit et crut voir devant lui une apparition de l'enfer. La malheureuse grenouille prit son couteau dont elle s'était pourvue, coupa les liens qui attachaient les pieds et les mains du prêtre, et lui fit signe de la suivre.

L'histoire me semblait familière. Cousteau et Calypso me confirmèrent qu'on me l'avait déjà racontée.

— Tu ne t'en souviens pas ? insista Calypso.

Je secouai la tête. Pourquoi se rappelaient-ils le conte de fées de ma mère et pas moi ? Calypso poursuivit son récit :

— La grenouille renouvela ses signes ; le prêtre la suivit. À travers les couloirs fermés seulement par des peaux de bêtes, elle le conduisit vers l'écurie, lui montra un cheval. Le prisonnier la comprit et s'élança sur le cheval. Le monstre sauta à la crinière de l'animal, lui fit prendre sa course et le dirigea vers la bruyère. Ils coururent ainsi à travers la plaine. Le prêtre oublia son apparence hideuse. Il voyait bien que la miséricorde de Dieu agissait par le moyen de ce monstre ; il prononça des prières, psalmodia de saints cantiques. Elle frissonna. Elle voulut arrêter le cheval et sauter par terre. Le prêtre la retint avec ses jambes et se mit à entonner un nouveau chant pieux comme si cela pouvait la délivrer du charme qui l'avait transformée en grenouille.

Calypso avait raison. J'avais effectivement entendu cette histoire. Des souvenirs dont j'ignorais l'existence parvenaient à ma mémoire comme des ondes léchant la berge d'un étang. Les images remontaient à la surface. Ma mère me chantant des berceuses quand j'étais bébé, me murmurant des petits mots à l'oreille, me câlinant. Elle m'embrassait. Me berçait. Me lisait des histoires.

— À moi de te raconter la suite ! lança Cousteau. C'est la partie que je préfère.

Calypso acquiesça.

C'était drôle comme Cousteau et Calypso étaient toujours d'accord.

— Le cheval galopait avec plus d'ardeur encore, commença Cousteau, en agitant les bras pour mimer le galop du cheval.

Ses yeux pétillaient de malice. Il les avait marron comme les miens, mais ses cheveux étaient blonds, pareils que ma mère, alors que Calypso c'était l'inverse : brune et des yeux bleus.

— Le ciel se colora de teintes rouges et les premiers rayons du soleil jaillirent à l'horizon ; aussitôt la transformation s'opéra. La belle jeune fille avec tous ses instincts diaboliques reparut. Le prêtre fut saisi d'effroi.

« Il arrêta le cheval et sauta au sol. Une sorcellerie était à l'œuvre. Mais Helga descendit aussi de la monture. Ses habits d'enfant lui arrivaient à peine aux genoux. Elle tira de sa ceinture son couteau aiguisé, et prompte comme l'éclair, se précipita sur le prêtre, qui ne s'attendait à rien.

« "Attends que je t'enfonce ce couteau dans la poitrine ! Toi qui es gris et pâle comme la cendre ! Toi l'esclave sans barbe !" Elle fondit sur lui. Un combat féroce s'ensuivit mais une force surnaturelle animait le prêtre et lui donna l'avantage.

« Un vieux chêne près duquel ils se trouvaient lui vint en aide : ses racines qui s'enchevêtraient en mille replis au-dessus du sol emprisonnèrent les pieds de la jeune fille et la retinrent fermement. Puis le prêtre s'adressa à elle avec douceur. Il lui rappela l'action de miséricorde que, sous une autre forme, elle avait exercée à son égard. Elle avait coupé ses liens et l'avait ramené à la lumière et à la vie. Elle aussi était enchaînée comme lui l'avait été, et ses fers étaient encore plus solides que les siens. Helga baissa les bras et le regarda, le visage soudain pâle, saisie d'étonnement.

Moi aussi, j'étais étonnée. Cette histoire ne ressemblait en rien à celles que me racontait mon père.

— Helga et le prêtre remontèrent en selle, continua Cousteau. Ils sortirent de la forêt, franchirent une bruyère étendue, au bout de laquelle ils rentrèrent dans un bois. À la tombée du soir, une troupe de brigands se précipita sur eux. « Où as-tu volé cette ravissante jeune fille ? » s'écrièrent les bandits en les entourant. Le prêtre n'avait d'autre arme que le couteau qu'il avait arraché à la jeune fille. Il s'en servit pour écarter les brigands. L'un d'eux brandit sa hache sur lui ; il esquiva le coup ; mais la hache frappa le cheval, qui, tout sanglant, tomba à genoux.

« Soudain Helga parut s'éveiller d'un long et profond sommeil. Helga se précipita sur son coursier favori.

« Le prêtre se plaça devant elle pour la défendre. Un lourd marteau de fer qui lui fut lancé l'atteignit au front, fit jaillir sa cervelle ; il tomba foudroyé.

« Les brigands saisirent la belle Helga pour l'emmener. Le soleil se couchait ; le dernier rayon s'éteignit. La métamorphose s'opéra encore. La jeune fille ravissante se changea tout à coup en une grenouille gigantesque : sa large bouche verdâtre, ses bras minces et visqueux, ses mains membraneuses, s'ouvrant comme des éventails, faisaient horreur. Les brigands, terrifiés, reculèrent à la vue de ce monstre hideux.

— Les grenouilles ne sont pas…

Calypso mit un doigt en travers de sa bouche pour me faire taire.

— La pleine lune se leva et éclaira de sa lueur toute la contrée, reprit Cousteau. La pauvre Helga, sous sa forme misérable, se traîna hors du fourré et revint auprès du prêtre tué. Elle le regarda avec des yeux qui paraissaient pleurer. Sa petite tête de grenouille fit entendre un coua, coua qui ressemblait aux sanglots d'un enfant.

— Tu vois, sa part mauvaise est forte, expliqua Calypso, mais sa part bonne est plus forte encore. C'est l'enseignement de cette histoire. Vas-tu laisser ta bonne nature l'emporter ? Vas-tu emmener ta mère ?

J'acquiesçai. J'avais les jambes tout ankylosées. On se leva tous les trois et après quelques étirements, on alla dans la cuisine chercher le manteau de ma mère qui était accroché à la porte, ainsi que ses chaussures, son bonnet et ses moufles.

— On s'en va ? demanda ma mère quand je posai ses vêtements sur son lit.

— Oui, répondis-je.

Calypso passa un bras dans son dos pour l'aider à se redresser. Cousteau lui sortit les jambes du lit. Je m'agenouillai devant elle et lui enfilai ses chaussures, puis passai son bras valide dans la manche de son manteau et refermai les pans sur son bras en écharpe.

— Tu peux te lever ?

— Je vais essayer.

De sa main droite, elle prit appui sur le bord du matelas et poussa de toutes ses forces. Rien ne se produisit. Je passai son bras derrière ma nuque, la tins par les hanches et la hissai sur ses jambes. Elle chancela, mais ne tomba pas.

— Il faut faire vite !

Mon père ne rentrerait pas avant plusieurs heures s'il ne trouvait pas de cerfs. Mais s'il en tirait un, il pouvait arriver d'un moment à l'autre.

J'aidai ma mère à se rendre dans la cuisine. Elle était si faible. Comment allions-nous la faire monter sur le skidoo ? Mais je me gardais bien de lui faire part de mes craintes.

— Pardon, Helena, articula-t-elle entre deux halètements. (Son visage était livide.) Je dois m'asseoir. Juste une minute.

Elle pourrait se reposer tout le temps qu'elle voudrait une fois en selle ! Mon père pouvait être déjà sur le chemin du retour. Chaque minute comptait. Mais je ne voulais pas l'effrayer. Je tirai une chaise pour elle.

— Attends-moi ici. Je reviens tout de suite.

Comme si elle allait bouger…

Avec Cousteau et Calypso, je sortis sur le perron et observai les alentours. Pas traces de mon père.

— Tu as compris l'histoire ? demanda Cousteau en descendant les marches pour se diriger vers la remise à bois. Tu sais ce que tu as à faire ? Le prêtre s'est sacrifié pour qu'Helga puisse être sauvée.

— Tu dois te sauver, toi et ta mère, renchérit Calypso. C'est ce que te dirait le chasseur s'il pouvait parler.

On s'arrêta sur le seuil. La remise empestait. On eût dit l'haleine d'un *wendigo*. L'urine et les excréments ; la mort, la décomposition. Le bras cassé du chasseur était noir et enflé. Sous sa chemise déchirée, son torse n'était que sang et pus. On ne pouvait même plus lire les mots que mon père y avait écrits. Il avait la tête renversée sur le côté. Son souffle était rare et sifflant.

J'entrai. Je voulais le remercier pour ce qu'il avait fait, pour ma mère, pour moi. Pour avoir apporté le skidoo et nous permettre de quitter le marais, pour m'avoir donné la chance de rendre ma mère à ses parents, pour m'avoir dit la vérité sur mon père.

Je prononçai son nom. Pas le nom que mon père lui avait donné – son vrai nom.

Il ne répondit pas.

Je regardai vers la porte. Cousteau et Calypso hochèrent la tête. Calypso pleurait.

Je pensais à ce que mon père ferait au chasseur à son retour, quand il découvrirait que ma mère et moi étions parties. Je sortis mon couteau de son étui.

Cette fois, je n'oubliai pas de me tenir sur le côté.

25

La pluie a cessé. Est-ce que je peux en tirer profit ? C'est bien le désespoir qui parle ! Mon père a tué quatre hommes en vingt-quatre heures. Si je ne trouve pas le moyen de l'arrêter, mon mari sera le cinquième sur la liste.

Nous sommes à moins de deux kilomètres de la maison. Juste devant, il y a l'étang des castors. Au-delà, le marais qui borde notre terrain, avec sa clôture censée nous protéger des prédateurs.

Je marche en tête. Mon père me surveille, le Magnum pointé dans mon dos. Les deux pistolets qu'il a pris aux gardiens sont coincés sous sa ceinture. J'avance le plus lentement possible. Mais c'est encore trop vite. Je passe dix fois en revue mes options, qui sont peu nombreuses. Je ne peux l'emmener dans une mauvaise direction, parce que mon père sait exactement où l'on va. Je ne peux l'attaquer pour tenter d'attraper l'une de ces trois armes, parce qu'il m'a menottée – et j'ai une épaule en charpie !

Il ne me reste qu'une possibilité, une seule ayant une infime chance de réussite. La sente de cerfs que l'on suit serpente au sommet d'un ravin. Au bas coule la rivière qui alimente l'étang des castors. Dès que je repère une trouée dans les arbres, je me jette dans le vide ! Il faut que la pente soit raide pour que je puisse dégringoler jusqu'en bas. Comme ça, quand mon père me verra gisante dans le torrent, il se dira que je suis morte ou trop amochée pour remonter, et il poursuivra son chemin.

Se jeter tête la première dans un ravin, avec une épaule amochée, ça va être douloureux. Très. Mais si je veux tromper mon père, la chute doit paraître crédible. Il faut que ce soit spectaculaire. Avec un vrai risque. Là où la mort est possible. Mon père ne pensera pas à une ruse. Parce qu'il ne peut imaginer que quelqu'un puisse se sacrifier pour les siens.

On pourrait se dire que faire la morte au fond d'un précipice pendant que mon père se dirige vers ma maison est absurde, mais c'est le seul moyen que j'ai d'échapper à sa surveillance. Le chemin que nous suivons contourne le marais derrière ma maison. Dès qu'il sera hors de vue, je traverserai la rivière, grimperai le versant de l'autre côté et couperai à travers la zone humide en aval du barrage des castors ; je pourrai alors remonter la sente pour aller à la rencontre de mon père et lui tendre une embuscade. Et en finir. Je ne veux pas lui faire du mal, mais il m'y contraint. Il a changé les règles du jeu quand il m'a tiré dessus. La nouvelle règle, c'est qu'il n'y en a plus.

Si mon père ne poursuit pas sa route vers ma maison, descend le ravin pour me sortir de la rivière et me forcer à remonter avec lui, j'agirai : je vais refermer mes bras autour de son cou, l'étrangler avec la chaîne de mes menottes, l'entraîner sous l'eau, et me noyer avec lui – si c'est le seul moyen de l'arrêter.

Mais on n'en arrivera sûrement pas là. Je connais mon père. Son narcissisme va jouer en ma faveur. Un Narcisse peut changer son plan de bataille si les conditions changent, mais il ne modifiera jamais l'issue finale qu'il a prévue. Il veut mes filles encore plus qu'il me veut moi. En quittant le marais, j'ai choisi ma mère, et pas lui. En lui portant ma préférence, j'ai déçu mon père. Kidnapper mes filles lui offre une seconde chance. Il pourra les modeler à sa guise, les assujettir, les transformer en une version améliorée et plus fiable de sa fille qui l'a trahi. Par conséquent, mon père ira chercher mes petites, avec ou sans moi.

Du moins, je l'espère.

Je trébuche une fois pour préparer ma mise en scène. Je tombe sur les genoux et mets mes bras en avant dans ma chute, malgré les menottes qui m'entravent, parce que c'est ce que ferait n'importe qui. La douleur dans mon épaule est fulgurante quand mes mains heurtent le sol. J'en ai le souffle coupé. Je pousse un cri, me recroqueville et ne bouge plus. Je pourrais me relever. Mon père m'a appris à endurer la douleur, mais je veux qu'il pense que j'ai atteint mes limites.

Il me donne un coup de pied dans les côtes et me retourne sur le dos.

— Debout !

Je ne bouge pas.

— Debout !

Il m'attrape par la chaîne des menottes et me relève. Je pousse encore un cri. Mais cette fois, c'est pour de vrai. Je me souviens de tous ses actes de cruauté : écraser mon pouce pour m'apprendre à faire plus attention, torturer le chasseur sans aucune raison, juste parce qu'il en avait la possibilité, me menotter dans la remise quand j'étais toute petite quand il en avait assez que je le suive partout pour lui poser des questions. Jamais, je ne laisserai cet homme s'approcher de mon mari et de mes filles.

— Maintenant marche !

Je marche, et étudie le chemin devant moi, à la recherche du meilleur endroit pour agir. Chaque arbre, chaque rocher m'évoque un souvenir. Ici, la tourbière où Iris a ramassé un bouquet de trilles et de fleurs de mai. Là, où Sou en retournant une pierre a trouvé une salamandre. Là encore, l'affleurement de rochers où Stephen et moi avons ouvert une bouteille de vin pour notre premier anniversaire de mariage et regardé le soleil se coucher sur l'étang des castors.

Deux fois, je trébuche sur une racine. Deux fois, c'est mieux, pour la crédibilité. Davantage, cela éveillerait les soupçons.

Une brèche entre les troncs paraît prometteuse. La pente est plus raide que je ne le voudrais, trente mètres jusqu'au fond, à près de soixante degrés, mais elle est couverte de fougères, et pas de pins. Je ne trouverai pas mieux.

Je trébuche encore, sur rien cette fois, et dévie vers le bord, comme si je voulais me rattraper, et bascule dans le vide. Tête la première. Parce que jamais personne, volontairement, ne ferait une chose pareille.

Mon épaule heurte le sol. Je serre les lèvres. Laisse mes bras et mes jambes flasques pendant que je dégringole la pente.

La chute semble durer une éternité. Enfin, je suis stoppée par un amas de branches poussées par le courant, le visage à quelques centimètres de l'eau, et je ne bouge plus. Surtout, ne pas penser à la douleur. Juste écouter. Savoir ce que fait mon père. Et se dire encore et encore que c'est pour ma famille.

Tout est silencieux. Quand je pense avoir attendu assez longtemps, je redresse un peu la tête, juste pour voir le sommet du ravin.

Mon plan a fonctionné. Mon père est parti.

J'essaie de m'asseoir. Un éclair de douleur traverse mon épaule. J'en ai le souffle coupé. Je retombe en arrière, ferme les yeux, essaie de respirer. Je fais une nouvelle tentative pour me redresser. Plus lentement. J'ouvre ma veste, dégage mon épaule blessée. La balle semble m'avoir seulement effleurée. C'est la bonne nouvelle. La mauvaise, c'est que j'ai perdu beaucoup de sang.

— Ça va ?

Calypso est assise sur la berge à côté de son frère. Ils sont comme dans mon souvenir. Cousteau arbore toujours son bonnet rouge. Les yeux de Calypso sont aussi bleus qu'un ciel d'été. Ils portent des godillots de travail, des salopettes et des chemises de bûcheron. Aujourd'hui je sais pourquoi. À l'époque où je les ai créés, c'étaient les seuls vêtements que je connaissais. Je me souviens des histoires que je m'inventais avec eux.

Cousteau se lève et me tend la main.

— Viens. Dépêche-toi. Ton père prend de l'avance.

— Tu peux y arriver, renchérit Calypso. On va t'aider.

Je me relève et observe les alentours. La rivière n'est pas large, sept ou huit mètres, mais à en juger par l'inclinaison des berges de l'autre côté, elle doit être profonde au milieu. Je n'ai peut-être pas pied. Sans ces menottes, je pourrais la traverser facilement à la nage, mais là, impossible même d'étendre les bras pour me faire flotter. « Helena se noie parce qu'elle ne peut pas nager avec ses menottes ! » Voilà une histoire que je n'ai pas envie de raconter.

— Par ici, indique Cousteau en me conduisant vers l'aval, où un cèdre abattu enjambe le cours d'eau.

C'est une bonne idée. J'entre dans l'eau du côté amont du tronc, et m'y agrippe pour ne pas être entraînée par le courant. Le fond est encombré de branches cassées. Le bois est très glissant. Je prends mon temps. À chaque pas, je vérifie mes appuis. Le tronc bouge sous mon poids. Je ne veux pas imaginer ce qui se passera s'il se détache.

Un souvenir me revient d'un coup : Je suis avec mon père dans le canoë. Je suis toute petite. J'ai peut-être deux ou trois ans. Alors qu'on aborde un coude, je me penche pour attraper une feuille ou une branche je ne sais plus, en tout cas quelque chose qui a attiré mon regard, et je bascule par-dessus bord. J'ouvre la bouche pour crier mais tout autour ce n'est que de l'eau. Je me rappelle avoir levé la tête, vu les rayons du soleil diffractés par la surface au-dessus. Par réflexe, j'ai battu des jambes, fermé la bouche, mais dans l'instant, j'ai senti mes poumons sur le point d'exploser.

Puis mon père a attrapé ma veste. Il m'a sortie de l'eau pour me remettre à bord. Et il a vite pagayé vers un banc de sable, a sauté du bateau, m'a tirée au sol, a ôté mes vêtements et m'a frottée pour me réchauffer. Il a essoré ma chemise et l'a étendue sur le sable pour qu'elle sèche puis m'a prise sur ses genoux et m'a raconté des histoires pendant que je claquais des dents.

Mais cette fois, je suis toute seule.

Je poursuis ma progression, un pas après l'autre, jusqu'à atteindre enfin l'autre rive. Quand j'escalade la berge et que je relève les yeux, le flanc du ravin se dresse devant moi comme l'Everest. Je commence à grimper, en sinuant le long d'un éboulis de pierre. De temps en temps, quand je dois reprendre mon souffle, j'accroche la chaîne des menottes à une souche ou à une branche. Je m'efforce de chasser la douleur et la fatigue, mon corps doit fonctionner indépendamment de mon cerveau. Je recherche cette transe que connaissent les marathoniens pour continuer à courir longtemps après que leur corps rend grâce et que leur esprit leur hurle de s'arrêter.

Pendant ce temps, Cousteau et Calypso galopent en tête, habiles comme des singes.

— Tu peux le faire ! crient-ils à chaque fois que le désespoir me gagne.

Enfin, on atteint le sommet. Je passe le dernier obstacle et roule sur le dos, haletante. Je reprends mon souffle, me relève. Je regarde autour de moi, cherchant les encouragements de Cousteau et Calypso, mais ils ne sont plus là. Je suis seule.

26

La Cabane

Helga s'agenouilla auprès des corps du prêtre et du cheval. Elle songeait aux marécages du Danemark, aux doux yeux de sa mère adoptive, à la bonté et à la tendresse qu'elle avait trouvées dans la femme du Viking, aux larmes qu'elle avait versées sur la pauvre enfant-grenouille.

Elle contempla les étoiles qui scintillaient, songeant à la lumière qui nimbait le front du mort, quand elle avait fui avec lui à travers les bois et les bruyères.

La goutte de pluie, dit-on, creuse la pierre la plus dure. Les vagues de la mer, en les caressant, arrondissent les pointes et les aspérités du granit. De même, l'onde de la miséricorde recouvrit Helga, telle une rosée du matin, adoucissant ce qui était dur en elle, la sauvagerie de son être.

Ces effets n'apparurent pas tout de suite; elle n'avait pas conscience de sa métamorphose, pas plus que la graine dans le giron de la terre ne sait, quand viennent la fraîche averse et les chauds rayons du soleil, qu'il y a au-dedans d'elle une force qui la fera éclore et fleurir.

La Fille du roi de la vase
Hans Christian Andersen

Je sortis de la remise et me dirigeai vers la cabane. Mes mains tremblaient. Je ne voulais pas laisser le chasseur pendu à ses menottes. Un mort devait être lavé, préparé, vêtu de ses plus beaux habits, et enveloppé dans une écorce de bouleau avant d'être enterré dans la forêt, au creux d'une tombe à fleur de sol. Un prêtre ou un shaman devait parler au mort pour faciliter son passage dans l'autre monde, et offrir du tabac aux esprits. J'espérais que mon père accomplirait pour lui ce rite indien et ne jetterait pas son cadavre dans la fosse à ordures.

— L'essence, lança Cousteau. Il faut faire le plein sinon on risque la panne sèche.

— Il a raison, insista Calypso. On ne sait pas combien de temps le chasseur a roulé. Le réservoir est peut-être presque vide.

J'aurais dû y penser toute seule, mais tout allait si vite. C'était dur de ne rien oublier. Heureusement que Cousteau et Calypso étaient là pour m'aider. Je poussai le skidoo vers notre cuve. Mon père mesurait nos réserves en plongeant un bâton dans le réservoir et traçait un trait pour marquer le niveau. Il n'allait pas être content que je me sois servie sans son autorisation.

— Vous croyez que c'est la même essence ? demandai-je.

Pourquoi n'avais-je pas posé cette question au chasseur quand je le pouvais encore ?

— Le skidoo fait le même bruit que la tronçonneuse, répondit Cousteau. Tu n'as qu'à faire le même mélange.

Mon père coupait l'essence avec un demi-litre d'huile par bidon de dix litres. Je versai donc le lubrifiant dans notre gros jerrycan rouge, puis l'essence, jusqu'au ras. Puis je fis le plein du skidoo.

— Remplis à nouveau le jerrycan, ordonna Calypso. Et attache-le à l'arrière, au cas où. On ne sait jamais.

Je courus récupérer un bout de corde dans l'abri, attachai le bidon sur le porte-bagages, et poussai l'engin au plus près des marches. Cousteau et Calypso m'attendaient sur le perron. Ma mère était toujours assise dans la cuisine, la tête posée sur son bras, les yeux clos. Ses cheveux étaient tout humides et ébouriffés. Au début, je crus qu'elle était morte. Puis elle bougea. Son front était fripé de douleur, son visage blanc comme un linge. Elle voulut se lever, chancela, et retomba sur sa chaise. L'emmener jusqu'au skidoo allait être plus compliqué que prévu.

Je passai son bras valide sur mon cou, lui attrapai les hanches et la mis sur ses jambes. À la position du soleil, il devait être près de midi. À cette époque de l'année, il ferait nuit noire juste après le dîner. On avait six heures devant nous. Pourvu que ce soit suffisant.

Je jetai un dernier regard vers la cuisine : notre table, le poêle, les caleçons de mon père séchant sur un fil au-dessus, l'armoire à gâteaux où ma mère rangeait les assiettes parce qu'elle ne faisait jamais de pâtisserie, les étagères où étaient alignés les pots de confitures et de gelées. Et si je remplissais un sac de victuailles pour le voyage ? Mais Cousteau et Calypso firent un « non » catégorique de la tête.

On se mit à descendre les marches. J'avais peur que ma mère tombe. Jamais alors je ne pourrais la relever. Cousteau et Calypso m'aidèrent, de chaque côté, à la maintenir. Ça prit un temps fou pour la faire monter sur le skidoo. Dès qu'elle fut assise, je fis le tour et lui passai la jambe de l'autre côté du siège.

— Tu crois que je devrais l'attacher ? demandai-je.

Ma mère était si faible, elle tenait à peine sur la selle.

— Ça ne peut pas faire de mal, répondit Calypso.

— Mais vite ! insista Cousteau.

Comme si je ne me pressais pas assez comme ça !

Je courus dans l'abri récupérer une autre longueur de corde, revins au plus vite, la nouai autour de la taille de ma mère et attachai les deux bouts aux poignées. J'enfilai le casque du chasseur. Il était très lourd. Et la vitre devant était si sombre. Je n'y voyais rien ! Je le retirai et le mis sur la tête de ma mère, puis je fis le tour de l'engin. Dans le compartiment arrière, je récupérai la clé de secours. Le chasseur disait que le skidoo avait un démarreur électrique. Tout ce que j'avais à faire, c'était tourner la clé dans le contact. Si le moteur ne démarrait pas tout de suite – ce qui était possible parce que la machine était là depuis plusieurs jours et qu'il faisait très froid la nuit –, je devais relâcher la clé pour ne pas vider la batterie et recommencer. J'espérais que ce serait moins compliqué à faire qu'à dire.

Je me faufilai entre ma mère et le jerrycan et attrapai les poignées. Après deux essais, le moteur se réveilla. Je me penchai sur le côté pour voir devant moi, parce que ma mère me bouchait la vue, lâchai les freins et tournai la poignée des gaz. La machine fit un bond en avant. J'arrêtai aussitôt d'accélérer. L'engin ralentit, exactement comme le disait le chasseur. J'ouvris de nouveau les gaz, la machine s'élança dans l'instant. Je fis le tour de la cour pour prendre en main l'engin, puis ralentis pour passer dans les traces qu'avait laissées le chasseur en abordant notre îlot.

— Ça va? demandai-je en m'engageant sur le marais.

Ma mère ne répondit pas. Peut-être ne pouvait-elle m'entendre à cause du casque ou du bruit du moteur. Peut-être y avait-il une autre explication. Mais je ne voulais pas y penser.

J'ouvris les gaz au maximum. Le vent me fouetta les joues, agitait mes cheveux. La vitesse – inconcevable – me donnait envie de crier. Je jetai un coup d'œil par-dessus mon épaule. Rambo suivait. Le cadran, m'avait expliqué le chasseur, m'indiquait la vitesse à laquelle j'allais. L'aiguille pointait sur le chiffre 30. J'ignorais que Rambo pouvait courir aussi vite!

Je pensais à mes grands-parents en roulant. J'imaginais nos retrouvailles. Le chasseur disait qu'ils n'avaient jamais arrêté de chercher ma mère et qu'ils seraient si heureux de la revoir. Je me demandais si j'allais les aimer. Ce qu'ils penseraient de moi. S'ils avaient une voiture. Quel effet ça me ferait de monter dedans ? Est-ce qu'un jour, je partirais en voyage avec eux ? Dans un train, dans un autocar, ou dans un avion ? J'avais toujours rêvé d'aller au Brésil, voir les Yanomamis.

Puis quelque chose fusa à côté de ma tête. Au même moment, une détonation retentit dans le marais.

— Helena ! cria mon père.

Sa voix vibrait de colère. Elle était si perçante que je l'entendis clairement malgré le tintamarre du moteur.

— Reviens ici ! Tout de suite !

Je ralentis. Avec le recul, j'aurais dû accélérer de plus belle et ne pas me retourner, mais je n'avais pas l'habitude de lui désobéir.

— Continue à rouler, lança ma mère, soudain alerte. Vite ! Ne t'arrête pas !

Je stoppai et me retournai. Mon père était au sommet de notre îlot, jambes écartées, tel un colosse, carabine à la main, ses longs cheveux bruns tournoyant autour de sa tête comme les serpents de la Méduse. Le canon était pointé sur moi.

Il tira une seconde fois. Un autre coup de semonce. Si mon père avait voulu me tuer, il l'aurait fait. M'arrêter était une erreur. C'est à cet instant que je le compris. Mais je ne pouvais pas rentrer. Si je revenais, il abattrait ma mère, et sans doute moi avec. Et si je lui désobéissais et tentais de fuir, une seule balle dans mon dos nous tuerait toutes les deux d'un même coup.

Mon père tira une troisième balle. Rambo couina. Je sautai du skidoo et courus vers le chien qui se tordait de douleur dans la neige. Je passai mes mains sur sa tête, ses flancs, sa poitrine. Il avait tiré sur mon beau chien – à la patte.

Il y eut une autre détonation. Ma mère poussa un cri et s'écroula sur le guidon, une balle dans l'omoplate.

La Remington avait un chargeur de quatre balles, plus celle dans la culasse. Il lui restait un coup à tirer avant de recharger.

Je me relevai. Les larmes coulaient sur mes joues. Mon père détestait que je pleure, mais je m'en fichais.

Au lieu de se moquer de moi, il se contenta de sourire. Aujourd'hui encore, je revois son expression. Du mépris, du dédain. De la froideur. Il était tellement sûr de sa victoire. Il pointa son arme dans ma direction, puis sur Rambo, puis sur moi, et sur Rambo encore, jouant avec moi comme il avait joué avec ma mère et le chasseur. Peu importait qui il allait tuer en premier. D'une certaine façon, il nous avait déjà tous tués.

Je tombai à genoux. Serrai Rambo dans les bras, enfouis mon visage dans sa fourrure et attendis la balle qui allait mettre fin à ma vie.

Rambo trembla, grogna et s'écarta. Il se releva sur ses trois pattes valides et partit en claudiquant vers mon père. Je le sifflai mais il continua à s'éloigner. Mon père se mit à rire aux éclats.

Je me levai d'un bond, écartai les bras en croix.

— Salaud ! criai-je.

Je ne savais pas ce que cela voulait dire, mais mon père l'avait écrit sur la poitrine du chasseur. Ce n'était donc pas gentil.

— C'est toi le *salaud* ! C'est toi le *fils de pute* !

Je criai ainsi tous les mots que je me souvenais avoir lus.

— Qu'est-ce que tu attends ! Tire ! Tire !

Mon père rit encore. Il pointait la Remington sur mon chien qui claudiquait et se rapprochait. Rambo montra les dents, se mit à grogner. Et accéléra malgré sa patte mutilée. Il courait presque, rugissant comme s'il allait se transformer en ours ou en loup.

Et je compris. Il occupait mon père. Me donnait du temps pour que je puisse fuir. Il essayait de me protéger, même si la mort était au bout du chemin.

Je piquai un sprint vers le skidoo, sautai en selle, passai les bras de part et d'autre de ma mère effondrée sur le guidon et ouvris les gaz. Je ne savais pas si elle était encore vivante, si on allait pouvoir s'échapper, si mon père allait nous abattre. Mais comme Rambo, je devais essayer.

La machine nous emporta sur le marais gelé. Derrière moi retentit un autre coup de feu.

Rambo glapit une fois, puis ce fut le silence.

La détonation résonna longtemps dans ma tête après que l'écho se fut tu. Je roulais à tombeau ouvert, aveuglée par mes larmes, la gorge si nouée que je ne pouvais plus respirer. Avec une image devant les yeux : mon chien gisant dans la neige, aux pieds de mon père. Cousteau, Calypso, le chasseur, ma mère, tous avaient raison ! Mon père était un homme mauvais. Il n'avait aucune raison de tuer mon chien. J'aurais préféré qu'il me tue moi. J'aurais dû partir sans attendre alors qu'il était absent, rouler plus vite, ne pas m'arrêter quand il me l'avait ordonné… Si j'avais fait ne serait-ce que l'une ou l'autre de ces choses, mon chien serait en vie et mon père n'aurait pas tiré sur ma mère.

Elle n'avait ni parlé ni bougé depuis qu'elle avait reçu la balle. Elle était vivante. Je sentais la chaleur de son corps entre mes bras, mais pour combien de temps encore ? Je devais rouler, et rouler encore, loin du marais, loin de mon père.

Mais pour aller où ?

Je suivais la trace que le chasseur avait laissée parce que c'est ce qu'il m'avait dit de faire. Ce que je voulais vraiment, c'était retrouver Cousteau et Calypso. Les vrais Cousteau et Calypso, pas les versions que j'avais inventées après avoir vu cette famille. Je savais qu'ils n'habitaient pas loin. J'étais certaine que leurs parents m'aideraient.

J'avais quitté le marais depuis longtemps et je sinuais désormais entre les arbres – ces arbres que j'apercevais à l'horizon et que je rêvais d'explorer. Il faisait très sombre. Je regrettai que le chasseur ne m'ait pas dit comment allumer le phare. Ou peut-être avais-je oublié ? J'avais eu tant de choses à me souvenir : *Pousse les gaz quand tu traverses de la poudreuse. Si la motoneige tire à droite, déplace ton corps sur la gauche. Si elle tire à gauche, déplace-toi sur la droite. Quand tu grimpes une côte, penche-toi en avant pour que la motoneige ne bascule pas en arrière. Tu peux même te relever complètement, poser un genou sur la selle en gardant l'autre jambe sur le marchepied. Inversement, penche-toi en arrière dans une descente. Dans les virages, incline-toi vers l'intérieur de la courbe.* Et les consignes n'en finissaient pas.

Le skidoo était très lourd. Le piloter était plus difficile que ne le laissait entendre le chasseur. Il disait que là où il habitait, tout le monde, même les enfants, conduisait ces engins. Si c'était vrai les petits Finlandais étaient vraiment très costauds. À un moment, j'ai quitté la piste et j'ai failli me retrouver plantée dans la neige. Et deux fois on a manqué de se renverser.

J'étais terrorisée. Pas par les arbres et l'obscurité. Ça, j'étais habituée. Mais par l'inconnu, et tous les problèmes qui pouvaient nous arriver. J'avais peur de tomber en panne d'essence et qu'on se retrouve à devoir passer la nuit dans la forêt, sans abri ni nourriture. J'avais peur de percuter un arbre et de casser la machine. J'avais peur qu'on s'égare et de subir le même sort que le chasseur.

J'avais peur que ma mère meure.

Je roulai longtemps. Puis la piste s'interrompit. Je descendis une grande pente pour rejoindre une sorte de clairière en contrebas, tout en longueur, et m'arrêtai. Je regardai à droite à gauche. Personne. Pas de ville du nom de Newberry, pas de grands-parents aimants cherchant ma mère. Pourtant c'est ce qu'avait dit le chasseur. Quatre traces longeaient le vallon, deux de chaque côté. Comment savoir lesquelles appartenaient au chasseur? Et si je me trompais de direction ? Je me souvins du jeu de devinettes que m'imposait mon père. La droite ou la gauche ? Peut-être le choix n'avait-il aucune importance ? Peut-être que si.

Je levai la tête vers le ciel. *Aide-moi. S'il te plaît. Je suis perdue. Je ne sais pas quoi faire.*

Je fermai les yeux et me mis à prier. Jamais, je ne l'avais fait avec une telle ferveur. Quand je rouvris les paupières, il y avait une petite lueur jaune au loin. Elle était basse sur l'horizon et très brillante. Un skidoo !

— Merci, murmurai-je.

Parfois je doutais de l'existence des dieux, comme la fois où mon père m'avait jetée dans le puits et qu'ils n'avaient rien fait pour moi, ou quand il avait torturé ma mère et le chasseur et qu'ils n'étaient pas intervenus, mais aujourd'hui j'avais ma réponse. Plus jamais je n'aurais de doutes.

À mesure que la motoneige se rapprochait, la lumière se scinda en deux. Soudain, il y eut un terrible bruit, comme le cri d'une oie, mais en beaucoup plus fort – toute une bande d'oies furieuses !

Je fermai les yeux et plaquai mes mains sur mes oreilles jusqu'à ce que le tintamarre cesse. Il y eut ensuite un bruit, comme une porte qu'on ouvre et qu'on claque, puis des voix.

— Je ne les avais pas vues, cria un homme. Je le jure ! Elles étaient arrêtées sans lumière !

— Tu aurais pu les tuer ! cria une femme.

— Je te dis que je ne les ai pas vues ! (L'homme se tourna vers moi :) Qu'est-ce que tu fous ici ? En plein milieu de la route ?

J'ouvris les yeux et souris. Un homme et une femme. Les parents de Cousteau et de Calypso. Je les avais trouvés !

Quand la police suivit ma piste pour aller secourir le chasseur, mon père n'était plus là. Le prisonnier était toujours menotté dans la remise. Tout le monde fut convaincu que mon père l'avait tué. C'était logique, non ? Personne n'imaginait qu'une gamine de douze ans avait fait ça. Pas quand on traquait un kidnappeur doublé d'un violeur.

Puisqu'il fut unanimement admis que mon père avait tué le chasseur, je décidai de ne rien dire. Je n'avais pas une grande expérience du monde extérieur, mais j'avais un minimum de jugeote : avouer le meurtre ne ferait que gâcher mon existence. Mon père était un homme mauvais. Il allait se retrouver en prison pour très longtemps. C'est ce que tout le monde disait. J'avais toute la vie devant moi. Lui, il avait perdu la sienne.

Entre nous, j'ai payé quand même pour mon crime. Peu importe le nombre d'animaux qu'on a pu tuer, tirer, piéger, dépecer, éviscérer et dévorer. Tuer un être humain est bien différent. Une fois qu'on a pris la vie d'un homme, on n'est plus jamais la même personne. Le chasseur était vivant, et maintenant il était mort, et c'est moi qui l'avais tué. De mes propres mains. Je me revois coiffer les cheveux d'Iris, ou attacher Sou dans son siège de voiture, ou remuer mes confitures dans le chaudron, ou passer mes doigts sur la poitrine de mon mari. Je regarde ces mains faire toutes ces choses normales, ces choses de tous les jours, et je me dis, *ce sont ces mains qui l'ont fait. Ces mains qui ont ôté la vie d'un être humain.* Je déteste mon père pour m'avoir contrainte à faire ça, pour m'avoir mise dans cette situation où je n'avais pas d'autre choix.

Je ne comprends toujours pas comment mon père peut tuer aussi facilement, et sans remords. Pas un jour ne passe sans que je pense au chasseur. Il avait une femme et trois enfants. À chaque fois que je regarde mes filles, je pense à ce qu'aurait été leur vie si elles avaient dû grandir sans leur père. Après avoir fui le marais, je voulais dire à sa veuve que j'étais désolée pour ce qui était arrivé à son mari. Lui dire que je mesurais son sacrifice, qu'il nous avait sauvées ma mère et moi. Je pensais pouvoir lui expliquer tout ça au procès le jour où mon père a été condamné, mais à cette époque elle avait attaqué mes grands-parents en justice pour avoir sa part de l'argent qu'ils gagnaient en vendant notre histoire à la presse, alors mes grands-parents ne m'ont pas laissée l'approcher. Elle a gagné finalement son procès et obtenu une coquette somme, et cela m'a fait plaisir. Même si mes grands-parents disaient que tout l'or du monde ne lui ramènerait pas son mari.

Je pense à mon chien aussi. Parfois, j'en ai les larmes aux yeux – et comme vous le savez maintenant, cela m'arrive rarement. Jamais, je ne lui pardonnerai de l'avoir tué. J'ai repassé mille fois les événements qui ont conduit à ce jour funeste, à tâcher de voir où et quand j'aurais pu agir différemment pour que cela ne se termine pas comme ça. Le moment le plus évident, c'est quand le chasseur m'a demandé de l'aider le premier matin dans la remise. Si je l'avais fait avant que mon père le frappe et le torture au point de le rendre trop faible pour s'enfuir, sans doute serait-il encore en vie à l'heure qu'il est.

Mais ce n'est pas de ma faute s'il est mort. Il s'est trouvé au mauvais endroit au mauvais moment, exactement comme quelqu'un qui meurt dans un accident de voiture, ou lors d'une fusillade, ou d'un attentat à la bombe. C'est lui qui a décidé de partir en virée en motoneige alors qu'il était saoul, ce n'est pas moi. C'est lui qui s'est perdu et qui a pris une série de décisions qui l'a conduit sur notre îlot : tourner à gauche et non à droite, contourner ce bosquet et pas celui-là, s'arrêter devant chez nous après avoir vu de la fumée à notre cheminée. Bien sûr, quand il a choisi de monter sur son engin après avoir bu avec ses copains, il ne savait pas qu'il allait le payer de sa vie. Mais ça reste quand même sa décision.

Pareil lorsque ma mère et sa copine ont décidé d'explorer la maison abandonnée à côté du chemin de fer. Pendant qu'elle arpentait les pièces vides, elle ne savait pas qu'à la fin de la journée il se passerait quatorze années avant qu'elle ne revoie ses parents. Bien sûr qu'elles seraient allées jouer ailleurs si elles avaient su. Bien sûr.

De la même manière encore, lorsque mon père m'a emmenée voir les chutes du Tahquamenon, il ignorait qu'il allait déclencher une série d'événements qui allait conduire à la perte de sa famille. Tout comme lorsque j'ai décidé de quitter le marais, je ne savais pas que les choses allaient aussi mal tourner pour ma mère et moi. Sincèrement, je pensais que tout serait simple. Qu'il me suffirait de m'en aller. Je n'avais pas imaginé que mon père tirerait sur ma mère et sur mon chien. C'est la dernière image que je garde avant mon départ vers mon autre vie : mon chien gisant dans la neige, aux pieds de mon père.

Si j'avais su tout cela, aurais-je agi autrement ? Bien sûr. Mais il faut assumer ses décisions, même si l'issue n'est pas celle prévue.

Des horreurs surviennent. Des avions s'écrasent, des trains déraillent, des gens meurent dans des inondations, des tremblements de terre, des tornades. Des randonneurs en motoneige s'égarent. Des chiens se font abattre. Et des jeunes filles se font kidnapper.

27

Je me mets à courir. La forêt devient prairie inondée. Puis marécages. Je mets ma main en visière pour me protéger de la pluie et scrute l'autre rive du marais. Aucun signe de mon père. Soit je suis parvenue à le devancer, soit il est déjà arrivé chez moi.

Je prends à l'ouest, en direction du massif d'aulnes qui borde le chemin, un bosquet où les cerfs aiment se rassembler. Je progresse vite, sautant de mottes en mottes, visant les rares plaques de tourbe suffisamment denses pour supporter mon poids. Il faut connaître comme moi les marais pour repérer les dangers qui sont aussi lisibles à mes yeux que des panneaux indicateurs : une couche de limon qui paraît solide mais qui céderait sous le pied comme des sables mouvants ; des flaques plus profondes qu'il n'y paraît capables d'avaler un adulte en un instant. *De grosses bulles noires s'élevèrent à la place où ils s'étaient engloutis*, disait le conte de fées que me racontait ma mère, *et il ne resta plus trace de lui ni d'elle.*

Quand j'atteins le bois d'aulnes, je me couche à plat ventre et me mets à ramper. Le sol est mouillé, la boue striée de traces. Aucune récente. Aucune humaine. Il est possible que mon père ait quitté la sente quand elle est devenue bourbeuse et ait coupé à travers les marécages. Il est possible qu'il soit déjà dans ma maison, qu'il soit entré par la porte de derrière qu'on ne ferme jamais, qu'il ait forcé Stephen à lui donner les clés du Cherokee pour qu'il puisse aller chercher les filles, et qu'il l'ait tué parce qu'il refusait de lui dire où elles étaient.

Je frissonne. Je chasse ces images et me couche dans l'endroit le plus fangeux que je trouve. Je me roule dans la vase jusqu'à ce qu'elle recouvre le moindre centimètre carré de mon corps, puis longe le chemin, pataugeant dans l'eau jusqu'aux genoux pour ne pas laisser d'empreintes, en cherchant le meilleur endroit pour mon affût.

Je repère un tronc couvert de mousse couché en travers de la sente. Il est assez gros pour me cacher derrière. Vu le creux qu'il fait au milieu, il est pourri jusqu'au cœur. Mon père se gardera bien de monter dessus et préférera le contourner. Et c'est là que j'attaquerai.

Je casse une branche de pin en guise d'épieu et m'allonge le long du tronc, l'oreille collée au sol, mon arme de fortune contre moi. Je sens les pas de mon père avant même de les entendre : de faibles vibrations dans le sol gorgé d'eau. Les ondes sont si ténues qu'une personne à l'oreille non exercée pourrait croire que ce ne sont que les battements de son propre sang dans ses veines. Je me plaque contre l'arbre mort plus étroitement encore.

Les bruits de pas s'arrêtent. J'attends. Si mon père se doute du piège, il va faire demi-tour et me laisser dans la boue, ou se pencher par-dessus le tronc et m'abattre. Je retiens ma respiration jusqu'à ce que les bruits de pas reprennent. Je ne sais s'ils s'éloignent ou s'approchent.

Puis une chaussure presse brutalement mon épaule. Je roule pour me dégager, me relève d'un bond. Je m'élance sur lui, l'épieu en avant, visant le ventre.

La branche se brise.

Il m'arrache des mains ce qui reste de mon arme et la jette au loin. Il lève son bras, pointe mon Magnum sur moi. Je plonge sur ses jambes. Il chancelle, bat des bras pour garder son équilibre. Le Magnum tombe. Je tente de le saisir. Mon père, d'un coup de pied, l'envoie dans l'eau en bordure du chemin, et écrase du talon mes mains menottées. Sans hésitation, j'attrape sa chaussure, la soulève le plus haut possible pour le faire tomber. Il s'écroule à côté de moi. On roule au sol, on bataille. Je parviens à passer mes bras par-dessus sa tête. Ça y est, la chaîne des menottes presse sa gorge ! Je tire de toutes mes forces. Il hoquette, sort mon Bowie qu'il a passé à sa ceinture et donne des coups furieux derrière lui, tentant de toucher n'importe quoi, mes bras, mes jambes, mes flancs, mon visage.

Je tire plus fort encore. Je sens sur mon ventre les Glock qu'il a coincés sous son jean. Si je pouvais en attraper un, c'en serait terminé, mais mes mains sont enchaînées autour de son cou. Impossible. En même temps, avec moi plaquée ainsi contre son dos, la chaîne contre sa glotte, il ne peut pas s'en saisir non plus. On est prisonniers l'un de l'autre, tels deux cerfs s'étant emmêlé leurs bois. J'imagine ma famille parcourant ce chemin dans des jours, des semaines, et retrouvant nos deux cadavres gelés dans une ultime étreinte. Je tire plus fort encore.

Puis un chien aboie. Rambo ! Il dévale le chemin. Il revient de la maison à fond de train, galopant sur ses trois pattes, les oreilles battant au vent.

— Attaque ! crié-je.

Rambo s'élance et enfonce ses crocs dans la jambe de mon père, et grogne, secoue la tête. Mon père pousse un hurlement, plante son couteau dans ses côtes. Le chien mord encore plus fort. Il déchire, arrache, disloque. Mon père hurle de plus belle, roule sur le côté. Je roule avec lui. Au moment où il se retrouve sur le ventre, je dégage mes bras et saisis l'un des Glock et le plaque entre ses omoplates.

— Stop ! ordonné-je à Rambo.

Le chien s'immobilise. Il garde la jambe dans sa gueule, mais le changement est notable. Ce n'est plus un prédateur massacrant sa proie, mais un serviteur, obéissant à son maître. Tous les chiens ne peuvent faire ça, et il faut une bonne dose d'entraînement pour qu'une bête parvienne à écouter ainsi au plus fort de l'action. Combien de chiens ai-je vus, emportés par leur instinct de carnassier, mettre ainsi en pièces un élan ou un ours, et ruiner la peau comme la viande ?

Mon père ne bouge pas quand je me juche sur lui et écarte le chien. Il sait ce qu'il risque.

— Le couteau ! Lâche-le !

Il balance mon Bowie dans l'eau.

Je me relève.

— Debout !

Il obéit, lève les mains au-dessus de sa tête et se tourne vers moi.

— Assieds-toi, dis-je en désignant le tronc.

Il obéit encore. Son air vaincu est la plus grande récompense pour tout ce que j'ai enduré. Je ne cache pas mon dégoût.

— Tu pensais vraiment que j'allais te laisser faire ? Te laisser t'approcher de mes filles ?

Il ne répond pas.

— La clé des menottes. Donne-la-moi.

Il plonge la main dans sa poche mais plutôt que de me tendre la clé, il la lance dans le marécage comme mon couteau. Un acte vain de défi. Menottée ou non, je peux toujours tirer.

— On avait une belle vie, *Bangii-Agawaateyaa*, dit-il. Tu te rappelles le jour où on est allés voir les chutes ? Et la nuit où on a vu le glouton ? Tu te souviens du glouton, *Bangii-Agawaateyaa* ?

Je voulais qu'il arrête de dire mon nom. C'était juste une manière de reprendre l'ascendant, comme il le faisait toujours, même s'il savait que cette fois il avait perdu la partie. Mais il faisait remonter ces images… je ne pouvais rien y faire. C'était après que j'eus tiré mon premier cerf, mais avant la venue de Rambo, je devais avoir sept ou huit ans. Je m'étais réveillée d'un coup, le cœur battant. Il y avait du bruit au-dehors. On eût dit les pleurs d'un bébé – du moins c'est comme cela que j'imaginais qu'un bébé pleurait – mais en plus fort. C'était plus des vagissements. Je n'avais jamais entendu ça. Qu'est-ce que c'était ? Les animaux peuvent faire des sons très inquiétants, en particulier quand ils s'accouplent. Mais si c'était un animal, aucun nom ne me venait à l'esprit.

Puis mon père était apparu sur le seuil. Il s'était approché de mon lit, m'avait enveloppée d'une couverture et conduite à la fenêtre. Dans la cour, il y avait une silhouette, une forme noire dans le clair de lune.

— C'est quoi ? murmurai-je.

— Un *gwiingwa'aage*.

Un glouton.

Je serrai la couverture plus fort. Les gloutons étaient très féroces, disait mon père. Ils étaient prêts à manger n'importe quoi : des écureuils, des castors, des porcs-épics, des cerfs ou des élans blessés ou malades. Ou une petite fille.

Le *gwiingwa'aage* furetait devant la cabane, il avait de longs poils noirs et hirsutes. Je reculai d'un pas. Le *gwiingwa'aage* releva la tête vers la fenêtre et poussa un cri.

Je hoquetai de terreur et courus vers mon lit. Mon père ramassa la couverture et l'étendit sur moi, puis s'allongea à côté et me tint dans ses bras pour me raconter une histoire drôle entre un glouton et son grand frère l'ours. Après ça, les cris de la bête me parurent moins terrifiants.

Je sais aujourd'hui que les gloutons sont très rares dans le Michigan. On dit même qu'il n'y en a jamais eu un seul, même si le surnom du Michigan, c'est l'État des gloutons. Mais les souvenirs, ce ne sont pas des faits, ce sont des émotions. Mon père avait donné un nom à ma peur, pour que je puisse m'en défaire.

Je regarde mon père. Je sais qu'il a fait des choses horribles. Il pourrait passer cent vies en prison que cela ne compenserait pas ses crimes. Mais cette nuit-là, il avait été un papa, le mien.

— D'accord, dit-il. Tu as gagné. C'est fini. Je m'en vais. Je te promets que je ne m'approcherai plus de toi ou de ta famille.

Il tend ses mains vers moi, paumes ouvertes, et se lève. Je garde le Glock pointé sur sa poitrine. Je pourrais le laisser partir. Je ne veux pas lui faire de mal. Je l'aime, malgré tout ce qu'il a fait. Ce matin, quand je me suis mise à sa recherche, je pensais vouloir le remettre en prison. C'était la vérité mais, en même temps, le lien qui nous unit est plus profond que je ne l'imaginais. La véritable raison, peut-être, de cette traque, c'était de le revoir une dernière fois avant qu'il ne disparaisse. Maintenant que c'est fait, j'en ai peut-être terminé. Il promet de s'en aller. Il dit que c'est fini. C'est peut-être vrai.

Sauf que ses promesses ne valent rien. Un *wendigo* n'est jamais satisfait après avoir tué ; il cherche toujours de nouvelles victimes. Et à chaque fois qu'il mange, il grandit, et il a toujours plus faim. Et si les gens du village ne l'avaient pas tué, toute la population aurait été dévorée.

Je pose mon doigt sur la détente.

Mon père lâche un rire.

— Tu ne vas pas me tuer, *Bangii-Agawaateyaa*.

Il sourit, fait un pas vers moi.

Bangii-Agawaateyaa. Petite Ombre. C'est vrai que je le suivais partout. Où qu'il aille. Je lui appartenais. Sans lui, je n'existe pas.

Il tourne les talons et s'éloigne. Il passe sa main dans son dos et récupère le deuxième Glock pour le glisser devant dans son jean. Sa démarche se fait plus assurée. Il croit vraiment que je vais le laisser partir.

Je siffle deux notes graves. Rambo se redresse, muscles tendus, prêt à obéir à l'ordre suivant.

Je fais un geste de la main.

Rambo s'élance sur mon père. Mon père fait volte-face, attrape le pistolet et tire. La balle rate sa cible. Rambo referme sa gueule sur son poignet. L'arme tombe.

Mon père donne un grand coup de poing dans les côtes de Rambo. Le chien lâche sa prise. Mon père le frappe encore et se rue vers moi. Je ne bouge pas. Au dernier moment, je lève les mains alors qu'il me saute dessus. Je passe les menottes au-dessus de sa tête puis fais descendre la chaîne jusqu'à la taille, emprisonnant ses bras, et nous tombons au sol. Je fais pivoter le Glock dans ma direction et le plaque dans son dos, essayant de trouver le bon angle de tir pour que la balle le tue sans me blesser.

Il s'immobilise soudain, tout son corps se relâche, comme s'il savait que c'est fini. Et qu'il n'y a qu'une fin possible.

— *Manajiwin*, murmure-t-il dans mon oreille.

Respect. C'est la deuxième fois de sa vie qu'il me dit ça. Un sentiment de paix me gagne. Je ne suis plus l’ombre de mon père. Je suis son égale. Je suis libre.

— Tu dois le faire, me dit Cousteau.

— Oui, renchérit Calypso. C’est ainsi.

J’acquiesce. Tuer mon père. Voilà ce qu’il faut faire. C’est la seule solution. Tuer mon père pour ma famille, pour ma mère. Parce que je suis sa fille, la fille du roi des marais.

— Je t’aime aussi, réponds-je.

Et je presse sur la détente.

28

La balle qui tua mon père me traversa l'épaule – celle sur laquelle avait déjà tiré mon père –, ce qui, finalement, est un moindre mal. Cela aurait été bien pire ces derniers mois si j'avais eu les deux bras invalides. N'empêche que la convalescence n'a pas été une partie de plaisir. Chirurgie, rééducation, chirurgie encore, et encore rééducation. Apparemment, l'épaule n'est pas le meilleur endroit pour recevoir des balles. Les médecins disent que je retrouverai l'usage plein et entier de mon bras gauche. En attendant, Stephen et les petites se sont habitués à avoir des embrassades de manchote.

On est tous assis autour de la tombe de ma mère. C'est un beau jour de printemps. Le soleil brille, les nuages filent dans le ciel, les oiseaux chantent. Un bac de soucis des marais et d'iris versicolores trône sur la modeste pierre tombale. Les fleurs préférées de ma mère et le nom de ses petites-filles.

Les fleurs, c'est mon idée. Venir ici, c'est l'idée de Stephen. Il est temps, selon lui, que les filles sachent qui était leur grand-mère, et être assis en cercle devant sa tombe pour leur parler d'elle ajoutera du poids à mes mots. Je n'en suis pas convaincue. Mais le conseiller conjugal que l'on voit en ce moment prétend qu'un mariage réussi est avant tout l'art du compromis. Donc nous sommes ici.

Stephen tend le bras au-dessus de la tombe et me serre la main.

— Prête ?

Je hoche la tête. Par où commencer ? Je songe à ce qu'elle a dû éprouver quand j'étais enfant. À toutes ces choses qu'elle a faites pour moi et auxquelles je n'accordais aucune valeur sur le moment. Quand elle avait tenté de me faire une vraie fête d'anniversaire pour mes cinq ans, quand elle m'avait réchauffée après que mon père m'eut laissée dans le puits. Comme cela avait dû être douloureux pour elle d'élever un enfant qui était le clone de son ravisseur. Un enfant dont elle avait peur, jusque dans sa chair.

Je pourrais raconter à mes filles le jour où j'ai tué mon premier cerf, ou la fois où il m'avait emmenée voir les chutes, ou ma rencontre avec le loup, mais toutes ces histoires étaient liées à mon père, pas à ma mère. Et quand je vois leurs visages si innocents, leurs regards si lumineux, je mesure que toutes les anecdotes de mon enfance ont une part sombre.

Stephen m'encourage d'un signe de tête. Je me lance :

— Quand j'avais cinq ans ma mère m'a fait un gâteau. Quelque part dans l'office, parmi les piles de conserves, les sacs de riz et de farine, elle a trouvé une préparation pour un gâteau. Un gâteau au chocolat avec des paillettes arc-en-ciel.

— Mon gâteau préféré ! s'exclame Iris.

— Moi aussi. Mon pré ! répète Sou.

Je leur parle de l'œuf de canard, de la graisse d'ours, et de la poupée que ma mère m'avait confectionnée pour l'occasion. Et fin de l'histoire. Je ne vais pas leur dire ce que j'ai fait de la poupée. Et encore moins ce qu'elle avait pu ressentir en voyant comment j'avais traité son cadeau. Cela avait été un crève-cœur pour elle.

— Raconte-leur la suite de l'histoire, dit Cousteau. Parle-leur du couteau, et du lapin !

Il est assis avec sa sœur derrière mes filles. Depuis que mon père est mort, ils me rendent visite de plus en plus souvent.

Je secoue la tête et souris en songeant au reste de cette journée d'anniversaire, et comment elle s'était terminée. C'était la première fois que mon père m'avait dit « *manajiwin* ». Respect.

Iris me sourit. Elle croit que c'est à elle que s'adresse mon sourire.

— Encore ! insistent les deux petites de concert.

Je secoue à nouveau la tête et me lève. Un jour, je leur raconterai mon enfance, je leur raconterai tout, mais pas aujourd'hui.

On ramasse nos couvertures et on se dirige vers la voiture. Sou et Iris courent devant. Stephen les suit. Depuis l'évasion de mon père, il ne les quitte pratiquement jamais des yeux.

Je traîne en arrière. Cousteau et Calypso marchent à côté de moi. Calypso me prend la main.

— Et Helga alors comprit, me murmure-t-elle, son souffle contre mon oreille aussi doux que le duvet d'une quenouille. Elle fut soulevée de terre par un tourbillon de sons et de pensées, et tout autour d'elle comme en son tréfonds régnaient une lumière et un chant qu'aucun mot n'aurait su décrire. Le soleil brilla dans toute sa splendeur et, comme aux temps anciens, la forme de la grenouille disparut dans ses rayons. À sa place se dressa la belle jeune fille dans toute sa grâce. Le corps de la grenouille fut réduit en poussière et une fleur de lotus fanée demeura là où Helga s'était tenue.

C'était les derniers mots du conte de fées que m'avait raconté ma mère. Le conte m'avait dit tout ce qu'il me fallait savoir. C'est cette histoire qui nous a sauvées, elle et moi. Mon père est peut-être la cause de mon existence, mais ma mère en est la raison. Celle qui me permet de vivre aujourd'hui.

Je pense à mon père. Quand on m'a demandé ce que je voulais faire du corps de mon père, ma première réaction a été : et lui, qu'aurait-il voulu ? Puis je me suis rappelé que durant toute sa vie, hormis ses propres envies et ses désirs, rien ni personne n'avait compté et que, avec un peu de chance, pour moi il en serait autrement. Finalement, j'ai choisi le plus pratique et le moins cher. Je n'en révélerai pas plus. Il y a un site de fans consacré aux exploits de mon père, créé peu après sa mort. J'imagine ce que ces « disciples du Roi des marais » feraient s'ils savaient où est enterré mon père. À plusieurs reprises, j'ai essayé de faire fermer ce site, mais le FBI ne veut pas intervenir ; tant qu'ils ne violent aucune loi, on ne peut rien faire.

Stephen rattrape les filles et m'attend.

— Merci d'avoir accepté, dit-il en me prenant la main. Je sais que ce n'était pas facile pour toi.

— Tout va bien.

Mais c'est un mensonge.

Le conseiller conjugal dit aussi qu'un mariage se bâtit sur l'honnêteté et la confiance. J'y travaille encore.

On grimpe une petite colline. En contrebas, il y a une voiture garée devant notre Cherokee. Une journaliste et son cadreur nous attendent.

Stephen me regarde et soupire. Je hausse les épaules. Depuis qu'on a appris que «la fille du Roi des marais» a tué son père, les médias ne nous lâchent pas. On n'a accepté aucune interview et on a appris aux filles à ne jamais parler à quelqu'un ayant un calepin ou un microphone à la main – mais on ne peut les empêcher de filmer.

Je secoue la tête alors qu'on descend vers le parking. La journaliste sort un stylo de sa poche et s'avance vers moi. Elle l'ignore mais j'ai déjà écrit dans un journal tous mes souvenirs, un journal que je garde caché sous notre lit. Je l'ai appelé *La Cabane* et il est dédicacé à mes filles – à la première page, comme dans un vrai livre. Un jour, je les laisserai le lire. Elles doivent connaître leur histoire. D'où elles viennent. Qui elles sont. Un jour, Stephen le lira aussi.

Ce journal, je pourrais le vendre une jolie somme. *People*, le *National Enquirer* et le *New York Times* m'en ont offert une petite fortune. Ils insistent et tiennent tous le même discours : puisque mes parents sont morts et que je suis la seule à savoir ce qui s'est passé, je dois raconter leur histoire. En mémoire de ma mère. En mémoire de mon père.

Mais je ne la leur vendrai jamais. Parce que cette histoire, c'est la nôtre.

REMERCIEMENTS

Un écrivain a une idée. L'idée devient histoire, et finalement, l'histoire devient un livre grâce au soutien de gens talentueux, imaginatifs, et opiniâtres que je veux remercier ici :

Ivan Held et Sally Kim, mes éditeurs chez Putnam, sans qui ce roman n'aurait pas vu le jour. Merci. Du fond du cœur.

Mark Tavani, mon directeur littéraire. J'ai adoré travailler avec toi, et ton regard affûté n'a cessé de me surprendre et de m'enchanter.

Merci à toute l'équipe chez Putnam : Alexis Welby, Ashley McClay, Helen Richard, toute l'équipe de fabrication, le service artistique, et tout le monde aux ventes et à la promotion.

Jeff Keinman, mon agent extraordinaire. Comment te dire ce que ces dix-sept ans de collaboration m'ont apporté. Tu as fait de moi l'écrivain que je suis aujourd'hui.

Molly Jaffa, mon agent des droits à l'étranger, mon émissaire infatigable.

Kelly Mustian, Sandra Kring, et Todd Allen, mes premiers lecteurs. Vous applaudissiez des deux mains quand l'écriture avançait, et me faisiez les gros yeux sinon. Je n'y serais pas parvenue sans vous.

David Morell. Ta sagacité et ta générosité ont fait toute la différence.

Christopher et Shar Graham, Katie et John Masters, Lynette Ecklund, Steve Lehto, Kelly et Robert Meister, Linda et Gary Ciochetto, Kathleen Bostic et Leith Gallaher (disparue mais pas oubliée), Dan Johnson, Rebecca Cantrell, Elizabeth Letts, John Clinch, Sachin Waikar, Tina Wald, Tim et Adele Woskobojnik et Christie, Darcy Chan, Keith Cronin, Jessica Keener, Renee Rosen, Julie Kramer, Carla Buckley, Mark Bastable, Tasha Alexander, Lauren Baratz-Logsted, Rachel Elizabeth Cole, Lynn Sinclair, Danielle Youge-Ullman, Dorothy McIntosh, Helen Dowdell, Melanie Benjamin, Sara Guren, Harry Hunnsicker, J.H. Bográn, Maggie Dana, Rebecca Drake, Mary Kennedy, Bryan Smith, Joe Moore, Susan Henderson, et tant d'autres gens merveilleux qui m'ont aidée et encouragée. C'est un honneur de vous connaître.

À ma famille, pour l'amour, le soutien, en particulier un immense merci à mon mari Roger. Ta foi inébranlable en ma capacité à écrire ce livre a été plus précieuse que mes mots ne sauraient le dire.